세벽

세벽

도련님, 히입니다.

최세은 장편소설

목차

1부

세상

"도련님."

나직한 목소리가 귓가에 울렸다. 의도하지 않았지만 나는 몸을 크게 떨었다.

불길이 등 뒤에서 치솟고 있었다. 얇은 잠옷만 입은 채였지만 서 있는 곳은 숨쉬기 버거울 정도로 더웠다. 다시 한번 펑 하는 소리가 났다.

뭔가가 무너진 건가? 하지만 고개를 들 수도, 돌릴 수도 없었다. 내 머릿속은 혼돈 상태였다. 왜. 대체 왜.

천천히 다가온 그가 내 앞에서 나를 똑바로 쳐다보고 있었다.

무거운 시선을 들었다. 두 눈이 마주치자 그가 내게 날린 비수 같은 한 마디.

"…나를 죽이러 오세요."

그가 가까이 다가온다. 나는 숨을 삼킨다. 올곧은 시선이다. 나는 문득 두려워진다. 그가 무서운 건가? 그럴 리가. 정말로? 무엇이 무서운지도 모른 채 벌벌 떨고 있다. 시간이 얼마나 지났을까.

"…너……."

그의 돌발 행동에 나는 차마 그 이상 말하지 못한다. 그런 내게 그는 꾸벅 인사를 하고 뛰어간다. 발이 얼어붙어 쫓아갈 수가 없다.

한참이 지나서야 등 뒤로 시선을 돌린다. 붉게 타오르는 저택은 눈이 멀 정도로 주위를 환하게 밝히고 있다. 뜨거운 기운이 온몸을 그을리는 듯하다. 바라보고 있노라면 열기에 숨이 턱 막힌다.

하지만 눈을 뗄 수 없다. 이글거리며 건물을 집어삼키는 불길은 너울거리며 춤을 추고 있다.

열다섯, 나의 세상이 무너졌다.

저택에 있는 모든 사람들에겐 해야 할 일이 가득했다. 아침 일찍 새소리가 들릴 때 일어나 아직 습기가 덜 마른 공기 속에서 일을 시작했다. 나도 마찬가지였다.

사람들은 나를 '히'라고 불렀다. 부르기 쉬운 호칭이라 나는 어디서든 불렸다. 그걸 이름이라고 해야 할지는 애매한 일이었다. 하지만 기억 속 끝자락을 뒤지면 언제나 저 말이 들렸다. 그래서 나는 '히'였다.

주인님이 내 이름을 지우지 않은 건 다행이었다. 이름뿐 아니라 존재도 지우지 않았다. 들은 말로는 주인님은 도련님 또래의 아이들을 집에 들이지 않았다. 하인이 아이를 낳으면 아이만 내보내거나, 부모와 함께 내보내거나 둘 중 하나였다. 여기에는 여러 가지

추측이 난무했지만 나는 그 어떤 이유에도 속하지 않았다. 어쨌든 주인님에게 감히 그런 걸 물어볼 만한 대범한 인간은 이 저택에 없었기 때문에, 나는 그 연유를 모른 채 자라났다. 나로서는 아마도 지난날의 후회와 연민이 있어서라고 짐작할 뿐이었지만, 가끔씩 마주치는 주인님의 눈을 볼 때면 내 모든 가정은 무너지고는 했다. 먼지 한 톨만큼이라도 내게 신경을 써본 적 있는 사람이면 그런 눈으로 나를 쳐다볼 수는 없을 것이다.

이 집에서 나보다 어린 건 도련님뿐이었다. 두 살이 어리고, 세상 누구보다 깜찍하다고 사람들이 그랬다. 나는 도련님을 보기 전부터 그를 알고 있었다.

뽀얗고 윤기 나는 얼굴. 반짝이는 눈을 굴리던 그는, 나를 처음 봤을 때 살짝 의아한 표정을 지었다. 제 또래 아이를 보는 것이 처음이었을 그의 표정은 의기양양에서 애매모호함으로 옮겨져갔다. 나 또한 또래 아이를 본 적은 있으나, 그토록 귀티 나고 말끔한 차림새의 아이는 본 적이 없었으므로 생전 처음 경험하는 일이나 매한가지였다.

"신기하다."

그는 작고 가느다란 손가락으로 나를 가리키며 말했다. 신기하다. 몇 번이고 말하면서 저 혼자 머리를 끄덕였다. 나는 무슨 말인가 하려 했으나 내 옆에 있던 로자 아줌마가 나를 붙잡았다. 어깨를 부드럽게, 하지만 힘 있게 쥐는 통에 몸이 포박당한 듯 꿈쩍도 하지 않았다. 도련님보다 겨우 두 살 많은 나는 그 손아귀의 의미를 필사적으로 생각해야 했다. 도련님이 가까이 다가와 내 얼굴을 콕콕 찍어보고 한마디 더했다.

"너 신기하다."

그가 내게 아무런 질문도 하지 않아서, 나 역시 아무런 말도 꺼내지 않았다.

아이는, 후천적으로 학습한 탓인지는 모르겠으나 제 하인들을 그림의 배경처럼 보았다. 처음엔 나도 그 시선의 의미를 알지 못했다. 사람을 사람으로 본다면 정물을 보는 듯한 그런 표정은 나오지 못할 것이다. 순수한 어린아이였다지만, 그럴 때 도련님의 모습은 주인님을 복제한 듯 닮아 있었다. 그건 무척이나 소름 돋는 일이었다.

내 주변의 어른들은 도련님께 잘해야 한다고 수도 없이 말했다. 왜요, 라고 물으면 도련님이니까, 라는 이해 못할 대답만 돌아왔다. 잘해라. 왜요. 도련님이니까. 이 세 마디의 굴레를 결코 벗어나지 못해서 말하다 지친 나는 이내 그만두었다. 어깨를 으쓱했더니 사람들이 와하하 웃어서 나는 또 기분이 상했다.

도련님이 나를 부른 건 어느 여름날이었다.

나는 여전히 답을 찾지 못한 질문에 대해 생각하고 있었다. 왜 잘해야 한다는 거지. 나처럼 끊임없이 물어보는 애는 처음이라면서 아줌마들은 내 볼을 꼬집었다. 그즈음 나는 하인들—특히 여자들—의 귀여움을 한몸에 받고 있었다. 사내 녀석이 벌써부터 여자 품이나 좋아하면 어쩌냐고 아저씨들이 말하면 아줌마들은 난감하다는 듯 웃기도 했고, 내 귀를 막으며 뭐라 뭐라 소리치기도 했다.

그 말의 뜻을 알지 못했던 나는 눈만 끔뻑일 뿐이었다. 그 누구도 어떤 단어나 말에 대해 명확하게 설명해주는 사람이 없었다.

도련님은 지나가듯 한 소리였겠지만 그날은 한바탕 소동이 일었다. 아줌마들은 나를 제대로 꾸며서 보내야 한다며 호들갑을 떨었고 아저씨들은 그런 속 보이는 짓은 하는 게 아니라고 응수했다.

"신분 상승 따위를 꿈꾸는 건 아니겠지?"

제이 아저씨와 퀘 아저씨는 노골적으로 내게 으름장을 놓았다. 로자 아줌마와 황 아줌마는 기함하며 대체 애한테 못 하는 소리가 없다고 아저씨들에게 일침을 가했다.

나중에 하는 말로,

"짓궂은 아저씨들은 무시하렴. 그네들은 불안한 거야. 웃기게도 너를 경쟁 상대로 보고 있단다."

"경쟁 상대?"

"그러니까, 앞으로 네가 알게 될 모든 사실을 꼭 아저씨들까지 알아야 할 필요는 없다는 소리야."

내가 그 말뜻을 이해하게 되는 건 열두 살 때의 일이다. 그러나 그때 나는 여덟 살이었다.

결국 몇몇 아줌마 아저씨 들의 의견이 일치했고 그 힘을 몰아붙여 나는 적당히 말끔한 차림새로 도련님께 가게 되었다. 그래 봤자 샘물에 머리를 빗어 넘기고 그나마 보풀이 제일 덜한 옷을 빳빳하게 펴서 입었을 뿐이었다. 아줌마 아저씨 들이 훤하다고 칭찬해줄 때는 조금 으쓱했지만 도련님 앞에 서는 순간, 그것이 실로 멍청한 생각이었다는 걸 깨달았다.

도련님은 예의 신기해하는 기색을 숨기지 않으며—하지만 기괴한 동물을 보는 듯한 눈빛은 사라진 상태로—나를 반겼다. 그 태도에는 기본적으로 나는 너의 우위에 있다, 라는 의식이 담겨 있어 나는 놀랐다. 누가 가르쳐주지 않아도 스스로 깨닫게 되는 것들은 그다지 좋지 않았다.

오만하고 여유로운 표정으로 나를 맞이한 도련님은 스스럼없이 내게 명령했다.

"여기 앉아."

나는 고분고분 그의 말을 따랐다.

가까이서 본 그의 얼굴은 잘 빚은 반죽 같았다. 일정하게 자리매김한 눈, 코, 입은 딱 필요한 만큼의 간격과 크기로 조화를 이뤘다. 눈을 감았다 뜰 때마다 움직이는 기다란 속눈썹을 보고 있자니 예쁜 나비가 날개를 팔랑거리며 날아다니는 풍경을 볼 때의 평화가 내 안에 찾아들었다. 분홍색 입술은 뭘 바른 건지 윤이 났다. 그의 동공도 유리알처럼 반짝였다. 옷 사이로 보이는 하얀 목덜미와 가느다란 머리칼. 소매 밑으로 나온 팔은 작고 매끈해 보였다.

"넌 나보다 나이가 많아 보여. 몇 살이야?"

"네, 도련님, 저는 여덟 살입니다."

"난 여섯 살!"

그러고는 씨익 웃었다. 도련님과 대화할 때면 '네, 도련님'을 처음에 꼭 붙이고, 묻지 않는 말은 절대 하지 말라고 배웠다. 도련님이 묻기만 하고 나는 대답만 하는 상황이 몇 차례 반복되자 그는 싫증을 내기 시작했다.

"네가 앵무새야? 왜 묻는 말에 대답만 해?"

"네, 도련님. 저는 앵무새는 아니지만 대답은 합니다."

이런 식으로밖에 대화가 되지 않으니 결국 그는 내게 빽 소리치고 말았다.

"너도 나한테 뭘 물어보도록 해."

"네, 도련님."

"물어보라니까? 난 책을 많이 읽는단 말이야. 뭐든 알려줄 수 있어."

"…'책'이 무엇입니까?"

도련님의 눈이 휘둥그레졌다. 그런 질문을 받을 줄은 몰랐던 모양이었다. 질문을 받은 자의 책임감인지, 그는 곰곰이 고민했다. 그래 봤자 어린아이가 벤치에 앉아 발만 까딱까딱하고 있을 뿐이었지만 나는 그에게서 뭔가를 바랐다. 정의 내리지 못한 답답함이 해소될 실마리를 곧 찾을 수 있을 것 같다는 예감이 들었다.

"책은 종이에 모아놓은 이야기야!"

나는 그 말뜻을 전혀 이해할 수 없었지만 고개를 끄덕였다. 만족한 듯 그는 내게 질문을 더 하라고 재촉했다. 내 질문의 반 이상이 어린 그 또한 대답해줄 수 없는 것이었다. 하지만 꽤나 재밌었는지 그다음부터 나는 종종 도련님과 시간을 보내게 되었다.

도련님을 처음 보고 온 날, 어른들은 도련님을 몹시 궁금해했다. 내가 보고 온 도련님을 나처럼 느껴보고 싶다는 기색이 역력했다. 순순히 다 말해줄 수도 있었지만 나는 그러지 않았다. 작고 소중한 앨범처럼 나만 간직할 한 가지는 필요했다.

도련님의 뽀얀 얼굴을 애기하던 어른들 사이에서

"저도 하얀 편인데요?" 라고 말했을 때,

그 말을 들은 아줌마들이 깔깔깔 웃기 시작했다. 그 목소리가 하도 우렁차 고막이 아팠기 때문에 나는 얼굴을 찡그렸다. 하지만 그런 내 표정을 철없는 아이의 불만 어린 얼굴로 해석했는지 가장 뚱뚱한 아줌마가 내게 말했다.

"물론 너도 하얀 편이지. 하지만 도련님에 비할 바가 아니란다. 도련님이 특별한 게 아니야. 바깥에는 그런 사람들이 아주, 아주 많단다."

"그게 안 좋은 건가요?"

"아니? 왜 그렇게 생각하는 거니?"

"아줌마 말투가 그래요. 그냥 그런 건… 느껴져요."

아줌마는 더이상 아무 말도 하지 않았다. 그녀는 하얗고 뚱뚱했다. 얼굴에는 주근깨가 가득했다. 황 아줌마는 구릿빛 피부를 가지고 있었지만 날씬하고 튼튼했다. 내가 황 아줌마를 생각하고 있는 걸 들킨 건 아닌지 조마조마했다. 누구와 누구를 비교하다가 싸움이 터진 하인들은 이 저택에서 쫓겨났다. 나는 그러고 싶지 않았다. 사과의 의미로 아줌마를 꽉 껴안으니 아줌마도 내 볼에 얼굴을 비볐다.

도련님이 나의 우상이 되는 데에는 오랜 시간이 걸리지 않았다. 사실 처음부터 그랬는지도 몰랐다. 나는 그토록 고귀하게 여겨지는 인간을 본 적이 없었다. 그를 둘러싼 모든 환경이 그를 아주 소중한 존재로 만들었다. 도련님 또한 그 사실을 알았다. 사랑받는 것이 당연한 사람들에게서 볼 수 있는 너그러움과 포용력, 오만함과 자부심까지 나는 동경했다.

열 살이 될 때까지 나는 도련님에게 끝없이 질문했고, 그는 답을 하고자 애썼다. 우리의 놀이란 항상 그런 식이었다. 그 저택에서 자라는 동안 주인님은 나를 제대로 본 적이 한 번도 없었다. 그렇지만 나와 어울린 이후 도련님의 성장은 눈에 띌 만했다. 내가 내쳐지지 않고 도련님과 점점 더 많은 시간을 보낼 수 있었던 것이 그 방증이었다.

"이제 와? 히."

"네, 도련님."

"도련님이란 말은 집어치워. 너의 그 기계적인 목소리에 진절머리가 날 지경이야."

도련님은 그때쯤 사교 모임을 따라다니며, 당시 청년이 되지는 못했으나 소년의 범주에 들어선 귀족 아이들에게서 옮아온 듯한 말투와 행동거지를 보이고 있었다. 그는 훗날 정치계로 나가고 싶다는 뜻을 이때 세워놓았다.

"무슨 책을 읽고 계시나요?"

"정치학개론. 지루해 죽겠군."

겨우 여덟 살인 도련님은 요양 온 늙은 백작처럼 말했다.

"책이 무척이나 더럽습니다."

"아, 이거? 고전 중의 고전이라나. 아버지 서재에 있었는데…

아마 아버지도 안 읽으셨을 거야."

서재. 나는 그곳에 대해 들어보기만 했다. 내 질문에 막힐 때면 도련님은 항상 그곳에서 뭔가를 찾아오겠다고 말했다. 서재는 신성한 공간이라 청소하는 하인도 따로 정해져 있었다. 그가 아무렇지 않게 그 단어를 내뱉을 때면 나는 서재에 대한 환상과 그곳을 아무렇지 않게 오가는 사람에 대한 부러움이 한데 뭉쳐 목구멍이 꽉 막히는 걸 막을 도리가 없었다. 게다가 그 기분이 밖으로 드러나지 않도록 노력하는 탓에 얼굴 근육이 씰룩였다. 다행히 이 년 넘도록 내 얼굴을 자세히 본 적이 없었던 도련님은 그 사실을 알지 못했다.

"제가 먼지를 좀 제거해드릴까요?"

그가 나를 '주시했다'. 그의 그늘진 눈매에 깊이가 생기자 나는 침을 꿀꺽 삼켰다.

하지만 도련님은 이내 고개를 끄덕이고선 내게 책을 넘겨주었다. "보기 편하게 해와." 습한 곰팡내가 났다. 종이에 밴 눅눅함은 여태껏 내가 맡아온 그 어떤 냄새와도 달랐다.

그날 나는 새벽이 올 때까지 책을 음미했다. 삐걱거리는 내 침대에 앉아 진귀한 물건 다루듯 책머리부터 조심히 쓸어내렸다. 한 장 한 장 마른 수건으로 먼지를 닦아내고 다시 한번 꼼꼼히 보느라 시간 가는 줄 몰랐다. 책만 손에 쥔다면, 도련님이 발 디딘 세계에 조금 더 가까워질 수 있을 거라 생각한 건 어설픈 착각이었다. 꼬불거리는 글자. 나는 문자를 알지 못했다. 말만 할 줄 알았지 종이에 쓰인 글자를 읽는다는 개념조차 없었던 것이다. 하지만 그것은 귀한 암호인 듯 내 앞에서 춤을 추며 이어지고 있었다. 계속 보고 있으면 알게 되기라도 한다는 듯 나는 글자를 한없이 바라보았다. 그렇게 마지막 장까지 다 보고 책이 제법 깨끗해졌을 무렵에는 이미 해가 밝아오고 있었다.

만족한 도련님은 이후로도 내게 책을 맡겼다. 한 권이 두 권이 되고, 전집이 되고, 어느덧 도련님이 직접 책을 끌고 오는 게 수고스럽다고 느낄 때 즈음, 그가 제안했다.

"안 되겠다. 서재에 와서 닦아놓고 가."

나는 비교적 깨끗한 수건을 들고 신이 나 그를 따라갔다.

서재는 나의 상상을 넘어선 영역이었다. 도련님이 가져오는 무수한 책들을 보며, 그것들이 빼곡히 쌓인 어떤 공간이라는 추상적인 상상만 했을 뿐이었다. 종이 뭉치가 모여 이뤄내는 화음이 있다는 건, 나란히 놓인 그 배열에서 뿜어져 나오는 웅장함과 경외감이 있다는 건, 정말 알지 못했던 사실이었다.

나는 최대한 정물 보듯—이건 주인님과 도련님의 행동을 따라 한 것이다—덤덤하게 그 공간에 섰다. 나를 구석으로 데려간 도련님은 거미줄까지 생기기 시작한 책들을 가리키며 말했다.

"여기부터 순차적으로."

그게 시작이었다.

내 어린 시절은 단조로운 몇 가지로 채워져 있다. 아침 이슬. 풀 내음. 흙 내음. 아줌마들. 아저씨들. 그리고 도련님.

그날도 나는 평소처럼 어린 도련님과 놀고 있었다. 저택 왼쪽은 숲길로 이어져 있었는데, 덩굴이 타고 올라가 뒤덮은 저택의 외벽과 우거진 나무 사이 자그마한 공간이 하나 있었다. 얼핏 보면 아무것도 없어 보이는 그 구석으로 들어가다보면 어느 순간 야트막한 언덕 하나가 나타났다. 그 언덕은 도련님의 아지트였다. 그와 나는 종종 그곳에서 놀았다. 언덕의 위치를 알긴 했지만 도련님이 없을 때는 그곳에 가지 못했다.

그는 식물학에 관련된 책 몇 권을 들고 와 정원에 있던 잡초나 풀, 이름 모를 나무와 꽃 따위에 대해 나와 이야기 나누고 싶어 했다. 그는 글을 모르는 내게 스케치된 그림과, 이 그림 속 꽃과 풀에 대해 나름대로 열심히 설명을 해주고 있었다. 우리는 그 길고 긴 이름의 열대 꽃과 풀이 우리 주위를 가득 채우면 어떨 것 같은지, 바로 눈앞에 있는 풀도 햇빛이나 바람에 따라 그림과는 전혀 달리 보이는데 알아볼 수 있을지에 대해 이야기했다. 구름에도 이름이 있다는 것에 신기해하는 내게, 도련님은 잘 모르는 분야인 듯 "다음에 알려주지." 라며 으쓱한 표정을 지었다. 그때, 도련님의 머리 위로 짙은 그늘이 졌다.

나는 그게 뭔지도 모르면서 왠지 모를 두려움을 느꼈다. 내가 움켜쥔 작고 작은 따스함을 앗아가는 한 줌의 어둠이었다. 당혹스럽지만 결코 낯설지만은 않은 감각이었다. 본능적으로 목덜미가 뻣뻣하게 굳었다. 고개는 추를 단 것처럼 무거웠고, 숨이 막혔다. 나는 뭔가를 모르면서도 아는 사람 같았다. 꼭 누군가에 의해서, 음영이 드리워진 순간을 목도한 적이라도 있었던 것처럼. 그런 풍경을 내게 보여줄 수 있는 이는 단 한 사람밖에 없었다. 적어도 내가 생각하기에는 그랬다.

　주인님은 어리둥절해하는 도련님 뒤로 섰다. 나를 내려다보는 주인님의 얼굴은 근 몇 년 만인지도 몰랐다. 그도 나이란 것을 먹는 사람일 텐데, 어쩐지 내가 일곱 살이던 그날과 수염 한 올마저 바뀐 게 없다는 생각이 들었다. 그 겨울, 아무 표정 없이 서 있던 주인님을 오려다 이곳에 붙인 것만 같았다.

　주인님은 한동안 아무 말도 하지 않고 아무런 행동도 취하지 않고 우리를, 아니 나를 쳐다보고 있었다. 마침 나는 도련님이 건넨 책을 짚던 참이었다. 무슨 죄라도 지은 듯 놀라 손을 퍼뜩 떨쳐내고 싶었지만 어째선지 도무지 손이 떨어지지 않았다. 그새 땀이 배어든 종이가 내 손바닥에 달라붙는 게 생생히 느껴졌다.

　감히.

　그런 말을 들은 것 같다. 하지만 확신하지는 못하겠다. 생각이 들자마자 순식간에 시야가 새까매졌다. 커다란 손이 내 뺨을 내리친 것이었다. 맞았다는 사실을 깨닫자마자 볼이 불에 덴 듯 화끈거렸다. 너무 아프면 눈물이 나올 수도 있구나. 놀란 눈동자는 감기지도 않고 그저 눈물을 가득 머금었다. 내가 다시 쳐다보려 하자 주인님은 사정없이 나를 후려치기 시작했다.

　소리를 높이는 건 오로지 도련님뿐이었다. 나는 "헉" 하는 단말마만 내지르며 개새끼처럼 맞고 있었고 주인님은 어린아이인 내게 그 어마어마한 힘을 휘두르며 아무런 소리도 내지 않았다.

　도련님은 맞고 있는 내가 안쓰러우면서도, 그렇게 안쓰러워하는 나를 때린 사람이 자신이 그토록 존경해 마지않는, 평소라면 너무나 자랑스러워했을 피붙이라는 사실에 혼란스러운 것 같았다. 말려보려는 소극적인 시도가 통하지 않자 발을 동동거렸다. 도련님이 울음을 터뜨리려는 찰나, 손찌검이 멈췄다. 주인님은 고개를 돌려 자신의 아들을 바라보았고, 아들은 그 눈빛에 압도당해 울음을 멈췄다. 사실상 시작도 하지 않은 그것은 온몸의 흐느낌으로 바뀌었다. 애써 참는 그를 보고 한숨을 쉰 주인님은, 도련님의 작은 머리통을 살짝 쓰다듬고 자리를 떠났다. 나를 세차게 때린 그 손이 부드럽게 선을 그리는 걸 보지 않을 수 없었다.

"히……."

그가 애달픈 목소리로 나를 불렀다. 일단 나는 너무 아프고 힘들어 숨이 제대로 쉬어지지 않았다. 살기 위해 바둥거리는 내 움직임이 느껴졌고, 그런 내 모습이 서글퍼져 눈물은 멈추지 않았다. 몸을 움직일 수 있는 정도가 되자 바닥에 대고 있던 얼굴을 들었다. 내가 일어나려 하자 도련님은 후다닥 다가와 내 몸을 부축했다. 나보다 체구도 작으면서 힘을 꽉 주며 애를 쓰고 있었다. 그가 변명처럼 중얼거렸다.

"아버지도 일부러 그런 건 아닐 거야……."

이 와중에도 그는 제 아버지를 변호하고 있었다.

주인님이 아무것도 하지 않은 내게 그토록 심하게 손찌검을 했는데도, 그 모든 걸 똑똑히 봐놓고도 이유가 있을 거라, 네가 맞을 만했을 거라 나를 설득하려 했다. 내가 그를 쳐다보자 그는 내 눈을 피했다. 도련님이 내 눈을 피한 건 처음 있는 일이었다. 말을 하려다가 입안이 찢어진 걸 알았다. 비릿한 피 맛이 끔찍하게 내 입

속을 휘감았다. 꾹 참고 피를 삼키며 내가 말했다.

"저는 잘못한 거 없……."

거기까지 말하는데 뭔가가 속에서 훅 올라와 나는 가슴을 들썩거렸다. 최소한의 말을 하는데도, 이런 말을 굳이 변명처럼 해야 하는 내 자신이 서러웠다. 나는 엉엉 울기 시작했다. 당황한 도련님이 작은 손을 움직여가며 어쩔 줄을 몰라 했지만 그와는 별개로 그는 전혀 도움이 되지 않았다. "히, 왜 그래", "히, 어떻게 해", "그만 좀 울어……." 그럴수록 나는 꺼이꺼이 더 울어 젖혔다. 목이 아프고 뻑뻑했다. 두 눈두덩이는 불에 덴 듯 뜨거웠다. 결국 마지막에 가서 그는 내게 미안하다고, 내가 미안하다고, 내 옷을 붙들고 속삭이기 시작했다.

작고 여린 도련님에겐 방법이 없었을 것이다. 그는 생각보다 나를 좋아했다. 내가 하인이고 그가 도련님인 상황이 바뀔 리가 없었고, 그러니 그는 나를 물건처럼 아무렇게나 대해도 상관없는데도 그랬다. 그게 아마 정이란 거겠지. 나는 내가 듣게 될 거라 생각지 못한 말에 잠시 소리 내 우는 걸 멈췄다. 미안하다는 말은 잘못한 사람이 하는 것이었다. 미안하다는 말은 아랫사람이 높은 사람에게 해야 하는 말이 아니었던가.

잠금장치가 풀린 호스처럼 눈물이 줄줄 흘렀다. 그래도 흐느끼는 소리는 내지 않자 도련님은 반색하며 나를 달랬다. "미안해, 미안해, 히." 그 말소리가 너무 달콤하고 부드러워 나는 기절할 것만 같았다.

"내가 뭐든지 할게. 이제 그만 울어……."

그가 조심스레 손을 뻗어 내 눈물을 닦았다. 아무리 부드러운 손길이라도 이미 눈물에 쓸려 여린 피부는 따끔거렸다. 조금 어른스러운 얼굴을 한 도련님. 나는 이게 내게 온 기회란 걸 알았다. 꽉 막힌 목에선 뻐끔거리는 소리만 날 뿐, 제대로 말이 나오지 않았다. 그사이 나는 이 상황을 가늠했다. 도련님은 다시는 내게 이런 얼굴을 보이지 않을 것이다. 이런 태도를 보이지 않을 것이다. 나는 내 안 깊숙한 곳에 숨어 있던 욕망을, 버리고자 했던 그 강렬한 소망을 떠올렸다. 아픔 너머로 넘어온 그것을 붙잡았다.

나는 뚝뚝 떨어지는 눈물을 구태여 훔치지 않았다. 눈앞이 뿌예졌다 선명해지기를 반복하는 와중에도 내가 도련님을 직시하는 것처럼 보일 수 있도록 시선은 계속 앞으로 두었다. 그리고 통하길 간절히 바라며 말했다.

"그러면 저한테 글을 가르쳐주세요."

내 목소리는 쩍쩍 갈라졌다. 바짝 말라 쉰 소리가 났다.

"......"

"아니라면 도련님을 보지 않겠습니다."

두 말 모두 진심이었다. 도련님은 나의 첫 제안에 당황했지만 뒤이어 나온 말에 숨을 삼켰다. 그는 절대 나의 제안을 거절하지 못할 것이다. 그런 확신이 들자 온몸이 욱신거리고 정신이 몽롱한 와중에도 기분이 부풀어 오르기 시작했다.

그로부터 2년이 지난 어느 날이었다.

"아파요."

"음?"

책을 읽으며 나는 예의와 배려에 대해 배웠다. 그 둘의 차이를 알고 구별하여 쓸 수 있었다. 신사의 행동거지에 대해서도 배웠다. 하지만 나는 신사가 아니었으므로 내용만 인지하는 걸로 충분했다.

내게 친절한 사람과 더더욱 친절한 사람을 구분하는 것도 그와 비슷했다. 아프다는 나의 말에 로자 아줌마는 바로 걱정스러운 표정을 지었다. "히, 대체 어디가 아픈 거야?" 그녀가 내 이름을 부르자 마음 한구석에 작은 파동이 일었다. 아줌마는 하던 일을 멈추고 나와 눈을 맞추었다. 나는 아줌마의 부드러운 말투가 좋았다. 아줌마는 한 번도 내게 가엾다는 말을 한 적 없는 유일한 사람이기도 했다.

"여기가 아파요."

"……."

"심장은 중요한 기관이라고 들었어요. 심장이 아프면 죽을병이랬는데. 근데 양쪽이 다 아파요. 심장은 양쪽에 있나요?"

아줌마는 내 손을 이끌고 주방 구석으로 갔다.

"그 이야기 누구한테 했니?"

"아줌마뿐이에요. 제가 누군가한테 무슨 말을 한다면 그건 아줌마가 항상 첫 번째인걸요."

"오, 히. 네 말이 너무나 기쁘지만, 지금은 일과 시간이라 길게 얘기하지 못하겠구나. 다른 사람들, 특히나 아저씨들이나 도련님한테는 그런 말을 하면 안 된다, 애야. 그리고 그건 심장이 아니라

가슴이야. 네가 더 늦게 알기를 바랐다만……."

그때 우리가 있는 쪽으로 요리사 아저씨가 들어왔다. 그는 우리를 향해 눈을 흘겼다. 아줌마는 부러 큰기침 소리를 내며 나갔다. 나를 잡아끌지는 않았으나 나는 눈치껏 그녀를 따라 나갔다. 등 뒤로 끈덕지게 따라붙는 요리사의 시선이 느껴졌다. 몸을 휙 돌려서 혓바닥을 날름 내보이고 싶었지만 참기로 했다.

그 이후로 며칠간 아줌마가 너무 바빠져 함께 이야기할 시간이 없었다. 나도 키가 부쩍 자라서인지 이것저것 할일이 늘어났다. 아저씨들은 내가 짐을 옮기느라 낑낑대고 있으면 근육을 좀 키워야겠다고 한마디씩 던졌다.

가슴의 통증은 계속되었지만 죽을병이었다면 로자 아줌마는 주인님께 빌어서라도 나를 병원으로 데리고 갔을 터였다. 하지만 그러지 않았으니 나는 그 감각에 익숙해지기로 했다.

꿈속에서 주인님을 보았다. 주인님이 내 꿈에 나타난다는 건 '그 시간'을 다시 경험한다는 말과 같았다. 나는 떨고 있었다.

총소리가 들렸다. 카앙. 포효하는 듯한 울음소리 같았다.

"어이쿠, 저런."

나는 그 말을 잊지 못한다. 나의 근본을 이루던 어떤 것을 박살낸 후 미처 몰랐다는 듯이 탄식하는 그 소리는, 기계적으로 우는 뻐꾸기시계 같았다.

고저 없는 말투. 주인님의 눈동자는 미동조차 없었다. 내 가족의 죽음이 그에겐 그 어떤 긴장감이나 당황스러움도 주지 못했다는 뜻이었다. 주인님의 아주 사소한 실수로 사람이, 내 가족들이 생명을 잃었다. 내 앞에서 무너지는 등을 나는 속절없이 바라보고만 있었다. 어느 누가 알려주지 않아도 알 수 있었다. 그리고 여기 가만히 있으면 나 또한 저렇게 될 거라는 것도.

쿨럭쿨럭 피를 토해내는 몸뚱이를 본 나는 온몸이 굳은 채로 실금하고 말았다. '안 돼. 저렇게 되고 싶지 않아.'

차가운 돌바닥에 무릎을 꿇고, 소리쳤다.

"제발 적선을……."

발음이 제대로 나오지 않아 말이 꼬였다. 그때 나는 일곱 살이었다. 곧 여덟 살이 되는 겨울이었다.

남들에게 구걸하는 게 습관이 된 몸은 불쌍히도 굽었다. 나는 작고 뼈만 남은 내 몸을 더욱 쪼그라들게 만들어 동정심을 유발하는 법을 알고 있었다. 팔과 다리를 덜덜 떨며 힐끔거리는 눈짓으로 연민을 자아내는 법도 알았다. 부모는 내게 그런 것을 가르쳤고, 나는 곧잘 했다. 덕분에 내가 걷기 시작한 이후로 우리 가족은 조금 더 먹을 수 있게 되었다.

"너의 부모가 이미 없는데도."

"……."

"목숨을 구걸하는 건가?"

냉엄한 주인님의 목소리는 내 뼈 마디마디에 새겨졌다. 질끈 감은 눈에서 눈물이 흘렀지만 슬퍼서는 아니었다. 그저 본능처럼 나는 소리 없이 울고 있었다.

세상이 멈춘 것 같은 고요 후, 그가 말했다.

"데려가."

내가 고개를 들었을 때, 주인님의 감정 없는 눈빛을 보았다. 주인님은 그런 내 눈에서 깊이를 알 수 없는 감사함을 봤을 것이다. 주인님은 눈썹을 찡그렸다. 그는 고개를 휙 돌리고 걸어갔다. 그런 그를, 나는 웃는 얼굴로 따라갔다. 가족들의 시신을 그대로 남겨둔 채.

꿈에서 깼을 때 내 온몸은 젖어 있었다. 정말 내가 웃었을까? 열 살 이후로 꾼 적 없는 꿈이었다. 부모의 얼굴은 이제 기억조차 나지 않았다. 축축하고 불쾌한 기분이 들었다. 이불을 들추자, 다리 사이로 검붉은 피가 보였다.

그날 밤, 로자 아줌마를 보자마자 애써 참은 눈물이 폭포수처럼 쏟아졌다. 나와 이불보를 번갈아 보더니 로자 아줌마의 얼굴엔 환한 웃음이 서렸다.

"왜, 왜 웃어요?"

억울한 마음에 물었더니 아줌마가 말했다.

"너에게 해줄 말이 두 가지 있어, 히. 먼저 지금까지 말해주지 못해 미안해. 그리고 너무나 축하한다. 이 어여쁜 아가씨야."

그러고선 내 코를 가볍게 쥐고 흔들었다. 내 콧물이 그녀의 손에 묻었지만 아줌마는 신경 쓰지 않았다.

"내가… 아가씨예요?"

"그럼."

나는 여태껏 내 성별을 의심한 적이 없었다. 저택에는 정말이지 다양한 사람들이 있었다. 내 팔이 가늘고 목소리 톤이 높은 건 보편적인 남자아이의 특성에 어긋난다고 할 수 없었다. 물론 나는 아저씨들보단 아줌마들이 더 편하고 좋았다. 그러나 그건 제이 아저씨 말처럼 내가 '치마폭'을 좋아하는, 밝히는 놈이라 그런 거라고 생각했다. 로자 아줌마는 절대 아니라고 했지만. 나도 아줌마의 말을 믿고 싶었다. 하지만 아줌마들은 가끔씩 모여 '남자들은 믿기 힘들다'고 했다. 그 믿을 수 없는 부분이 '남자'인 나한테도 내포되어 있다면, 아저씨의 말이 옳을 수도 있겠다고 한편으로 생각했다. 사람들이 나를 사내 녀석이라고 말할 때, 그게 아니라고 말해주는 사람은 아무도 없었다. 그래서 나는 그게 나라고 믿었다. 머리는 항상 짧게 쳤고, 아저씨들이 하는 일을 배웠다. 힘이 더 세지면 더 큰 짐도 들 수 있을 것이었다. 그렇게 믿었다.

"그 말은, 저도 나이가 들면 아줌마처럼 된다는 건가요?"

내 말에 로자 아줌마는 슬픈 미소를 지었다. 그녀의 눈가에는 주름이 가득했다. 아줌마는 살집이 있어서, 품에 안기면 포근했다. 아줌마한테서는 항상 부엌 냄새가 났다. 나는 그걸 따뜻한 냄새라고 불렀다. 여태껏 생각해본 적 없는 미래가 그려졌다. 내가 말했다.

"정말 근사한 일이에요. 전 항상 아줌마처럼 되고 싶었거든요."

아줌마의 커다란 눈동자에 눈물이 가득 차올랐다. 나는 아줌마가 우는 연유를 알지 못해 한참을 쩔쩔맸다.

2차 성징 이후, 나는 날로 여성스러워졌다. 그건 크나큰 문제였다. 첫째로 나는 여성스러워지고 싶지 않았고, 둘째로 나는 내가 여자라는 사실을 기왕이면 평생 숨기고 싶었다. 로자 아줌마는 내가 치마를 입거나 머리를 기르면, 향수를 뿌리거나 입술을 붉게 칠하면 얼마나 아리따울지 얘기하곤 했으나 나로서는 세상에 없는 동물을 상상하는 것만큼이나 어려운 일이었다. 그럴 때마다 황 아줌마는 왜 그러냐고 핀잔을 주곤 했으나 내가 머리를 자르고 온 날이면 아쉬운 듯 내 머리칼을 매만지는 사람 또한 황 아줌마였다.

나는 최대한 품이 큰 옷을 입었고 팔 운동을 열심히 했다. 아줌마들 눈엔 예뻤을지 모르지만 솔직히 내 얼굴은 거친 삶의 흔적이 역력해 부드러운 인상을 주기엔 부족했다. 키도 껑충하게 큰 편에 속했다. 굳이 여자라고 말해주지 않으면 모를 정도였다. 로자 아줌마만큼 풍만한 가슴을 가지게 된다면야 숨길 도리가 없겠지만, 지금은 그렇지도 않았다.

문제는 목소리였다. 아직도 꾀꼬리같이 가느다란 목소리를 내는 도련님도 언젠가는 주인님처럼 굵직한 목소리를 가지게 될 것이었다. 그건 당연한 수순이었다. 나는 그럴 수 없었다. 부주의하게 있다가 놀랐을 때 꺅, 소리를 내지르고 나서야 사태의 심각성을 자각했다.

나는 남들보다 더 일찍 일어나 저택에서 최대한 멀리 나갔다. 그리고 무작정 소리를 질렀다. 목이 쉬어 소리가 나오지 않을 때쯤이면 그새 흐른 땀을 훔치고 다시 달려서 저택으로 돌아왔다. 성대가 내 뜻대로 움직여주기를 바랐다.

벙어리가 되는 건 원치 않았으므로, 완전히 낫기 전에 다시 소리를 지르고 돌아오는 것이 반복되었다.

"히, 너 목소리가 굵어졌다?"

도련님이 나의 변화를 눈치챘을 때는 속으로 환호성을 질렀다. 목이 쉬지 않아도 목소리가 꽤 굵어져 있었다.

　나는 아저씨들에게 담배도 배웠다. 내가 고개를 갸웃거리자 그들은 어딘지 흐뭇한 미소를 지으며 담배를 피우는 법을 알려주었다. 아줌마들이 알면 기함할 일이었으므로 몰래 했다. 담배는 맛이 없었지만, 덕분에 우리에게 묘한 유대감이 생겼으니 나쁘기만 한 일은 아니었다.

　글자를 깨우치는 데는 1년이 걸렸고, 서재에 있는 책들을 허겁지겁 읽는 데는 또다시 1년이 걸렸다. 나와 도련님의 대화 수준은 급격히 높아졌다. 뺨을 맞은 그날 이후 도련님은 내가 무너져 내릴까 한참 동안 전전긍긍했다. 그날의 기억이 도련님에겐 어지간히 충격적이었던 모양이다. 나는 몰랐지만, 그때 나는 그 자리에서 죽어도 이상하지 않을 정도로 참혹했다고 했다.

　그날 이후 이어진 도련님의 태도는 그의 습관으로 자리 잡았다. 그는 다시 밝아진 나를 두고도 조심스러운 기색을 보이곤 했다. 그것이 싫지는 않았지만 그 당시 나는 도련님이 그러는 이유를 알지 못했다. '챙김'이라는 단어를 떠올린 건 그로부터 한참이 지나서였다. 나보다 지체 높은 도련님이 나를 '챙겨준다'는 건 상상조차 할 수 없는 것이었으니까.

　도련님은 여전히 나의 우상이었다. 날이 갈수록 뚜렷해지는 그의 수려한 이목구비와 사랑스러움은 그 누구도 따라갈 수 없을 것 같았다.

열세 살, 도련님을 처음으로 귀엽다고 생각했다. 그 감정은 나보다 작고 여린 존재를 위한 것이었다. 우러러봐야 하는 도련님은 이제 어린 동생 같았다.

열네 살, 도련님은 여전히 정치에 관심이 없었다. 그보다는 음악에 재능이 있는 것 같았다. 가끔씩 흥얼거리는 허밍음을 듣고 무슨 노래냐고 물으면 그는 씨익 웃으며 자신이 지어낸 거라고 했다. 그런 도련님의 모습을 아는 사람은 나뿐이었다.

열다섯 살, 나는 그녀를 만났다.

도련님이 약혼을 한 건 그가 열 살 때의 일이다. 도련님이 코흘리개 시절 주인님이 맺은 약속은 종종 화두가 되곤 했으나 정작 도련님은 약혼자를 본 적이 없었다.

그래서 도련님이 처음으로 그녀를 본 날, 입을 떡 벌린 게 이해됐다. 그녀는 노란색 드레스를 입고 마차에서 내렸다. 자그마한 체구에 반짝이는 에메랄드빛 눈동자. 몸에 밴 듯한 예의 바르고 우아한 몸짓은 열세 살답지 않을 정도로 기품이 넘쳤다. 도련님은 유순했고 여자아이 같은 외모를 지녔지만 그녀에 비하면 완전히 남자다웠다. 안녕하세요. 높고 청아한 목소리로 그녀가 말했을 때, 나는 나도 모르게 내 목울대에 손을 댔다. 그건 더이상 내가 바랄 수 없는 목소리였다.

도련님의 약혼자는 훔쳐보기만 해도 죄가 될 것 같은 그런 종류의 사람이었다. 첫인사를 한 후 하인들은 그녀를 마주할 수 없었다. 그녀의 객실을 정리해주고 다과를 가져다주는 황 아줌마만 유일하게 그녀를 몇 번 보았을 뿐이었다.

"아가씨가 어찌나 도도하던지. 네, 거기에 놔주세요."

그녀의 말투를 따라 하며 아줌마들은 웃었다. 간드러진 목소리를 흉내 내며 즐거워했다.

집안의 분위기로는, 두 사람 사이에 어떠한 이성적 교감이 있기를 바라는 듯했으나 그들은 마치 소꿉놀이를 하듯이 시간을 때우고 있었다. 나이는 같았지만 젠체하는 도련님을 그녀가 매우 언짢게 보고 있다는 확신이 들었다. 둘의 관계는 얼마 지나지 않아 흐지부지되었다. 그들은 관심사가 확연히 달랐고, 서로 양보하고 맞춰줄 만큼 성숙하지 못했다.

"재미가 없어."

"네?"

"어떻게 해야 할까."

"지금 저한테 물으신 거예요?"

"그럼 너 말고 여기 누가 있다는 거야?"

날씨가 좋은 날이면 도련님은 밖에 나가는 걸 좋아했다. 저택 뒤편의 야트막한 언덕은 내가 맞았던 날 이후 가본 적이 없었다. 도련님은 그곳을 좋아했기 때문에 내가 없어도 종종 가지 않을까 생각했지만 그 언덕의 입구에는 풀이 무성하게 자라 있었다. 대신 그는 저택에서 조금 더 올라간—언덕이라기보다는 언덕 어귀의 평야에 가까운—다른 공간으로 나를 데리고 갔다. 돗자리를 펴고 앉는 날보다 옷이 더러워지는 걸 개의치 않고 그냥 앉는 날이 더 많았다. 그곳에서 더러 시간을 보내는 도련님은 심심하다는 이유로 나를 끌고 갔지만 같이 가더라도 딱히 내가 뭘 하는 건 아니었다.

"같이 시간을 보내는데 의의를 두는 거죠." 내가 말했다.

"그건 전혀 실용적이지 않잖아."

"지금도 그렇지 않은가요?"

내 말에 그는 붉은 입술을 깨물었다. 도련님은 근래 살이 빠지고 키가 컸지만 아직 얼굴이 앳되어 보이는 탓에 아이라는 느낌을 지우기 어려웠다. 하지만 도련님은 멍청하지 않았다. 고급 교육을 받았으며, 상류층 사람다운 행동거지를 보였다.

내 말의 핵심을 파악한 도련님은 잠시 침묵했다. 여기서 어떤 말을 하느냐에 따라 내가 생각하는 도련님의 인상이 바뀔지도 모르는 일이었으나, 그는 그런 것 따윈 신경 쓰지 않을 터였다.

"너랑 있는 건 좀 달라."

"……"

"달라. 이 말밖에 할 말이 없네."

그는 어깨를 으쓱해 보였다.

내 조언을 기반으로 이루어진 일인지는 모르겠으나 도련님은 행동을 바꾸기 시작했다. 그는 내게 변변찮은 심부름을 시키며 약혼녀와의 은밀한 시간—다른 사람들이 그렇게 부르는—에 끌어들였다. 그럴 때마다 나는 최대한 감정 없는 얼굴로 들어가 마찬가지로 아무런 감정도 내비치지 않고 할일만 하고 나왔다. 서로 얼굴을 마주 보는 것이 당연할 법한 거리에서, 다른 곳을 보고 있는 두 사람을 지켜보는 건 꽤나 재미난 일이긴 했다. 등을 한껏 뒤로 기대고 다리를 쭉 내민 도련님과 간이 탁자에 팔꿈치를 기대고서 멍하니 생각에 잠긴 그녀의 모습. 한 폭의 그림 같은 동시에, 저렇게 매력적인 두 사람이 서로에게 끌리지 않는다는 사실이 신기했다.

나와 그녀는 몇 번인가 눈이 마주쳤다. 다과에 흥미를 잃은 그녀가 고개를 들었을 때 나는 접시를 치우고 있었다. 그제야 내 존재를 인지한 그녀는 놀란 듯 두 눈을 크게 홉떴다.

'왜 그러지?' 유달리 놀란 그녀를 나도 모르게 빤히 보다가, 남자 하인이 다과를 치우는 광경이 생경할 거라는 데 생각이 미쳤다. 그리고 내 행색. 아침에 장작을 패고 온 터라 옷에선 먼지 냄새, 흙냄새가 가득했다.

"죄송합니다."

"아, 아니에요. 남성분이 오신 줄은 몰라서."

그 말에 놀란 건 나였다. 아저씨들에 비하면 나는 아직도 한참 어렸다. 게다가 '남성분'이라는 호칭은 나를 당황하게 만들었다.

나는 여자였으나 남자로 여겨지는 것에 큰 저항이 없었다. 그렇게 믿고 자라온 시간이 생의 반을 넘어선 까닭도 있었지만, 남자로 사는 게 여러모로 편리한 구석이 많았기 때문이다. 하지만 여태껏 누군가 나를 '남성'이라는 말로 격상시켜주고 배려하는 말투로 예우해준 적은 없었다. 나는 남성이나 여성이라 명명되는 사람보다 한참 낮은 존재로, '사내 녀석'이나 '놈' 따위의 말이 어울리는 처지였다. 심지어 도련님과 있을 때도, 그와 꽤나 깊고 진지한 학문 이야기를 나눌 때조차도 나는 그런 내 분수를 인지하고 있었다.

내가 생에 처음 겪는 혼란으로 포커페이스가 무너지고 눈만 댕 그렇게 뜬 채 가만히 서 있자, 그녀는 그런 나를 신기한 듯 쳐다보더니 웃음 지었다. 손으로 입을 살짝 가리기는 했으나 가느다란 손가락 사이로 하얀 치아가 보였다. 옅은 베이지색의 구불거리는 머리칼이 그녀의 얼굴을 가렸다가 다시 내비쳤다. 나는 한 번도 가지지 못한, 그리고 앞으로도 가지지 못할, 그 모든 것을 당연하다는 듯이 갖고 있는 그녀는 눈이 부시도록 아름다웠다. 나는 침을 꿀꺽 삼켰다. 지독한 허기가 몰려왔는데 그게 어디서 온 건지는 몰랐다.

그때 시선이 느껴져 고개를 돌렸다. 도련님이 나를 바라보고 있었다. 언제부터였는지 모르겠지만, 그는 무표정한 얼굴로 나를 직시하고 있었다. 뒤로 한껏 쏠렸던 자세는 바르게 돌아와 있었고 의자 팔걸이에 왼쪽 팔꿈치를 기대고 그 손으로 턱을 괸 채였다. 그는 눈빛으로 나를 힐난하고 있었는데, 내가 그걸 알아챈 건 그 눈빛이 주인님을 빼다 박았기 때문이었다. 말로 하지 않아도 알 법한, 내가 말하려는 걸 알지 않느냐는 시선이었다. 어쩐지 뜨겁고 불쾌하고 녹진녹진했다.

"죄송합니다. 가보겠습니다."

나는 서둘러 그 공간을 빠져나왔다. 그들로부터 한참 멀어질 때까지, 소년과 소녀의 시선이 내게서 떨어지질 않았다. 나는 개울가로 달려가 세수를 했다. 흙이 잔뜩 묻은 옷을 털고 발을 담갔다. 일렁이는 물살에 비친 내 얼굴이 보였다. 그 얼굴은 내게 너는 누구냐고 묻는 것 같았으나 차마 대답할 수 없었다.

너는 쿼터인 것 같아.

누군가가 말했다. 그 말엔 무시하는 듯한 기운이 배어 있었다. 그러나 나는 '쿼터'라는 단어의 뜻이 궁금해서 모멸감을 느낄 틈도 없었다.

쿼터는 4분의 1씩 다른 인종의 피가 섞인 사람이었다. 나는 다시 물었다.

"그러면 저는 어떤 쿼터인가요?"

"난들 알겠니."

그는 아무렇지도 않게 모른다고 했다. 아마 동양계와 북유럽계가 섞였을 거라고 흘리듯이 한 말을, 나는 곱씹고 또 곱씹었다.

나는 그런 인간이었다. 누군가 쿼터라고 짐작하는 쿼터. 그리고 하인. 남자 하인이지만 사실은 여자. 주인님이 거둬주지 않았다면 아마 시작조차 되지 않았을 인생. 시간이 지날수록 나를 정의하기가 더 어려워졌다. 사실 '나'는 존재하지 않는 셈 쳐도 아무런 상관이 없었다. 그저 잡일을 하는 '히'라는 것으로도 족했다. 분명 그랬는데 이상하게도 나이를 먹을수록, 점점 더 많은 책을 읽고 세상을 알아갈수록 나 자신을 정의하고 싶어졌다. 본디 나의 욕망은 글자를 알고 그 세계로 들어가는 것이 유일했으나 점차 새로운 욕망이 일렁이는 것 같았다. 나는 '알면 알수록 더 열망하게 되는 것'이 있다는 사실을 알지 못했다. 그걸 알았다면 처음부터 시작도 하지 않았을 것이다.

도련님의 약혼녀는 나를 궁금해했다. 이제 다시는 부르지 않을 거란 내 예상과 달리 도련님은 가끔씩 나를 불러 옆에 두었다. 그래서 이따금 그녀를 볼 수 있었다. 그때마다 그녀는 매번 호기심 어린 눈빛으로 나를 쳐다보았다. 나는 그녀의 시선을 받고 싶으면서도 어쩐지 부끄러웠다. 나도 그녀를 곁눈질하고 싶었지만, 저렇게 뚫어져라 쳐다보는 사람을 훔쳐보는 건 불가능했다.

시선이 맞부딪히면 눈동자를 먼저 피하는 쪽은 언제나 나였다. 약혼녀는 눈이 마주치면 당돌하게 나를 마주했다. 그녀의 에메랄드빛 눈동자는 물기를 머금은 풀잎 같았다. 사람을 끌어당기는 힘이 있어서 쉬이 눈을 떼기 어려웠다. 내가 그 힘에 이끌려, 피했던 시선을 마지못해 슬그머니 되돌리면 그녀는 그럴 줄 알았다는 듯이 부드럽게 미소 지었다.

오랜만에 갖는 둘만의 시간이었다. 태생적으로 몸이 약한 약혼녀는 병원에 잠깐 다녀온다고 저택을 비웠다.

"너에게 관심이 많아."

나는 도련님의 말을 듣고도 여전히 무표정하게 있었으나, 그가 말하는 대상과 그 말이 뜻하는 바를 모르는 건 아니었다.

"그런가요?" 짐짓 모른 척 내가 대답하니,

"모른 척하지 마, 히."

그가 내 턱을 잡아 돌렸다. 도련님의 갈색 눈동자는 내게 진실을 요구했다. 나는 평정심을 유지했다. 그의 눈동자에 일렁이는 것이 자신의 약혼녀에 대한 독점욕이라면 나는 그 이유를 찾아야 했다. 도련님은 그녀와 함께 있으면서도 거의 그녀를 바라보지 않았다. 내가 모를 리 없었다. 나는 그와 그녀만을 바라보고 있었으니까. 눈앞에 있는데도 바라보지 않으면서 욕심을 낸다는 건 이해하기 어려웠다.

"도련님은 언제나 옳으시니까요. 그렇다면 그런 거겠죠."

"그녀는 내 거다."

그는 내 턱을 손가락으로 훑고 내게서 멀어져갔다. 손에 묻은 뭔가를 닦아내려는 듯, 음미하려는 듯 손가락을 맞물려 두어 번 쓸었다. 도련님의 행동은 하나하나가 유려하고 기품 있었다. 오밀조밀했던 도련님의 이목구비는 어느새 앳된 느낌을 지우고 청년의 모습을 갖춰가고 있었다. '벌써?' 조금 놀란 내가 서둘러 대답했다.

"네."

다른 말을 덧붙이지 않았다. 도련님이 무언가를 강하게 주장할 때, 그는 항상 그런 대답을 원했다. 잘못을 했다면 다시는 그러지 않겠다며 다짐하듯이 답하기를 원했다. 나는 '왜요?'라는 건방진 질문을 던질 수 있는 하인이었으나, 이번에는 그러지 않았다. 더이상 그와 약혼녀에 대해 이야기하고 싶지 않았다.

짧은 내 대답에 나를 힐끗 바라본 도련님은 아무 말 없이 나갔다.

며칠 뒤 도련님과 약혼녀는 산책을 나갔다. 약혼녀의 시중을 들던 황 아줌마가 그날 새벽 몸살감기로 몸져눕는 바람에 로자 아줌마가 그 자리를 대신했다. 그들은 저택 뒤 숲길로 향했다. 커다란 마차와 하인들을 대동하고 두 사람은 팔짱을 낀 채 웃었다. 주인님은 그런 두 사람을 흐뭇하게 바라보았으나 도련님의 얼굴엔 지루함과 따분함에 가까운 감정이 덕지덕지 붙어 있었다. 여러모로 귀찮을 일을 떠안을 때 짓는 희미한 미소가 보였다. 주인님은 저런 도련님의 얼굴을 읽지 못했다. 다른 사람들도 매한가지였다.

두 사람이 출타 후 반나절이 지나자 해가 지기 시작했다. 나는 도련님이 없는 저택이 처음이라는 사실을 깨달았다. 열다섯인 도련님이 여태껏 저택 인근을 벗어난 적이 없다는 건 신기한 일이었다. 그리고 동시에 나 또한 일곱 살 이후 이 저택 인근을 벗어난 적이 없다는 사실을 깨달았다. 하지만 나는 밖으로 나간다 한들 먹고살 궁리만 해야 하는 존재였다. 도련님과 비교하는 건 실리에 어긋났다.

해가 졌는데도 그들은 한참이나 돌아오지 않았다. 날이 넘어갈 무렵이 되자 주인님과 저택 하인들은 발을 동동 구르며—그런다고 해결되는 일이란 아무것도 없었다—대문 앞에서 그들을 기다렸다. 아직 소식이 없냐는 호통에 한 하인은 머뭇거렸다. 그게 나라도 마찬가지였을 것이다. 소식을 전하려 간 하인은 아직 돌아오지 않았고 그동안 줄곧 대문 앞에 서 있던 주인님도 그걸 알았다.

나는 도련님을 떠올렸다. 내 머릿속의 그는 더이상 어린아이가 아니었다. 이제 막 자리 잡기 시작한 목울대와 점점 단단해져 가는 어깨를 가진 남자였다. 내가 걱정인 건 그의 약혼녀, 품이 좁아 어찌해도 움직이기 불편한 드레스를 입은 그녀와, 약혼녀가 위험에 처한다면 몸을 내던져 구해야만 할 로자 아줌마였다.

나는 어느새 손톱 끝을 물어뜯고 있었다. 불안감이 내 뇌와 심장과 장기까지 덮어가고 있는데도 이건 미련하고 아둔한 하인의 어설픈 착각이라 믿었다. 지금만큼은 난 아주 멍청하고 아는 게 없는 사람이어야 했다. 수도 없이 되뇌었다. 뚝, 소리를 내며 손톱이 부러졌다. 손톱 사이로 피가 몽글몽글 새어 나왔다. 그때 저 멀리서 인영人影이 보이기 시작했다.

몇몇 사람들은 흙과 풀을 뒤집어 썼고, 얼굴에는 자잘한 생채기가 가득했다. 가까이 다가올수록 모든 사람이 그러했다. 마차의 바퀴 한쪽이 심하게 일그러져 있었다. 마차의 위쪽 일부가 뜯어져 나갔고, 말 네 마리 중 한 마리는 어디로 갔는지 보이지 않았다.

그 앞에 도련님이 앞장서서 걸어오고 있었다.

주인님은 도련님을 끈질기게 눈에 담으면서도 움직이지 않았다. 앞으로 나가려는 간절한 마음을 가지고 있으면서도 그의 발이 얼어붙어 있는 이유를 나는 몰랐다. 나는 그럴 처지가 아님에도 불구하고 머리보다 몸이 먼저 움직였다. 수많은 저택 사람들이 대문 앞에 서서 출타했던 이들을 마주하는 순간, 어떤 용기인지 모르겠으나, 나는 뛰쳐나갔다. 평소보다 배로 일해서 다리가 욱신거렸지만 넘어질 듯 달려가 도련님을 붙잡았다. 내 행색은 깨끗하지 않았지만 지금은 도련님도 별반 다르지 않았다. 그의 소매를 움켜쥐더라도 티가 나지 않을 것이다.

"도련님!"

"히……."

그의 얼굴에 반가움이 서렸지만 이내 내 눈을 피했다. 심장이 내려앉았다. 아니야. 그러지 마. 눈동자가 빠르게 움직였다. 깨진 마차. 일그러진 바퀴. 사고가 났다면, 그냥 두고 오는 게 나았을

터. 굳이 왜 이걸 끌고 왔을까. 대체 이 안에 뭐가 있길래.

"미안하다. 나는……."

나는 그를 놓아버리고 마차 문을 벌컥 열었다. 도련님이 내 팔목을 세게 붙들고 허리를 낚아챘지만 이미 늦었다.

마차 안쪽에는 두 사람이 있었다. 의자에 다소곳하게 누워 있는 약혼녀, 그리고 바닥에 대충 던져진 로자 아줌마. 아줌마의 팔과 다리는 기괴한 형상으로 굽어 있었다. 나는 보자마자 두 사람이 죽었다는 걸 알았다. 하지만 왜. 어째서.

배 속 깊은 곳에서 토기가 올라왔다. 나는 도련님이 넘어지든 말든 세게 밀치고 나무 근처로 가서 토악질을 해댔다. 아, 오늘 제대로 먹은 게 없었지. 감자 쪼가리와 묽은 액체를 몇 번 게워낸 후 나는 그 자리에서 정신을 잃었다.

장례식은 성대하게 치러졌다. 아직 결혼식을 올리지 않은 그녀의 마지막 기별이 어째서 도련님이 사는 곳에서 이루어지는지에 대한 연유는 몰랐다. 사실 그런 건 상관없는 것이었다.

처음 보는 사람들이 파도처럼 밀려들었다. 검은색 옷을 입고 암울한 표정을 지은 그들은 "어머나, 세상에." 라는 말을 연거푸 반복하며 그녀를 애도했다.

퀭한 눈으로, 속을 비워내다 못해 내장까지 다 빠진 듯한 감각을 안고서, 나는 그곳으로 향했다. 슬픈 건 하인들 역시 마찬가지였으나 성대한 장례식의 일손이었으므로 하루 종일 바빴다. 그럼에도 하인들은 시간을 내어 모였다. 장례식장에는 우리의 자리가 없었기 때문에 지금은 쓰이지 않는 낡은 건물 한 귀퉁이에 자리를 잡을 수밖에 없었다. 우리에겐 로자 아줌마를 향한 애도조차 쉽게 허락되지 않았다.

나는 모두가 하고 있는 얘기 속에 빠져 있는 그녀를 찾았다. 나를 사랑스럽게 봐주던 그녀. 나를 자식 삼고 싶다고 말해주던 그녀. 가끔은 말없이 나를 꼬옥 안아주던 그녀. 그럴 때면 항상 부엌 냄새가 나던 그녀. 내게 어머니의 모습을 그리라고 한다면 나는 주저 없이 그녀를 그릴 것이었다. 그러면 그녀는 아직도 내가 아기인 것처럼 푸근하게 안아주겠지. 그리고 매번 감수성 풍부한 그 눈동자에 그렁그렁 눈물을 담을 텐데. 내가 사랑한 그 밤색 눈에.

마지막으로 본 그녀는 볼품없이 늘어져 있었다. 내가 토한 건 역겹고 징그러워서가 아니었다. 고통스러울 게 뻔한 자세로 방치된 그녀가 안쓰러웠고, 나의 말이 그녀에게 닿는 일은 영원히 없으리라는 사실을 깨달았기 때문에 그랬다. 사람들은 약혼녀의 나이가 아직 어린 것을, 도련님과 잘 어울리는 아가씨였는데 불운의 사고로 떠난 것을 입에 담았지만 로자 아줌마에 대한 추념은 그 누구에게서도 들을 수 없었다. 지금까지 내가 환영을 본 것은 아닐까? 나는 쩍쩍 갈라지는 목소리로 로자 아줌마는 어디에 있느냐고 물었다. 아줌마를 아는 사람들은 내 물음을 모른 척했다. "나중에." 그런 말을 들었던 것 같다. 나중에라니, 나중에라니?

불운의 주인공인 도련님은 검은 정장을 맵시 있게 차려 입고 조문객을 맞이했다. 붉은 입술이 달싹일 때마다 사람들은 경탄하고 애도하며 그를 다독였다. 그에게는 그런 역할이 썩 잘 어울렸다.

그 누구도 나의 물음에 답해주지 않았다. 그래서 나는 도련님을 볼 수밖에 없었다. 답이 돌아오기를 간절히 바라며, 갈구하는 듯한 눈빛으로 그를 뚫어져라 보았으나 도련님은 내내 나의 시선을 피하기만 했다. 그것이 로자 아줌마의 행방을 말해주지는 않았지만 모두가 로자 아줌마의 죽음을 외면하고 있다는 것은 제대로 알려주었다. 약혼녀와 로자 아줌마는 동시에 죽었다. 아줌마는 아마 약혼녀를 지켰을 것이다. 그것이 실패로 돌아가 목숨을 잃기는 했어도 말이다. 그런데 회자되는 건 에메랄드빛 눈동자를 가지고 있던 고운 아가씨뿐이었다. 내게 누구보다 소중한 로자 아줌마는, 장례를 치러줄 가치조차 없는 하인이었다. 이 사실을 아줌마와 동고동락한 모두가 당연하게 생각했다. 그건 아줌마에 대한 우리의 사랑과는 별개의 문제였다. 저택에 일하는 이들은 로자 아줌마가 아닌 자신이 그렇게 되었더라도 장례 따위는 꿈도 꾸지 않았을 터였다. 나는 아무것도 먹을 수 없었다. 잠을 잘 수도 없었다. 무기력이 내 몸을 잠식했다. 이제 아무렴 어떠랴 싶었다. 나도 아줌마를 따라가는 게 나을지도 모른다고 생각했다.

장례식 마지막 날, 나는 더이상 그곳에 갈 이유를 찾을 수 없었다. 로자 아줌마를 찾아다니는 데엔 진절머리가 날 지경이었다. 내가 이 저택에서 죽는다고 해도 이렇게 지우개로 지우듯 깨끗이 사라질 거라 생각하니 허망함이 몰려왔다.

나는 걸었다. 걸을 기운이 없는데도 그냥 걸었다. 유령처럼. 가끔 누군가와 부딪히기는 했으나 내가 너무 볼품없어서인지 사람들은 그저 혀를 한번 차고 지나갈 뿐이었다. 이렇게 걷다가 진짜 유령이 될 것 같았다.

내가 저택 부엌 옆 소각장으로 넘어간 건 순전히 아줌마의 그림자를 찾아서였다. 허기진 위장은 이따금씩 연료를 달라고 부르짖었지만 그 또한 무시하니 어느새 잠잠해졌다. 나는 숨도 크게 쉬지 않았고 걸을 때 소리도 내지 않았다. 그들이 나를 발견하지 못한 건 그 때문이었다.

낯선 두 남자가 커다란 관을 들고 왔다. 솔송나무로 만들어 위엄 있는, 사람들이 그 와중에도 입을 모아 칭찬했던 약혼녀가 담긴 관이었다. 나는 그것을 방금 전에 보고 온 참이었다. 그새 사람들이 들고 온 건가. 하지만 관이 열리고 그 속에서 약혼녀가 짜증스런 얼굴로 고개를 드는 걸 본 순간, 나는 더이상 아무런 생각도 할 수 없었다. 비명을 애써 삼키느라 속이 미친 듯이 울렁거렸다.

그녀는 내가 익히 알고 있던 얼굴로, 마치 잠에서 깨어난 공주처럼 연신 하품했다. 푸석해졌지만 여전히 풍성한 머리를 손으로 빗어 내리며, 커다란 눈을 몇 번이고 깜빡거렸다. 그녀는 드레스를 툭툭 털더니 눈썹을 찡그리고 입꼬리를 비틀었다. 그건 처음 보는 표정이었다.

"아 씨, 못 해 먹겠네……."

"이제 끝났어요."

"빨리 좀 철수시켜 달라고 했잖아요. 왜 이렇게 오래 걸렸어요?"

"승인되기까지 시간이 좀 걸렸습니다. 그리고 의도치 않게 사람이 죽어서……."

허, 그녀가 헛웃음을 쳤다.

"누가 죽었다고 신경 쓸 줄은 몰랐네요."

"……."

상대방은 아무런 말도 하지 않았다.

"보수는 계좌로 바로 넣어줘요. 그리고 관 속이 아주 기분 나빠. 진짜 죽은 것 같고… 여하튼 마음에 안 들어. 내 소지품은?"

"나가서 드리겠습니다. 여긴 위험합니다."

그녀는 남자가 건넨 뭔가를 받아 바스락거리는 소리를 내며 풀었다. 천인지 가죽인지 모를 검은색 꾸러미 같았다. 앞쪽에 주머니가 여럿 달린 반달 모양의 특이한 것이었다. 그녀가 둥그스름한 윗부분에 달린 작은 걸쇠를 쭉 잡아당기자 지익, 하는 소리와 함께 천이 반절로 나뉘었다. 그 안에서 꺼낸 것은 검은색 상하의였다. 그녀는 그 자리에서 바지를 입었다. 구불거리는 풍성한 머리칼을 돌돌 말아 틀어 올리고, 검은색 물체를 머리에 썼다. 아무래도 모자 같았다. 앞에만 각이 진 게 사냥 모자 같기도 했지만 사냥 모자라고 하기에는 모자의 앞코가 둥그런 아치형으로 휘어져 있었다. 남자처럼 바지를 입은 그녀는 낯설었다. 살아난 그녀. 이상한 의복. 나는 로자 아줌마를 절실히 떠올렸다. 아줌마는 정말로 사고 때문에 죽은 걸까? 로자 아줌마가 정말 죽은 게 맞을까?

그들은 이런 수수께끼만 남기고 숲길을 지나 사라졌다. 야생 동물이 가득할 그곳으로 가면서 무장도 하지 않은 채. 마을은 반대편이었다. 저 너머는 위험하고 해서 나는 가본 적이 없었다.

나는 행여나 그들이 다시 돌아올까 숨을 죽이고 기다렸다. 하지만 끝끝내 아무도 돌아오지 않았다.

뭔가가 어긋났다. 상황이 이상하게 돌아가고 있다는 것만큼은 분명했다. 하지만 이런 사실을 방증할 만한 것도, 설명할 길도 없었다. 내가 표출하는 어떤 불만이나 불안감에 대해서, 사람들은 내가 겪은 상실감이 너무 커서 그런 것이라고 했다. "로자 아줌마가 널 참 좋아했는데. 히, 너는 열심히 살아야 한다." 다들 그런 식으로 말했다. 내가 뭔가 이상하다고, 아줌마가 정말 죽은 게 맞느냐고 물어본다면 도련님조차 나를 포기할지 모를 일이었다.

그날 약혼녀를 본 이후로 정신이 바짝 돌아온 듯싶었다. 처음엔 의아했고 나중엔 화가 났다.

속였다. 그녀가 모두를 속였다. 그리고 유유히 사라졌다. 그녀를 도와준 누군가가 있다.

순수하고 맑은 얼굴로 도련님을 바라보던, 나를 바라보던, 누군가 나를 받아준다면 저도 기꺼이, 라는 듯한 얼굴로 볼을 붉히던 그 상냥한 아가씨의 마지막 모습은 비틀린 웃음이었다. 낮게 중얼거리는 욕지기였다. 사라지기 직전 저택을 돌아보던 그녀의 경멸 섞인 표정이 선명했다. 그 얼굴은 내 안에 깊이 각인되었다. 저택뿐만 아니라 이 저택에 있는 모든 사람을 혐오하는 듯한 얼굴 위로 짙게 드리워진 그림자는 섬뜩했다.

그녀의 혐오감이 어디서 기인하는 것인지 몰랐다. 이유가 있을 텐데 도무지 알 수가 없었다. 약혼녀를 도와준 건 주인님인가. 내 상식 수준으로는, 그 정도의 힘을 실어줄 만한 이는 주인님밖에 없었다. 하지만, 왜?

한편으로 나는 로자 아줌마에 대한 희망이 솟아나는 걸 막을 수 없었다.

로자 아줌마도 살아 있을지 몰라.

실낱같은 희망이 솟구쳐 올랐다. 그래, 살아 있을지도 몰라. 나는 마차 안에 누워 있던 두 사람이 죽었다고 확신했다. 산 자에게서 나올 수 없는 적막과 고요. 결코 잠든 것이라 보기 어려운, 감은 눈과 굳은 입매. 그런데 약혼녀는 살아 있었다. 남은 로자 아줌마 역시 아직 이곳에 있을 것이었다. 그래야만 했다.

나는 차마 저택 뒤편의 숲으로 들어가지는 못하고 그 언저리만 맴돌았다. 소각장 뒤편은 누구도 신경 쓰지 않는 곳이라 인기척이 느껴지지는 않았다. 사람이 살만한 오두막도 지붕 덮인 어떤 공간도 없었지만, 그래도 나는 소각장 뒤편 어딘가에서 로자 아줌마를 찾을 수 있을 거라 생각했다. 아줌마가 살아 있다면 이런 곳에 있을 리 없다는 걸 알면서도 내가 알던 모습 그대로 있을 거라 굳게 믿었다.

약혼녀의 장례식이 끝나고 여드레 만에, 나는 로자 아줌마를 찾았다. 파헤쳤던 땅 부분이 단단히 여물지 않아 쉽게 허물어지는 구덩이를 하나 발견했다. 그녀는 그 구덩이 안에 있었다.

아줌마의 팔다리는 내가 일전에 본 모습대로 심하게 꺾여 있었다. 피부 조직 덕분에 간신히 분리되지는 않았지만 겨우 붙어 있는 모양새였다. 또다시 속이 울렁거리기 시작했다. 하지만 피하지 않았다. 그날 이후로 나는 내 앞에 드리워진 것이 무엇이든 절대 피하지 않겠노라 다짐했다. 잔혹한 광경이라도 그게 진실이라면 두 눈에 담아야 했다.

두려움과 절망감, 그녀의 죽음에 대한 확인은 감당하기 어려운 슬픔으로 몰려왔다. 손이 부들부들 떨렸다.

눈에서는 눈물이 흘러내렸지만, 그렇다고 눈을 감지는 않았다. 나는 봐야만 했다. 두 눈으로 보고, 기억해야만 했다. 로자 아줌마의 한쪽 뺨은 부패하고 있었다. 그녀의 왼쪽 눈은 반쯤 뜨여 있었고 흰자만 보였다. 아줌마의 하반신을 반쯤 덮은 흙과 낙엽은 바짝 마른 상태였다. 그녀의 건조한 입가 위로 개미가 기어다녔고 콧대에 파리가 앉았다가 날아올랐다.

나는 입을 틀어막았다. 매캐하고 시큼한 냄새가 코끝을 찔렀다. 옅은 흐느낌이 터지더니 끝내 울음이 터져 나왔다. 그렇게나 슬픈데도 나는, 썩어가는 시체를 안을 수 없었다. 그건 끔찍했다. 내가 알던 로자 아줌마의 육신임에도 나는 그것이 싫었다. 미칠 것 같은 괴로움과 혐오감이 동시에 나를 덮쳤다.

나는 등을 돌리고 뛰었다. 망자에 대한 예의도 배려도 묵언도 없었다. 가는 길에 몇 번이고 넘어졌다. 아줌마가 나를 원망하는 것 같았다. 나를 그렇게 찾았으면서, 그렇게 그리워했으면서, 이렇게 두고 가다니.

"아줌마… 미안해요. 미안해요…….."

나는 넘어질 때마다, 그리고 다시 일어나서 힘없는 다리로 뛰어갈 때마다 계속해서 빌었다. 미안해요. 미안해요. 용서해주세요. 죄송해요. 제가 잘못했어요…….

저택 소각장까지 도착하자 다리의 힘이 완전히 풀렸다. 진실을 목도한 내 눈동자는 정처 없이 허공을 보았다. 눈물인지 흙인지 모를 것이 내 얼굴과 머리에 온통 뒤범벅되어 있었다. 나는 거친 숨을 내쉬며 바닥에 드러누웠다. 너무나 죄스러워서 눈물이 났다. 약혼녀는 성대한 장례식을 통해 모두의 기억에 남았고, 살아 있었다. 로자 아줌마는 모두의 기억에 남지 못했고, 죽었다. 그녀가 사랑했던 작은 아이조차 그녀의 시신을 안아주지 않았다.

불공평이란 단어를 생각해본 적은 없었다. 모두가 그러하듯 그냥 그렇게 사는 거라고 생각했다. 내가 여기서 죽는다면 아줌마와 같은 결말을 맞이할 게 분명했다. 그런데, 그게 정말 맞을까?

그러자 놀랍게도 어마어마한 분노가 나를 뒤덮었다. 순간 불꽃이 이는 것 같았다. 작은 불씨 하나가 내 심장 구석에서 열기를 품고, 급속도로 커져갔다. 이내 그 불꽃이 내 몸을 활활 태웠다. 손끝과 발끝이 미칠 듯이 뜨거웠다. 눈에 환한 불이 일었다.

내가 이 저택에 처음 들어섰던 날을 기억한다. 새벽에 예기치 못한 폭우가 쏟아졌다. 이 저택에서 이불 속에 몸을 누일 수 있는 사람은 나처럼 아주 어린아이이거나 주인님의 가족들뿐이었다. 먼지 쌓인 낡은 천을 코끝까지 덮고서 억지로 잠을 청하며 창문을 바라보던 그날 밤의 풍경……

나와 같은 밤을 맞이하지 못한 나의 불쌍한 가족들을 떠올렸다. 무서웠다. 하늘이 나를 꾸짖는 것만 같았다. 하늘에서 번개가 일었다. 온 시야가 하얘진 탓에 내 눈이 멀었다고 생각했다.

나는 그때 죽었다. 죽은 것이 분명했다.

그러고 나서 다시 살아온 나는 고아에다 하인이고, 여자이며, 장작을 팰 수 있다는 것 따위를 빼면 아무런 가치가 없는 인간이었다. 이대로 사는 것이 맞는가? 그게 정말 맞는가?

아름다운 도련님. 나는 죽었다 깨어나도 도련님과 같은 선상에 설 수 없으리라. 아무것도 모르는 그에게 나는 장난감, 그 이상은 되지 못하리라. 나는 누군가의 부속품으로만 기능할 것이고 그러다 죽을 것이다.

그리하여 내가 온전한 나로 살아갈 나날은, 앞으로도 없을 것이다.

불길이 멎고 나는 잠시 기절했다. 눈을 떴을 땐 밤이었다. 깜깜한 하늘에 달이 있었다. 하늘에는 별도 있다고 했다. 수많은 별자리를 맨눈으로 볼 수 있다고, 책에서 읽었다. 하지만 내가 보는 하늘에 별은 드문드문했다. 책에서 본 모든 것이 허상처럼 느껴졌다. 어디까지가 진실이고 거짓일까. 나는 저택의 크기만큼 그늘진 부지를 바라보았다. 불이 타오르고 사그라졌다가 다시 일어나면 새로운 생이었다. 이곳에 사는 사람들, 주인님과 도련님을 제외한 다른 이들의 생은 거짓이었다. 이곳에도 불이 필요했다. 불을 지피고 나서 나는 떠나야겠다고 생각했다. 약혼녀를 찾을 것이다. 찾아내물을 것이다. 로자 아줌마가 당신을 지키다 죽었는지, 당신이 죽였는지, 알아야 했다.

나는 옷에 묻은 먼지와 흙을 털어내고, 소맷부리로 눈가를 쓱쓱 훔쳤다. 머리를 적당히 정돈하고 내 방으로 향했다.

나는 씩씩한 인사로 하루를 시작했다. 괜찮냐고 묻길래 괜찮다고 답했다. 로자 아줌마 몫까지 더 열심히 살겠다고 말하자 퀘 아저씨의 코끝이 빨개졌다. 아저씨는 괜스레 큼큼거리는 소리를 내며 내 머리를 쓰다듬었다.

도련님이 나를 찾아왔다. 그가 나를 부르는 건 일상적인 일이었으나 이렇게 직접 찾아오는 건 처음이었다. 그는 어딘가 어색한 얼굴과 목소리로 내게 인사를 건넸다. 그가 내게 인사를 하는 상황도 어색하기는 마찬가지였다.

"히, 이제 좀 괜찮아?"

"네, 덕분에 많이 좋아졌어요. 감사합니다."

그는 그 사이에 살이 좀 빠진 것 같았다. 게다가 어쩐지 전보다 어른스러워 보였다. 약혼녀를 잃었다는 비운의 서사 덕분인지 이전과는 다른 분위기를 풍겼다. 도련님은 피곤해 보였다. 그런데도 자리를 떠나지 않고 나를 물끄러미 보던 그가 눈을 가늘게 떴다. 의아한 모양이었다.

"…너, 정말 괜찮은 거야?"

"네."

아직 부어 있는 눈이 걸리긴 했지만 나는 그를 똑바로 바라보았다. 미소 비슷한 것을 짓고자 노력했다. 시선이 비슷한 높이에서 부딪혔다. 하인이 주인을 직시하는 건 건방진 행동이었다. 먼저 쳐다보아서는 안 되었다. 그러나 내가 그렇게 쳐다봐도 그는 내 상태를 보느라 잘 모르는 듯했다. 하지만 이상한 느낌은 받았는지 미간을 살짝 찌푸렸다. 무엇이 달라졌는지 모르는 거겠지. 높은 자로 대우받는 것이 숨 쉬듯 당연했기 때문에 변화를 인지하지 못한 것 같았다. 그런 도련님의 모습은 티끌 없이 순수했다. 그리고 잔인했다.

지금 이 순간에도 성장하고 있을 도련님의 모습은 경이로웠다. 날이 갈수록 길게 뻗어 나가는 팔과 다리. 점점 샤프해지는 얼굴의 윤곽선. 깊어지는 눈동자와 죽음을 경험하며 한껏 성숙해진 모습. 나는 도련님을 관찰하는 데 아주 최적화된 인간이었다. 그를 동경했고 그처럼 되고 싶었다.

앞으로는 보지 못하겠구나. 거기까지 생각하니 목이 살짝 멨다. 로자 아줌마의 썩어가는 얼굴이 아직도 도련님 얼굴 위로 어른거렸다. 다른 이들의 모든 삶보다 도련님의 삶이 더 존귀하다는 말을, 나는 이제 믿지 않는다.

기름을 구하는 건 어렵지 않았다. 양초를 구하는 일은 그보다도 쉬웠다. 요리를 하는 여자든 보일러를 정비하는 남자든, 기름을 정해진 용도 외에 사용하는 사람은 없었다. 가끔 그걸 마셔보겠다며 객기를 부리는 사람이 있긴 했으나 식용이 아닌 이상 그런 무모한 짓을 하는 이는 드물었으며, 설사 그런 일이 벌어진다 한들 그는 더이상 저택에 머물 수 없었다.

나는 다른 사람들이 알아채지 못하게 주의하며 상당량의 기름과 양초를 확보했다. 어느 정도 모으자 내 방에서는 기름 냄새가 나기 시작했다. 하지만 내 방에 들어오는 건 이제는 황 아줌마 정도였다. 황 아줌마는 절친한 사이였던 로자 아줌마의 죽음에서 아직 헤어나지 못하고 있었다.

나는 주인님과 도련님의 서가—도련님은 열네 살이 되던 해에 개인 서가를 받았다—에서 몰래 가져온 몇 권의 책을 매만졌다. 이것들은 간직하고 싶은 물건이었으나 그럴 수 없었다. 나는 내 몸 이외의 그 어느 것도 가지고 나오지 않겠노라 맹세했다. 게다가 이 책들은 저택에 번질 불꽃의 시발점이 되어야 한다는 중대한 사명을 가지고 있었다.

　며칠간 비가 오지 않던 어느 날, 풀잎이 바싹 말라 바스락거리던 어느 날, 새벽녘 공기가 며칠 전보다 훨씬 건조하게 느껴지던 어느 날, 나는 바로 오늘이 행동으로 옮겨야 할 날이라는 걸 깨달았다. 나는 주위 환경에 촉각을 곤두세우고 모든 걸 주시하고 있었다. 안녕이란 인사, 추억 여행, 약간의 망설임, 이런 것들로 누군가 수상한 낌새를 알아채 나의 발목을 잡도록 내버려두는 것은 어리석은 짓이었다. 나조차도 '굳이 지금?' 이라는 생각이 들 정도로 아무것도 아닌 날, 나는 스스로를 속임으로써 그날을 맞이했다.

　아직 졸음이 가시지 않은 눈을 끔뻑이며, 좀 더 누워 있고 싶은 욕망을 이겨내며 침대에서 일어났다. 오래되어 낡은 이불을 바닥에 놓았다. 그 위에 책들을 얼기설기 쌓고, 옷장에서 옷들을 꺼내 올렸다. 기름통에선 머리가 띵할 정도로 짙은 석유 냄새가 났다. 나는 현기증을 느끼면서도 온 힘을 다해 기름을 다 부었다. 손과 발이 미끌거렸다. 옷에 대충 기름을 닦고 방을 나섰다. 내가 챙길 거라고는 내 몸뚱어리 하나가 전부였으므로 발걸음이 가벼울 수밖에 없었지만, 마음만큼은 그렇지 않았다. 지독하게도 쓸쓸했다. 나는 작은 성냥 하나를 꺼내 조심스레 불을 붙였다. 내가 가진 옷 중 제일 낡은 옷 하나를 찢어 땋아 줄처럼 만들었다. 그 줄을 방 중앙에 있는 책 밑에 깔고 방 밖으로 나온 참이었다. 이게 도화선이 되어 모든 것을 활활 태워줄 것이다. 모든 것이 너무 쉬웠다. 줄의 끄트머리에 성냥불을 가져다 대자, 불꽃은 화르륵하는 소리와 함께 앞으로 달려 나갔다. 바로 자리를 뜰 작정이었던 나는, 그 모습을 보는 순간 그만 넋을 잃고 말았다. 불꽃이 길을 타고 내가 지냈던 방 안으로 들어갔다. 타닥타닥하는 소리가 들리더니 갑자기 짙은 열기가 문틈으로 새어 나왔다. 불길이 빨갛게 번져 나가는 모습이, 솔직하게 고백하자면, 아름다웠다.

매캐한 연기가 폐 속에 스며 불쾌한 감정이 들 때가 되어서야 나는 자리를 뜰 수 있었다. 참으려 했지만 자꾸 기침이 나왔다. 입을 막으니 숨까지 막혔다. 눈이 매웠다. 걸음이 빨라졌다.

계단을 내려가 바깥으로 나가니 밤은 아직 고요에 잠겨 있었다. 하지만 등 뒤로 느껴지는 뜨거운 기운은 이곳을 곧 아비규환으로 만들 것이다. 나는 이제 떠나면 되었다. 아무것도 할 것이 없었다. 그렇게 발을 내딛는데, 들판과 하늘과 달이 보였다.

나를 둘러싼 모든 것이 아주 생생하게 느껴졌다. 내가 보고 듣고 느끼는 모든 것은, 언어로 표현하지 않으면 쉽게 뭉그러져 사라지는 것들이었다. 나는 그것들이 사라지지 않게끔 도와준 사람이 누구인지 알고 있었다. 도련님과 처음 대화했던 열 살. 그의 앞에서 머뭇거리지 않고 말할 수 있게 되었던 시기. 내게 문자를 가르쳐주던 세심한 손길. 나는 글을 배운 뒤로 도련님에게 종종 난감한 질문을 던지고는 했다. 나보다 어린 도련님은 그 질문을 받고서도 기껍다는 듯이 응해주었다. 도련님의 눈동자에 담긴 환희와 열망을 본 것은 꽤 여러 번이었다.

그는 내 앞에서 으스대지 않는 편이었다. 그러나 다른 사람에게도 그럴 거라는 예상과 달리, 내가 옆에 없으면 하인들을 대하는 방식 자체가 달랐다. 그는 주인님을 제외하면 자신이 이 저택에서 가장 높은 자리에 있다는 걸 똑똑히 했다. 직설적인 표현을 쓰지는 않았지만 하인들 스스로 '감히' 도련님께 뭔가를 해서는 안 된다고 생각하도록 만들었다. 지시받기 전에는 더더욱. 그런 능력은 가히 주인님의 아들이라고 할 만했다. 오만하고 고고하며 흔들리지 않는 도련님의 모습이 내겐 생소했다.

거기까지 생각하고 나는 달리기 시작했다. 본관으로 달려가는 내 등 뒤로, 잠에서 깬 사람들이 내지르는 소리가 들렸다. 불길은 점점 더 거세지며 내가 가는 길을 환히 밝혀주었다. 불이 본관으로 번져가자 사람들이 너 나 할 것 없이 방 안에서 뛰쳐나왔다. 우당탕하는 소리가 들렸다. 도련님은 이미 피했을지도 모르지만, 나는 사람들 틈바구니를 뚫고 도련님의 방으로 향했다. 도련님의 방에 들어가는 건 처음이었다. 그의 방은 넓고 쾌적했다. 그는 아직 잠들어 있었다. 감상에 잠길 틈도 없이 나는 도련님을 잡아 일으켰다. 그는 얼굴을 찌푸리며 눈을 뜨더니 나를 보곤 놀라서 소리쳤다.

"히?"

"나가요!"

내 손에 남아 있는 기름기가 도련님의 고급 파자마에 묻어났다. 미끄러진 손이 그의 연한 살갗을 잡았다. 가느다랗게 보였던 것과 달리 그의 손목은 두껍고 단단했다. 내 한 손에 다 잡히지가 않았다.

내 목소리가 절박했던 탓인지, 공연히 힘을 쓰지 않아도 될 정도로 그는 순순히, 내가 이끄는대로 끌려 나왔다. 방문을 넘자마자 열기가 훅 올라왔다. 연기와 불꽃과 사람들의 비명이 들이닥쳤다.

잠이 확 깬 얼굴로 그는 나를 쳐다보았다. 나는 고개를 한 번 끄덕이고 달려 나갔다. 엉거주춤한 자세로 내게 끌려오던 도련님이 어느새 내 손을 꽉 붙잡고 있었다.

저택에서 빠져나오자마자 북쪽 별관 건물이 무너져 내렸다. 나와 있는 사람은 채 스무 명이 되지 않았다. 그들은 소리를 질렀고, 몇은 무너지는 건물을 보며 오열했다. 도련님의 허망한 표정을 바라보다 나는 슬그머니 손을 놓았다. 그가 모르는 듯해서 다행이었다. 나는 몸을 돌려 조심히 소각장 건물 쪽으로 뛰어갔다. 그곳은 치솟는 불길과 반대편이라 무척 어두웠지만 건물 너머로 보이는 불길이 큰 것만은 한눈에 보였다. 그때였다.

"히…!"

언제부터였는지 나를 쫓아온 도련님이 나를 불렀다. 실내화를 신고 파자마를 입은 탓인지 그는 유약해 보였다. 땀에 젖은, 가다듬지 못한 머리칼을 손으로 넘기며, 그는 나를 쳐다보았다.

나는 할 말이 없어 그를 쳐다보기만 했다. 심장이 튀어나올 정도로 놀랐지만 밖으로 드러난 내 행동은 묘하게 침착했다. 도련님을 두고 왔어야 했다. 내가 굳이 그의 방까지 들어가 끌고 나온 이유를 묻는다면 대답할 말을 찾기 어려웠다.

"어디 가는 거야?"

"……."

"혹시, 네가 그랬어…?"

나는 느리게 눈을 두어 번 깜빡였다. 내 모습이 도련님에게 어떻게 비춰졌을지는 모를 일이지만 나는 긍정도 부정도 하지 않은 채, 놀라지도 화를 내지도 않은 채 그를 바라보기만 했다. 그것으로 충분히 대답이 되었을 터였다. 도련님은 이내 괴로운 듯 얼굴을 구기며 내게 소리쳤다.

"왜!"

그러면서도 내게 다가오지 않았다. 주먹을 휘두른다거나, 미친 듯이 화를 내며 다른 하인을 부르는 것도 아니었다. 뭔가를 포기한 듯한 표정, 대체 네가 왜 내게 이러냐는 얼굴. 나는 그 얼굴에 대한 대답으로 고개를 가로저었다. 도련님을 향한 분노로 이런 일을 벌인 것이 아니었다, 나는.

"도련님."

내가 나직이 부르자 그는 크게 몸을 떨었다. 나의 목소리가 그에게 어떻게 들렸을까. 나는 천천히 그에게 다가갔다. 불길은 치솟고 소각장 근처는 뜨거운 햇살 아래 있을 때처럼 더웠다. 펑, 하는 소리가 났다. 까만 연기와 함께 저택의 일부가 또 한 번 죽음을 맞이했다.

나는 그가 나와 시선을 마주하길 가만히 기다리고 있었다. 잠시 후 그가 나를 쳐다보았다.

"저는 떠날 겁니다. 아주 멀리요."

"……."

뭔가를 포기한 듯한 그의 얼굴이 싫었다. 정말로 모든 걸 내려놓을 때, 그는 침묵을 선택했다.

주인님 앞에서 좋아하는 예술을 포기한다고 말했을 때, 큰 웃음소리를 내지 않기로 마음먹었을 때, 다른 사람과 함께 있는 자리에서는 나에게 눈길조차 주지 않고 그저 하인으로 대하기 시작했을 때. 그는 항상 그랬다.

하지만 지금은 그래선 안 되었다. 내가 이 모든 상황을 자초했는데도, 도련님이 이런 표정을 짓는 것은 도무지 납득할 수 없었다.

"그러니… 나를 죽이러 오세요."

나는 그렇게 말했다. 크게 확장된 그의 동공을 보았다. 그에게 새로운 목표를 주었다는 기쁨 따윈 없었다. 그저 그가 살기를 바랐다. 무언가에 대한 분노로도 사람은 살아지는 법이니.

나는 도련님에게 다가갔다. 매번 보기만 했던, 호를 그리던 그 붉은 입술에 내 입술을 가져다 대었다. 그가 숨을 참는 것이 느껴졌다. 도련님의 심장 소리가 들렸다. 나는 허공을 헤매는 그의 손을 잡아 내 가슴에 가져다 댔다. 놀라 피하려는 그의 손을 꽉 잡아 심장을 느끼라는 듯 부드럽게 눌렀다. 그의 흑갈색 눈동자가 선명하게 보였다. 언젠가 내게 평화를 가져다주었던 그 가지런한 속눈썹이 파르르 떨렸다. 이윽고 입술이 떨어졌다.

"…너……."

충격 받은 모습으로 나를 쳐다보며 말하는 그에게 꾸벅 인사를 하고 뛰어갔다. 그가 쫓아오면 어쩌나 싶었지만 그러지 않았다.

누가 내게 왜 도련님의 방에 들어갔느냐고, 그를 왜 데리고 나왔느냐고 물으면 나는 어떻게 답해야 할까. 그건 내 생을 통틀어 가장 어려운 질문이었다. 그래도 말해야 한다면 어쩔 수 없었다.

그가 나의 세상이었다고 말하는 수밖에.

열일곱, 나는 저택을 나왔다.

숲길은 어둡고 험난했다. 나는 로자 아줌마가 묻혀 있던 위치를 기억하지 못했다. 길을 지나가다 우연히 그녀의 시신을 마주칠까 겁이 났다. 너무 피곤해 잠이 들었다 다시 눈을 뜨면 아줌마가 나를 내려다보고 있었다. 미친 듯이 소리를 지르다가 정신을 차리면 주위엔 아무도 없었다. 시간 감각을 잃어 며칠이 지났는지도 모를 만큼 헤맸을 때, 나는 평지로 나왔다.

그곳은 평지라고 하기엔 이상한 공간이었다. 흙이 덮인 땅 너머로 회색빛 땅이 보였다. 발을 디뎠다. 바닥은 딱딱했다. 바닥으로 시선을 이어보니 자잘한 무늬 같기도, 요철 같기도 한 것들이 무수히 이어지고 있었다.

시선을 그대로 따라가자 하늘을 향해 비스듬한 격자무늬로 그림을 그린 듯한 경계가 보였다. 가까이 가서 보니 구멍이 뚫린 담장 같은 것이었다.

담 너머로는 절벽도 호수도 바다도 아닌 것이 펼쳐져 있었다. 어딘지 알싸하고 화한 냄새가 났다. 숲에서 풍기던 향과는 확연히 달랐다. 푸르른 하늘 아래 네모나고 길쭉한 건물이 들쑥날쑥 늘어서 있었다. 대낮인데도 모든 건물이 빛을 발하고 있었고, 그 아래 회색빛 땅에서는 어떤 물체가 빠르게 달리는 것이 보였다. 그 물체는 바퀴가 없는데도 바닥에 딱 붙은 채 엄청난 속도로 달려갔다.

마차와는 비교도 안 될 정도로 빨랐는데, 그 안에서 내리는 사람들은 전혀 어지러워 보이지 않았다.

나는 눈을 크게 뜨고 찬찬히 모든 걸 바라보았다. 내가 꿈을 꾸고 있는 건가? 상상의 범위 밖 풍경이 내 앞에 펼쳐져 있었고 그것이 나를 집어삼킬 듯했다.

내 시선을 웃도는 방향에서 뭔가가 반짝였다. 반사적으로 쳐다보니 네모난 벽에서 그림이 움직이고 있었다. 그건 그림이라고 하기에는 지독히 사실적이었다. 여러 색의 옷을 입은 사람들이 분주히 움직이고 있었다. 한 사람이 그림 속에서 걸어 나와 허공에 떴다. 사람이었지만 일반적인 사람보다 훨씬 커서, 나는 불편해 보이는 옷을 입은 그 여자의 속눈썹 한 올까지 볼 수 있었다. 소리는 들리지 않았지만 그 여자 앞에 거리를 두고 떠오른 문자는 내가 익히 알고 있는 것이라 이해할 수 있었다.

속보, 프로체 숲 중턱에서 사이비 마을 발견. 마을 구성원들에게 '주인'으로 지칭되던 샘 그리쳐(58세)는 천애고아이자 자수성가한 변호사로 밝혀졌다. 30대 초반에 정체불명의 사이비 종교에 빠진 그가, 종교적 교리를 자신의 몸에 새기던 끝에 결국 자신만의 새로운 종교 공동체를 만든 것으로 추측된다. 그는 '바깥세상'은 타락했으며 자신이 만든 '유토피아'만이 순결하다고 주장하고 있다. 마을은 19세기 무렵의 모습을 본떠 만들어진 것으로 보인다. 본 매체에서는, 편의상 샘 그리쳐가 사이비 종교에 빠졌던 이력을 근거로 삼아 이 마을을 '사이비 마을'이라 명명하기로 한다. '사이비 마을'이 20년간 세속과 교류를 끊은 채 생활해왔다는 사실은 세간에 큰 충격을 주고 있으며 '백작'이라는 칭호를 달고서 마을의 지주 노릇을 하던 그는 현실과 가상을 구분하지 못해 정신착란 증세를 보였고, 마을 내 어린아이들과 세뇌당한 어른들은 마을과 외부의 시간 격차를 인지하지 못해 혼란을 겪고 있다. 샘의 아들인 에녹 그리쳐 (15세)를 비롯하여 그 마을에서 태어난 어린아이들은 대략 20명 정도로 추정된다. 그들은 외부 세상과 격리되어 자랐으며 현재 현실을 받아들이는 데에 어려움을 겪고 있다. 주 미저시 대학에서는 해당 아이들을 위한 심리 치료 상담사를 파견할 것이라 밝혔으며……

문장 하나하나, 단어 하나하나가 내 시력을 앗아가버릴 듯 찔러 왔다. 도련님. 그는 아무것도 몰랐다. 나도 마찬가지였다. 현실이라는 말 속에 현실은 없었다. 몸에 힘이 풀려서 그대로 주저앉았다. 정신을 놓아버리고 싶은 마음이 간절했지만 쏟아져 들어오는 정보가 뇌 내에 선명하게 칼집을 내는 바람에 도저히 외면할 수가 없었다. 나는 비척비척 일어나 걸었다. 누군가를 찾아야 했다. 내가 알지 못하는 '누군가'를.

회색빛 땅에 주저앉았을 때 아까 점점이 보이던 빠른 물체가 내 앞에 요란한 소리를 내며 멈췄다. 예상보다 훨씬 컸다. 마차와 닮은 그 물체 앞에 빨간 장벽이 일어났다. '조심하세요!' 이번엔 벽에서 목소리가 나왔다. 벽 안쪽에서 사람이 내리더니 내게 소리쳤다.

"죽으려고 환장했어?"

남자는 짧은 하의에 노란색 상의를 입고 있었다. 그는 내 추레한 행색을 보고 얼굴을 찌푸렸다. 내가 물었다.

"지금이 몇 년도인가요?"

"뭐?"

"현시점 말입니다."

내 말투에 그의 얼굴이 기묘하게 틀어졌다. 미친 사람이라고 생각했는지 그는 잠시 서 있다 7월 27일이라고 했다. 내가 가만히 쳐다보자, "년도?" 라고 되묻더니 별걸 다 물어본다는 투로 대답했다. 예상보다 훨씬 더 엄청난 말이 나왔다.

"■ ■ ■ ■년."

나는 세상의 벽을 뚫고 나왔다. 그리고 길을 잃었다.

2부

벽

그녀는 어떻게 자랐을까.

'그녀'라는 말이 껄끄럽게 입안을 굴렀다. 입으로 꺼내든 꺼내지 않든 그 말은 항상 낯설었다.

히는 어떻게 자랐을까.

이게 훨씬 낫다. 션은 '그녀'를 '히'로 바꿔 발음하며 매번 안도감을 느꼈다.

사실 히는 언제나 히였다. 션은 히를 성별로 나눈 적이 없었다. 성별은 그에게 중요치 않았다. 그가 남자이든 여자이든 상관이 없었으리라. 히는 히니까.

"어때, 한국에 온 소감은?"

제 고향에 온 걸 감격스러워하는 주원이 션을 향해 우스꽝스러운 표정을 지었다. 마치 시트콤에 나오는 코미디언 같았다. "네 얼굴이 한국 사람이 아닌걸." 션이 말하자 그는 뭐가 좋은지 깔깔거렸다. 주원은 요란스럽게 션의 어깨를 두드렸다.

션은 고개를 올려 높은 빌딩을 쳐다보았다. 온갖 광고판과 홀로그램이 반짝였다. 한글을 제외하곤 뉴욕과 크게 다른 걸 모르겠다는 게 션의 솔직한 감상이었다.

물론 오가는 사람들의 피부색이 다르다는 데서 오는 분위기 차이는 무시할 수 없었다. 사람들이 있기에 이곳이 이국이란 걸 파악할 수 있는 셈이었다.

사람들이 길거리에 서 있는 정장 차림의 그들을 흘끔거리며 지나갔다. 그게 이상해서 주원을 쳐다보자 눈치 빠른 그가 말했다.

"양복을 빼입은 키 큰 남자 둘은 좀 특이할 수도 있지. 더군다나 넌 외국인이잖아."

"그게 어쨌다는 거지?"

션의 물음에 주원은 살짝 난감한 표정을 지었다. "이래서 사고관과 가치관이 중요한 건가봐. 문화 충격……." 따위의 말을 중얼거렸다. 션은 그 말조차 영어로 내뱉는 주원이 도리어 신기했다. 주원은 열일곱 살부터 9년을 뉴욕에서 살았다. 뉴욕에서 머문 시간만 따진다면 주원과 션, 두 사람 사이에 큰 차이는 없었다.

그런데 사고관과 가치관이라니. 션이 나고 자라며 눈에 담고 익혀 온 그 모든 게 하루아침에 사라졌다. 그 모든 건 틀렸다고 모두가 입을 모아 말했지만, 션 또한 그 사실을 인정했지만, 머리로 받아들이는 것과 마음으로 받아들이는 건 달랐다. 자신에게 남아 있는 모든 것을 비워야만 했다. 내가 아직도 계급 운운하며 도련님

행세를 했다간 당장이라도 정신병원에 처박히겠지.

"익숙해져."

말을 고르던 주원은 결국 그 한마디로 갈무리했다. 션은 군말 없이 고개를 끄덕였다. 그런 네가 좋다며 주원이 떠들어댔지만 무시했다.

지부로 이동하는 동안 길이 막혔다. 교통체증이 심한 것 같았다. 한국은 아직 지하와 하늘에 도로를 놓기 어려운 상황이라고 했다. 그나마 전쟁 피해가 적은 나라이긴 했으나, 땅이 좁은 만큼 사람들의 욕심이 과한 탓인지 개발 속도가 더뎠다. 가다보니 공사 중인 곳도 꽤 많았다. 주원이 드물게 그의 모국어로 말하길래 무슨 말이냐고 물었더니 잠시 고민하다 "It is a bad timing."이라고 답했다.

그날로부터 10년이 지났다. 창밖으로 보이는 사람들은 죄다 무표정했다. 션은 차창 밖으로 보이는 풍경을 멍하니 바라보았다. 뒤늦게 실감이 났다. 정말 멀리까지도 왔구나.

이 나라 어딘가에 히가 있다. 아니, 있을지도 모른다. 션은 밀려오는 졸음 속에서도 집요하게 히를 생각했다.

마을에서의 마지막 기억은 온전치 못하다. 아마도 충격 때문일 거라고 의사들은 말했다. '스트레스'라는 단어도 그때 처음 들었다. 듣자 하니 웬만한 정신적 문제는 스트레스가 원인인 경우가 많은 듯했다.

하지만 어떻게 잊을 수 있겠는가. 히의 뒤에서 일렁이던 불빛과 내 팔목을 꽉 쥐고 있던 손. 온몸이 축축할 정도로 땀이 나는데도 무시무시하게 추웠던 그날의 기온. 자신을 바라보던 히의 눈빛. 입술에 와 닿던 까슬하면서도 따뜻하던 감촉. 새까맣게 빛나던 눈동자. 손바닥으로 느껴지던, 자신의 것과는 다른 봉긋한 가슴. 그 가슴 아래 쿵쿵 뛰던 심장의 고동까지. 온전치 못한 기억 속에서도 그 순간만큼은 선명하게 살아 있었다.

션은 살아남았다. 션이 아는 '현실'과 그들이 말하는 '현실'이 달랐기에 처음엔 제대로 된 의사소통을 하는 것조차 힘겨웠다. 그가 알던 세계를 버리고 새로운—모두가 진실이라 말하는—세계를 마주하기까지는 꼬박 1년이란 시간이 걸렸다.

바깥에는 Take.B라는 단체가 있었다. 그들은 '마을' 밖으로 나온 아이들을 교육하여 사회에 적응하도록 지원하는 데 자금을 아끼지 않았고, 션도 지원받은 아이 중 하나였다. 심리 치료 중 가장 눈에 띄는 회복세를 보인 것도 션이었다.

고등교육이란 걸 받은 아이는 그뿐이기 때문이었다. 원래라면 션과는 평생 상종도 하지 못할 낮은 계급의 아이들이 션과 나란히 앉아 수업을 들었다. 심지어 션이 살던 곳뿐 아니라 전 세계 곳곳에서 그런 아이들이 왔다. 누가 알려주지 않아도 션은 자신이 특별한 존재가 아니라는 걸 온몸으로 느꼈다. 그 수업에선 세상에 계급 같은 건 없다고 했고, 아이들은 의아한 표정을 지었다. 얼굴을 찌푸리고 분노를 참지 못해 부들부들 떠는 이 또한 션뿐이었다. 그 누구도 이전처럼 션을 대하지 않았다.

"받아들이기 힘들겠지만." 그 말은 닥터 제크의 입버릇이었다. 션의 선생님이자 치료자였던 그는 션의 양아버지가 될 사람이기도 했다. 나중에야 알게 된 거지만 그건 '네가 싫다고 해도 결국에는 인정하게 될 것'이라는 뜻이 내포된 말이었다.

시간의 힘은 대단했다. 션은 하나부터 열까지 새로 배워 나갔다. 그러면서 자신의 상황은 남들보다 나은 축에 속한다는 것을 알게 되었다. 머리가 이미 커버린 어른들은 수업을 받다 상태가 악화되어 정신병원으로 이송되기도 했다.

"여기가 어디예요?" 그들은 가만히 있다가도 그런 말을 되풀이했다.

"말 그대로 미친 거잖아? 정신 나간 놈들." 옆에서 중얼거리는 놈의 얼굴에 주먹을 휘둘렀다가 션도 정신병원에 갈 뻔했다. 아버지가 생각나서 그랬다고 고백하자 다들 오묘한 표정을 지으며 션을 다독였다.

아버지가 그립지는 않았다.

그를 존경해 마지않았지만 션은 그에게서 어떠한 찜찜함을 지워내기 어려웠다. 이송되어 처음 눈 뜬 병원에서, 모든 환경이 낯선 그에게 차분히 설명해주는 담당자의 말을 듣고 나서야 그 찜찜함의 이유를 찾아냈다. 아버지는 현실을 버리고, 자신이 만든 작은 왕국 안에 숨어들었다는 것을. 그 안에서 션이 자랐다. 아버지가 션에게 물려준다던 작위와 땅은 모두 허상이었다. 그 사실을 깨닫자 아버지를 향한 존경심도 연기처럼 흩어져버렸다. 어쩌면 션은, 자신이 아버지를 존경하지 않아도 될 이유를 찾고 있었던 걸지도 몰랐다.

오래전에 션의 아버지가 히에게 마구 손찌검한 적이 있었다. 체벌이란 말로 설명하기에는 힘들 정도로 과한 폭력이었다. 아무리 생각해도 이유는 알 수 없었다. 어린 션은 눈앞에서 벌어지는 상황을 파악하는 것만으로도 벅찼다. 그러는 동안에도 히는 고통을 생생히 느끼고 있었겠지. 션은 뒤늦게 아버지를 말렸다. 옷자락을 제대로 쥐지도 못해 헛손질하며 그만하시라는 말만 반복했다. 실상 그건 웅얼거림에 지나지 않아서 누구에게도 닿지 않았다.

울음이 터지려는 찰나 손찌검이 멈췄다. 아버지가 션을 돌아보았다.

그 눈이 션을 질책하고 있었다. 차가운 시선에 심장이 꽉 조이는 것만 같았다. 하지만 눈을 피하면 안 된다고 배웠기 때문에 션은 시선을 돌리지 않았다. 나무토막처럼 굳은 채 그 자리에 멀거니 서 있기만 했다.

아버지는 그 자리를 떠났다. 아무런 설명도 없이. 션과 히, 두 사람만 남겨두고서.

히는 간헐적으로 헐떡이고 있었다. 팔다리에 미약한 경련이 일었다. 저러다 죽어도 이상하지 않을 것처럼 보였다. 죽음. 히가 죽을지도 모른다는 생각이 들자 머리에서 무언가가 툭, 끊어지는 것 같았다.

어느새 히는 션을 보고 있었다. 션은 그를 보며 연신 사과했다. 하지만 션은 내심, 자신이 미안해할 일은 아니라고 생각했다. 이건 아버지의 잘못이었다. 게다가 션은 그때까지 미안하다는 말을 입에 담아본 적도 없었다. 그는 언제나 사과를 받는 입장이었다. 그랬으나 션의 입에선 사과의 말이 줄줄 흘러나왔다.

히가 몇 마디 중얼거렸고 션은 고개를 끄덕였다. 그러고서 히는 기절했다. 철퍼덕하는 소리를 내며 얼굴부터 바닥에 처박았다. 히는 피를 흘리고 있었다. 션이 히를 끌어안자, 피와 흙먼지가 션의 옷 여기저기에 묻었다. 공포심에 심장이 옥죄어왔다.

인상을 잔뜩 쓰며 눈을 뜨는 순간, 차체가 멈춰 섰다. 션이 먼저 내렸고 뒤이어 주원이 나왔다. 약속이라도 한 듯 그들은 아무 말도 하지 않았다. 한국 지부는 뭐랄까, 뉴욕 본사를 10분의 1 정도로 축소시킨 모양새였다. 전형적이었고 상상력이라고는 눈곱만큼도 없었다. Take.B라는 은색 문구와 회전문을 통과하면 우측에 출입구가 있는 것도, 그 입구를 지나 좌측 창가 바로 옆에 레드태크 전용 엘리베이터가 있는 것도 모두 똑같았다.

"아기자기하네."

주원은 한국인이지만 한국 지부에 온 것은 처음이었다. 그가 작게 휘파람을 불었다. 션의 감상도 같았다. 미니어처 건물에 들어온 기분이었다.

사무실에 들어가니 몇몇 직원이 가볍게 묵례했다. 아는 얼굴은 없었으나 그들은 션과 주원을 아는 듯했다.

한국 지부장이 밝은 미소로 인사를 건네며 악수를 청했다. 30대 중반? 40대 초반? 동양인의 나이를 가늠하는 건 항상 어려웠다.

형식적인 인사를 나누고 션과 주원은 지부장의 맞은편 소파에 앉았다.

"오느라 힘드셨겠네요."

"아닙니다. 괜찮습니다." 선이 말했다. 너스레를 떨려던 주원이 입을 다물고 난감하다는 듯 웃었다.

"두 분이 아주 유능하다고 들었습니다. 기대가 크군요."

"해야 할 일을 하는 것뿐입니다."

선은 짧은 대화만으로도 피곤함이 올라오는 걸 느꼈다. 최대한 에너지를 쓰지 않으려 노력해도 그랬다. 허례허식에 가까운 말. 서로를 의식하며 날을 세운 사람들. 바깥세상에는 아버지 같은 사람이 없을 거라 생각했다. 하지만 선의 주위는 그런 사람들로 채워졌다. 그는 물에 잠긴 듯 항상 불편했다. 겨우 적응하긴 했으나 편해진 것은 아니었다.

"워낙 철두철미한 친구라. 좀 딱딱해도 이해해주세요."

주원이 수습에 나섰다. 지부장은 개의치 않는 얼굴로 웃었다. "오히려 신뢰가 가는걸요?" "아이고 다행입니다. 허허허." 두 사람이 나누는 대화만 듣는다면 정말 편한 친구 같았다. 선은 주원의 친화력에 대해 익히 알고 있었음에도 절로 감탄하고 말았다.

지부장이 말했다.

"그러면, 바로 본론으로 들어가도 될까요?"

남자의 얼굴에서 웃음이 사라졌다. "혹시 내용은 듣고 오셨나요?"

"간략한 사항만 들었습니다. 워낙 정보가 적다보니 저희가 직접 보고 판단하는 게 낫다고 생각했습니다." 주원이 재빠르게 대답했다.

"네. 바로 출발해주셔야 할 것 같습니다. 작년 말까지만 해도 중국 변두리와 홍콩, 베트남 근처에서 활동하던 이들이 한국으로 넘어온 것으로 보입니다. 상부에서도 근래 들어 규모를 키우는 속도가 비정상적으로 빠르다고 판단했습니다."

대한민국이 제 2차 세계대전 후반에 주목받은 국가였던 건 알고 있었다. 이 작은 나라에 션의 시선이 쏠린 것도 그 때문이었다. 션은 히가 이곳에 있을 가능성을 끊임없이 가늠했다.

션이 마을에서 나왔을 때 이곳은 이미 몇 차례의 혼돈을 겪은 세상이었다. 곳곳에서 전쟁이 일어나기 시작한 2020-30년대 이후로 많은 국가가 사라졌다. 3차 대전은 일어나지 않았다. 하지만 동시다발적으로 여러 국가에서 일어난 크고 작은 전쟁들은 그에 못지않은 여파를 주었다.

국가가 사라져도 사람은 살아야 했다. 사람들은 건재한 나라들 위주로 몰려들었다. 하지만 국가 또한 사람을 선택하려 했다. 갈등은 그곳에서 시작됐다.

샘 그리쳐 같은 사람이 션의 아버지로서만 나타난 건 아니었다. 그런 사람들은 오래전부터 여러 국가에 걸쳐 다양한 형태로 나타났다. 그들은 위로 가고자 했다. 개인의 능력도 넘어서는 절대적인 우위로. 단순한 생각에 힘이 실리니 실체가 되었다.

하나의 마을이 생겼다. 그 안에서는 션과 히 같은 아이들이 바깥을 모른 채 자라났다. 그 마을이 힘을 키우니, 다른 마을도 우후죽순 생겨났다. 그들은 어느 순간 하나의 집단이 되었다. FAKE, 어디선가 나온 이름이 통용되기 시작했다. 그들이 가짜라는 것인지 세상이 가짜라는 것인시는 알 수 없었으나, 적어도 그들은 '사이비 집단', '사이비 종교'라고 불리는 것보다 FAKE로 불리는 것을 훨씬 더 기꺼워하는 듯 보였다.

시작은 FAKE였다. 그리고 그들이 몸집을 부풀리자, 그에 대항하는 또 다른 집단이 생겨났다.

Take.B, 풀네임 'Take back'의 약자인 이곳의 목표는 오직 하나였다. FAKE가 만든 허상, 현실 세계와 맞지 않는 모든 걸 원래대로 돌려놓는 것. 즉, FAKE의 해체였다. 하지만 선은 항상 궁금했다. '원래'라는 게 대체 무엇일까.

지도만으로는 구체적인 정보를 알아내기 힘들었다. 이번 마을은 FAKE가 세력을 키워, 작정하고 만든 허브 개념의 마을로 추정… 된다고만 들었다. 실제로 가봐야 그것이 몸집만 키운 솜사탕인지 내실이 꽉 찬 열매인지 알 수 있는 문제였다.

하지만 구태여 입에 담지는 않았다. 그는 자신의 생각이라도 무조건 믿지는 않으려고 했다. 개발되고도 남았을 공간인데 FAKE가 쓰는 게 의아하다고, 주원은 중얼거렸다. 조직은 치밀했다. 분명 개발하기 어려울 정도로 악조건인 곳이겠지. 그래서 더욱 손을 대는 게 쉬웠으리라. 하지만 그런 생각 또한 아집과 편견이었다. 눈으로 직접 보지 않았으니까. 선의 세계도 작은 마을에 불과했다. 그 너머도 자신의 세상과 같을 거라 안일하게 믿었던 시기가 있었다.

"호텔을 마련해두었습니다. 준비는 모두 마쳤으니 오늘은 그쪽에서 쉬고, 내일 아침 일찍 출발하시는 걸로 하지요."

지부장은 부드럽게 미소 지었다. 인자한 웃음이었다. 저 얼굴엔 얼마나 많은 가식이 숨어 있는 걸까. 가늠해보려다 션은 이런 자신의 습관이 피곤해져 그만두었다.

아침 일찍 차를 타고 출발했다. 한참을 달리니 어느덧 주위 풍경이 산으로 바뀌었다. 주원이 두리번거리다가 말했다.

"나 어릴 적에 이런 곳에서 살았던 적이 있는 것 같아."

"그래?"

"응. 내 안에 뉴욕의 화려한 풍경만 있는 줄 알았더니… 아니었나봐. 언제였지? 진짜 어릴 적에 시골에 잠깐 살았던 적이 있었나?"

주원은 션이 대답해줄 수 있는 문제인 것처럼 거듭 물었다. 션이 어깨를 으쓱해 보였다.

"너는 없어?"

다시 창가 쪽으로 턱을 괴려던 그가 잠시 멈칫했다. 돌아보니 주원이 다시 한번 물었다.

"시골에 살았던 적."

션이 아무 말도 하지 않자 주원이 미소 지었다. 눈썹을 살짝 아래로 내린 표정에서 체념 비슷한 감정이 느껴졌다. 주원은 이미 몇차례나 션에게 이 같은 질문을 한 적이 있었다.

"…없어."

"그렇군."

주원은 딱히 더 추궁하지 않고 고개를 돌려버렸다.

션이 뭔가를 숨기고 있다는 걸 눈치 빠른 주원이 모를 리 없었다. 어릴 적 이야기만 나오면 슬그머니 꽁지를 뺀다는 것도, 웃음으로 무마하려는 것도. 주원이 이따금 핵심을 찌를 때도 있었지만 션은 벽을 세우고 그를 내쳤다. 그게 동료를 상처 입힌다는 걸 알아도 자신의 과거사만큼은 내보이고 싶지 않았다. 보통 션은 상대가 누구이든 간에 너 알아서 해, 라는 느낌으로 거리를 두었지만 주원은 방심할 때쯤 치고 들어오고는 했다. 흘낏 쳐다본 주원의 뒤통수는 아무렇지도 않아 보였다. 창밖을 보며 나직이 휘파람을 부는 것도 태평한 그다웠다. 혹시 자신이 그의 눈치를 보는 걸까, 하고 생각한 션은 이내 고개를 내저었다.

"도착입니다."

산길 한복판에 차가 멈춰 섰다.

차에서 내리자 트렁크가 열렸다. 트렁크 안에는 임무를 수행하는 동안 입을 옷이 들어 있었다. 션과 주원은 그 자리에서 옷을 갈아입었다. 적당히 때가 탄 낡고 평범한 차림새였다. 가을바람이 부는 시기에 입기에는 조금 추웠다. 소맷부리가 반질반질한 건 의도한 건지 몰라도 오래 입은 옷처럼 아주 자연스러웠다.

"소지품은 이쪽으로."

"아. 이제 세상과 안녕이로구나."

주원은 아쉬운 기색을 팍팍 풍기며 입고 온 양복을 고이 개서 트렁크에 넣고 메탈 시계, 휴대폰 같은 소지품도 넣었다. "이거 지문 걸려 있으니까 해킹하시면 안 됩니다?" 제 나름대로 귀엽게 툴툴거렸으나 안내인은 싸늘할 정도로 반응이 없었다.

션은 주원과 달리 미련 없이 소지품을 넘겼다. 조금은 불편하겠지만 그것도 익숙해질 터였다. 션은 그런 점에서 모든 걸 내려놓고 떠났다가 다시 돌아오는 Take.B의 방식이 마음에 들었다. 온전한 제 것은 없다고 생각하게 만드는 이 상황이. 집착하지 않는 것이 미덕이라고 말하는 듯한 이 방침이. 열다섯, 그날 이후 션은 집착이라는 것을 하지 않았다. 무언가에 제 영혼의 일부를 떼어다놓는 방식은, 그것을 잃었을 때 주체할 수 없는 아픔을 주었다.

그들을 데려다준 안내인이 무미건조한 투로 말했다. 그들의 말에 대한 대답은 언제나 하나뿐이었다.

"Take back no.127 project start."

"Take back."

"Take back."

시작이었다.

해가 지는가 싶더니 금세 사위가 어두워졌다. 30분 정도를 걸어가니 포장된 길은 끊겼지만, 션과 주원이 가야 할 곳은 이 너머에 있었으므로 멈출 수 없었다.

제법 튼튼한 나무줄기를 헤치며 그들은 앞으로 나아갔다. 어느 순간 어디가 앞이고 뒤인지 헷갈리기 시작했다. 션은 셔츠 안쪽에 달린 작은 주머니 속에서 나침반 하나와 작은 종이 두 장을 꺼냈다. 이 나침반이 그들이 의지할 수 있는 유일한 길잡이였다.

"매번 느끼는 거지만 이렇게 수고를 들여야 하는 건가 싶어."

"의심은 가장 큰 적이라잖아."

지침대로 대답하는 션을 보고 주원은 피식 웃었다.

"재미없는 놈. 레퍼토리 좀 바꿔라."

"바꿀 필요가 있나?"

"그렇긴 해."

깔끔하게 인정하는 주원을 보고 이번엔 션이 웃음을 흘렸다. 주원이 몇 발짝 다가와 션을 앞질렀다. 션이 말했다.

"너의 그런 점이 참 좋아."

주원이 몸을 크게 움찔했다.

"…난 네 그런 점이 아무래도 적응이 안 돼."

"뭐가?"

"아니아니아니, 그렇게 무감각한 얼굴로 '네가 좋아'라니. 온도 차이가 너무 심하잖아?"

"내가 안 웃었나?"

분명 올라갔던 입꼬리를 매만지며 션이 물었다.

"웃었지."

그리고 덧붙였다. "넌 잘 웃는 편이지, 의외로."

션은 대꾸하려다 말고 종이 한 장을 내밀었다.

"먹어."

나직이 속삭이듯 말을 흘렸다. 맥락 없는 말에 반문하는 대신 주원은 눈만 살짝 떴다가 재빠르게 종이를 삼켰다. 션도 마찬가지였다.

혀에 눌어붙은 식용 종이가 금세 녹았다.

—퍽!

잉크 맛이 채 올라오기 전 등 뒤로 둔탁한 통증이 느껴졌고 그대로 션은 정신을 잃었다.

잿빛 삶이라고 생각했다.

밝은 색감을 잃어버린 삶이 표피 위에 겨우 달라붙어 있는 듯했다. 듣고 싶지 않았지만 그를 향해 날아오는 수많은 말을 피하는 것은 불가능했다. 네가 알던 곳은 현실 아니라고. 너는 '속고' 있었다고. 그런 말들이 그에겐 더 의심스러웠지만 반박할 말이 없었다. 무엇 때문에 온 세상이 그를 속이고자 든단 말인가.

양아버지가 되겠다 자처한 건 제크 필렌이었다. Take.B에 깊게 몸담고 있던 자로, 피해자였던 아이들을 이미 수도 없이 만난 사람이었다. '어째서 나를?' 안쓰러워서 보듬어주고 싶다는 그의 말을 션은 믿을 수 없었다.

"내가 너의 아버지가 되고자 한다."

그렇게 말하는 제크 필렌의 눈동자가 호기롭게 빛나는 것을 션은 똑똑히 보았다. 그 눈빛은 기묘한 기시감을 주었다. 그건 누군가에게 받아본 적은 없었으나 던진 적은 있었던, 션 자신의 시선이었다.

"넌 참 흥미로워." 자신의 눈동자를 보며 말하던, 상대방의 표정은 기억나지 않는다. 션은 인간은 동등하지 않다고 배웠다. 그건 생각보다 효력이 길었다. 어릴 적에 학습한 것은 쉽사리 잊히지 않았다. 아직도 불쑥불쑥 그런 생각이 튀어오를 때면 미치광이라 불렸던 아버지의 얼굴이 떠올라서 삽시간에 기분이 나빠졌다.

나의 시선을 받은 히, 너도 그랬을까. 션은 종종 궁금했다.

제크 필렌의 커다랗고 따뜻한 손을 붙잡고—열다섯인 그를 모두가 아이처럼 대하던 때였다—새집에 들어갔을 때 그를 반겨준

건 양어머니인 멜리사였다. 그녀는 함박웃음을 지으며 션을 맞이했다. 너무나 사랑스러운 아이라고, 낯간지러운 말을 션에게 쏟아 부었다. 저보다 머리 하나는 작은 멜리사가 제게 하는 말이 어색하고 낯설어 션은 몸 둘 바를 몰랐다. 이내 그 감정은 눈물이 되어 션의 볼 위로 방울방울 흘러내렸다. 멜리사는 놀란 얼굴로 션을 끌어안았다. 따스하고 보드라운 품이 그를 감싸 안았다. 그는 그 품이 낯설었지만, 지금껏 무척 그리워했다는 모순된 감정을 느꼈다. 자신을 관찰하듯이 흥미롭게 지켜보는 양아버지와 자신을 친자식처럼 사랑해주는 양어머니 사이에서 션은 불안한 사춘기를 보냈다. 멜리사와 함께 있을 때면 그는 적당한 온도의 물로 채워진 욕조 안에 있는 듯한 기분이 들었다. 물론 제크도 션을 좋아했다. 하지만 그건 부모와 자식 간의 사랑이라기보단 호의에 가까웠다. 멜리사 옆에 있으면 그 경계가 아주 또렷해서 모르려야 모를 수 없었다.

잿빛 세상은 작고 소소한 몇 가지 것들로 색을 입혀 나갔다.

감기에 걸려 몸져누운 션을 간호하던 멜리사. 션을 위해 어렵게 구해왔다던 건강식을 챙겨 먹냐고 매번 묻던 제크. 션의 대학 입학식, 그리고 졸업식 날 기쁨의 눈물을 흘리던 멜리사. 가족사진을 찍을 때 살포시 제 어깨에 손을 올리던 제크. 인화된 사진을 여러 번 꺼내보던 자신.

멜리사는 로자를 닮았다. 로자는 부엌일을 하던 사용인에 불과했으나 션은 그 이름을 잊지 못했다.

히에겐 로자가 멜리사 같은 존재가 아니었을까.

대학을 졸업한 후 Take.B에 들어가겠다고 했을 때 양부모는 무척이나 놀랐다. 제크는 단 한 번도 그에게 Take.B에 대해 언급한 적이 없었다. 하지만 그 말을 한 션을 바라보는 눈빛에는 이채가 돌았다. 결국 나는 당신에게 그런 존재인가 싶으면서도, 양아버지를 기쁘게 했다는 것이 제게도 기쁨처럼 느껴졌다. 그러다 다시금 떠오르는 사람은, 히였다.

결국 원점이다. 션의 중심에는 언제나 히가 있었다.

션은 히가 궁금했다. 이유는 알 수 없었다. 제 또래라서인지, 유난히 깔끔한 모양새나 커다란 눈망울 때문인지, 그 눈으로 션을 똑바로 바라보아서인지. 그도 아니면, 처음 봤을 때 션보다 한참 큰 주제에 비쩍 마르고 등이 굽어 있었기 때문인지. 고민에 고민을 거듭해도 적당한 대답은 찾기 어려웠다.

션은 히를 만나야 했다. 그것만이 답을 찾는 유일한 방법이었다.

눈을 뜨니 머리가 뱅글뱅글 돌았다. 잠시 숨을 고르자 몸 아래서 진동하는 것 같던 땅이 잠잠해졌다. 잠들거나 의식을 잃을 때면, 매번 그녀가 나와서 제 속을 헤집어놓았다. 션은 볼에 달라붙은 축축한 흙의 감촉에 인상을 찌푸렸다.

주원이 보였다. 션보다 일찍 정신을 차린 모양인지, 차분하게 션을 기다리고 있었다. 주위는 적막했다. 두 사람은 차디찬 바닥에 널브러져 있었다. 팔다리는 밧줄로 동여매진 채였다. 우스운 농담이나 던지고 있기엔 꽤나 부자연스러운 상황이었다. 션이 입을 열었다.

"내가 이 모양인 건 양부모님 때문이야."

션은 평이한 투로 말했다.

"딱딱한 느낌. 다정한 말투."

짧은 표현으로 자신을 정의하는 션의 말에 주원이 잠시 멈칫했다가 슬그머니 웃기 시작했다. 크큭, 하고 웃으며 어깨까지 들썩였다. 와, 웃으면 안 되는데. 주원이 눈물을 훔치려고 했지만 포박당한 팔로는 역부족이었다.

"션, 넌 정말 다신 없을 캐릭터야."

"고마워."

션은 잠시 주위를 둘러보았다.

허름한 오두막처럼 보이는 공간 구석에는 지푸라기가 깔려 있었다. 축사로 이용되던 곳인지 짐승한테서 날 법한 꿉꿉한 냄새가 났지만 정작 눈에 보이는 동물은 한 마리도 없었다. 창문은 작고 높아 밖이 보이지 않았다.

뒤통수가 아직도 얼얼했다. 이렇게 얻어맞는 걸 알면서도 피하지 않은 건 마을에 잠입하기 위해서였다. 신고식이 있다는 소리에 미리 대비를 하긴 했지만, 막상 닥치니 불쾌한 건 어쩔 수 없었다. 체감상 시간은 꽤 지난 듯싶었다. 작은 창 너머로 달빛이 넘실거렸다. 이제 슬슬 올 때가 되었는데.

생각과 동시에 문이 열렸다. 션과 주원의 시선이 문을 향했다. 들어온 이들은 거구의 사내 둘이었다. 그들은 이를 드러내며 웃었다.

"백인과 황인이네. 생긴 걸 봐서는 한국인 같은데 중국 출신일 수도 있고."

주원은 눈썹을 살짝 찌푸렸다. 우리가 잘생겼대. 주원의 말을 들은 션은 어이없다는 표정으로 응수했다.

"어이, 너. 한국 사람?"

거구 중 한 명이 물었다.

"네, 뭐……."

"너는?"

"……."

션은 대답하지 않고 그들을 바라보았다. 마을 내부에 들어가기 위한 조건은 여러 가지가 있었다. 사회적으로 의지할 곳이 없을 것. 외부의 모든 걸 버릴 각오를 했거나 이미 버리고 온 자일 것. 그리고 무엇보다 중요한, 바깥의 세상을 거짓이라 믿을 것.

대답 없는 션을 보며 남자는 얼굴을 찡그렸다. 주원이 대신 답했다.

"쟨 한국말 잘 못해요. 그리고 무연고자라 의지할 곳도 없고요……."

세상 어느 곳을 돌아도 사람들은 비슷했다. 특히나 작전을 나가는 곳은 더더욱. 그들은 아집으로 뭉쳐 있었고 자신만의 신념이 있었다. 인종과 관계없이 하나같이 다 고집스러웠다.

만일 자신이 그 세계에 쭉 살았다면 어땠을까. 수십수백 번 생각해본 가정이 또다시 스멀스멀 올라왔다. 나도 저런 얼굴로 타인을 바라보았을까. 션은 남자의 주름진 미간 사이를 빤히 보다 입을 열었다.

"바깥. 거짓."

한국어를 배워놓긴 했지만 션은 일부러 영어를 택했다. 단순한 단어의 나열이니 못 알아듣기도 어려울 터였다. 예상대로 남자들은 눈을 크게 떴다. 션이 다시 한번 한 명 한 명 눈을 맞추며 말했다. 이번엔 한국말이었다. 속이 울렁였다.

"바깥. 거짓."

현대화된 세계를 거부하는 '내부'는 증거나 논리적 반박에 약했다. 그럴 수밖에 없었다. 일부러 가시를 세우곤 하지만 그들은 감정에 의존했다. 이러할 거라는 감각. 믿을 만한 사람이라는 느낌. 세간에서 말하는 육감이 잘 활용되고 있는 곳이었다.

그래서 그들은 더욱 당황했다. 션의 말에서 진심이 느껴졌을 테니까.

자신이 Take.B에 특화되어 있다고 생각한 것도 이런 점 때문이었다. 때때로 울컥 튀어나오는 마음은 언제나 이렇게 말하고 싶었다. 거짓이더라도 그 세계에서 살고 싶었다고. 작위를 받고 마을을 다스리며 살고 싶었다고. 션의 세계는 그곳이 진짜였다고. 바깥세상이 어떻게 돌아가는지 알고 싶지 않았다고. 부질없는 꿈일수록 갈급해질 뿐이었다. 션은 정신 이상자로 분류되고 싶지 않았다. 그렇다면 철저히 거짓인 세상을 눈에 담아내고 경험하는 걸로 풀어낼 수밖에 없었다.

눈을 깜빡이지 않아 각막이 아려왔다. 더러운 흙바닥도, 사지를 구속하는 밧줄도 션과 그의 말을 막지 못했다.

먼저 눈을 피한 건 둘 중 키가 좀 더 크고 마른 남자였다. 콧수염을 기른 뚱뚱한 남자는 눈알을 데굴데굴 굴리다 이해가 안 된다는 표정으로 목덜미를 긁적였다.

힘을 준 목이 뻐근했다. 주원과 눈이 마주치자 그는 잘했다며 고개를 끄덕였다. 포박되지만 않았어도 엄지를 척 세우며 호들갑을 떨 것 같은 모습이었다.

"어떻게 할래?"

"뭐, 이 정도면……."

이들은 FAKE의 가장 말단이었다. 외부인에게 적당히 으름장을 놓는 역할로는 괜찮았겠지만 제대로 된 파수꾼의 역할을 하기에는 부실했다.

'그러니 이 뒤에 뭔가가 있겠지.'

남자들은 의심의 눈초리를 누그러뜨린 상태였다. 이미 결정은 내렸을 터. 주원이 몸을 비틀며 말했다.

"이것 좀 풀어주시죠? 저희 힘들어요."

우는 소리를 내자 남자들은 주원의 밧줄을 풀어줬다. 이래저래 정에 약한 사람들이었군. 초반의 험상궂은 인상은 온데간데없이 사라진 남자들을 보니, 1차 관문은 넘긴 것 같았다. 남자들은 션의 밧줄도 풀어주었다. 피가 잘 통하지 않았던 손목을 주무르자 콧수염 남자가 말했다.

"예비 입주 기간은 사흘이다. 일단 '외부인의 집'에 머물도록."

열린 문 너머로 커다랗게 뜬 보름달이 보였다. 션과 주원은 몇 안 되는 짐 꾸러미를 들고 그들을 따라나섰다.

'외부인의 집'은 마을 어귀에 있었다. 해가 진 마을의 입구는 거

대한 짐승의 아가리처럼 보였다. 입구를 밝힌 불빛은 흐릿하게 꺼질 듯 말 듯 너울너울 춤을 추었다. 션은 마을을 본 순간 생각보다 더 많은 사람이 이곳에서 숨 쉬고 있다는 걸 알았다. Take.B가 예측한 마을의 규모는 대략 주민 칠백 명 정도였다. 하지만 션은 그보다 많은 사람의 기척을 느꼈다.

더 자세히 마을을 관찰하려는 션의 앞을 누군가가 막아섰다. 경계심에 가득 찬 눈빛을 본 션은 군말 없이 외부인의 집 안으로 들어섰다.

담황색 벽돌로 이루어진 그 집은 작고 아담해 보였지만 막상 내부로 들어가니 넓었다. 먼지 한 톨 없이 말끔하고 새하얀 풍경이 눈앞에 펼쳐졌다. 정중앙에 사무용 책상이 있었고 한 여성이 마치 안내 데스크인 양 반듯하게 앉아 있었다. 그녀는 미소 띤 얼굴로 션과 주원을 맞이했다.

션은 잠시 이곳이 마을이라는 사실을 잊을 뻔했다. 여성이 '예고리에 오신 걸 환영한다'고 말했을 때야 마을의 이름을 알았다.

그녀의 미소는 그림처럼 아름다웠으나 사무적이었다. 그녀는 자신을 '릴리'라고 소개한 후 말을 이었다. 주원을 향해서는 한국어로, 션을 향해서는 영어로 말하면서 가이드처럼 '외부인의 집'에 대해 설명했다.

그녀의 말에 따르면, 일행이어도 외부인의 집에서는 같은 공간을 사용할 수 없었다. 예비 입주 기간 마지막 날 마을의 높은 사람의 허가를 받고, 서약서까지 쓰면 그때서야 비로소 예고리에 입주할 수 있었다.

"서약서 내용을 먼저 볼 수 있을까요?"

"불가합니다."

릴리는 고저 없는 말투로 웃으며 말했다. "어차피 사흘 뒤에 보실 텐데요." 그녀의 눈이 가늘어지는 것을 보며 션은 고개를 끄덕였다. 단순히 안내만 하는 사람은 아닌 것 같았다. 두 사람은 각자의 방으로 안내되었다.

이곳에 히가 있을까. 션은 Take.B에 들어가자마자 히를 찾기 위해 매 순간 최선을 다했다. 번번이 실패했지만 포기하지는 않았다. 평생을 조직에서 보내는 한이 있더라도, 션은 히를 찾아야만 했다.

자신을 증명할 어떠한 정보도 없이 낯선 세계에 버려져 있을 그를 생각하면 속이 울렁거렸다. 적어도 션은 심리 치료와 정규교육을 받을 수 있었다. 아마도 히는 그러지 못했을 것이다. 히가 어떤 삶을 살았을지 상상조차 할 수 없었다. 지금의 히가 어떨지도 마찬가지였다. 션이 기억하는 히는 열일곱 살에 머물러 있었다. 언제나. 무조건 히를 알아볼 거라는 확신은 스물두 살 이후로 모호해졌다. 성장하며 그는 너무나도 다양한 사람들의 얼굴을 눈에 담았다. 히의 얼굴은 점점 흐릿해졌다. 사진이라도, 그림이라도 한 장 있으면 좋았을 것을. 기억에만 의지하기엔 너무 오랜 시간이 지나버렸다.

'마을'은 동서양의 다양한 민족으로 이루어져 있었지만, 사람을 배척하는 경향은 없는 것으로 알려져 있었다. 쉽게 드나들기 어려운 지형적 특징이 그 이유였다. 션은 마을 입구에서 느낀 사람들의 기척을 떠올렸다. 본능적으로 알 수 있었다. 큰 동물의 입 속처럼 어둡고 고요한 이 마을에는 무수한 사람들이 숨 쉬고 있었다.

션은 나무로 만들어진 낮은 천장을 바라보았다. 어린 히가 살았던 다락방이 이런 느낌이었을까. 그렇게 상상하다가 잠을 청했다.

사흘 후 릴리는 나란히 선 두 사람 앞에 서약서를 내밀었다. 션과 주원이 서류를 보고, 다시 릴리를 쳐다보자 그녀는 빙긋 웃음 지었다. 기계처럼.

"축하드립니다. 두 분 다 입주 심사에 통과하셨습니다. 서약서를 읽은 뒤 서명하면, 바로 예고리 거주가 가능합니다."

사흘 동안 아무 일도 없었다. 대체 뭘 판단하고 시험한 건지 모르겠지만 션은 일단 넘기기로 하고 서약서를 바라보았다.

예고리 입주는 가능하지만 퇴거는 불가하다. 발을 들인 이상 이전의 삶으론 돌아갈 수 없다. 알고 있는 사실과 현실은 다 잊어야 한다. 이곳에서 태어난 이들은 바깥을 전혀 모르기에, 그에 대해 언급하거나 궁금증을 유발시킬 법한 행위를 해서는 안 된다. 군중을 선동해서는 안 되며, 그런 일이 생길 시에는 이곳 외부인의 집에서 일련의 행정 처리에 따른 처분을 받아들인다…….

협박이나 마찬가지인 서약서 내용을 보고 션은 침묵했다. 션이 미간을 좁힐수록 그녀의 동공은 다채로운 빛을 띠었다. 그는 한숨을 삼키고 서명했다. 일부러 힘을 준 터라 건조한 필기 소리가 크게 울렸다. 다시 쳐다본 릴리의 얼굴은 처음 봤을 때와 똑같이 무미건조해서, 션은 자조 섞인 웃음을 짓고 말았다.

"전 무조건! 아침 일찍은 안 돼요. 무립니다."

직업소개소 상담원에게 주원은 대놓고 선포했다. 굽신거려도 모자랄 판에 되려 당당하게 굴자 상담원은 어벙한 표정을 지었다.

직업소개소는 예고리의 주민들을 위한 공간이었다. 션은 막연히 농사일을 소개시켜주겠거니 했는데 의외로 다양한 직업이 있었다. 하나의 직업만 가지고 살아가는 건 아닌지 션과 주원이 상담을 받는 동안에도, 사람들은 드물게, 하지만 끊이지 않고 드나들었다. 션과 주원은 풍채 좋은 중년 남자에게 직업 상담을 받았다. 에릭이라고 소개한 그는 중동이나 남미 계열의 사람인 듯했으나 출신에 관해 묻지는 못했다. 이곳에선 출신지나 특정 국가의 이름을 대는 것이 금지되어 있었다.

"오후 출근… 말이죠?"

에릭은 조금 난감한 듯 말꼬리를 늘였으나 주원은 시원스레 고개를 끄덕이고, "있죠? 있죠?" 하며 닦달했다. "새벽에도 일할 수 있다니까요? 제 입으로 말하긴 좀 그렇지만 제가 좀 뛰어난 인재랍니다."

주원이 일부러 눈치 없이 구는 건 아니었다. 보아하니 주원은 자신이 연기할 캐릭터를 구축하는 단계에 들어선 것 같았다. 션과 주원은 외부 출신인 만큼, 개성 있는 캐릭터가 더 잘 먹힐지도 몰랐다. 그래도 션은 그렇게 하지 않았지만.

에릭이 그런 일은 없노라 말한다면, 주원은 션에게 집에서 잠이나 자며 백수로 지내겠노라 통보할 것이 분명했다. 션은 가볍게 한숨을 내쉬었다. 그러다 남자와 눈이 마주치곤 난감하게 웃었다. 남자도 션과 같은 생각을 하는 듯했다.

"친구 분은 따로 생각해두신 직업 있으신가요?"

에릭의 질문이 션을 향했다. 션은 막상 질문을 받자 잠시 말문이 막혔다. 말 그대로 농사만 생각했던 터라 따로 생각해둔 게 없었다. 주원처럼 '이것만은 안 돼!' 하는 것도 없었다. 시키면 시키는 대로 뭐든 할 생각이었다. 어차피 임시적인 직업일 뿐이다. 자아실현이니 인생 계획이니 하며 멀리 볼 필요도 없었다.

묵묵부답으로 있으면 적당히 아무 직업이나 주겠거니 생각했는데 예상과 달리 에릭은 끈기 있게 그를 기다리고 있었다. 션은 문득 떠오르는 생각을 입 밖으로 내뱉었다.

"글……."

"네?"

"글이나 책과 관련된 일을 했으면 좋겠는데요."

션은 말하면서 미간을 찌푸렸다. 묘하게 거부감이 섞인 듯한 표정에 에릭은 의아한 얼굴을 했다.

"하고 싶은 거 맞습니까?"

"네."

내가 할 수 있을까, 과연. 요 며칠 히를 떠올렸더니 저절로 말이 튀어나온 것 같았다. 일종의 오기도 있었다. 션은 그날 이후로 종이와 책을 모아둔 공간, 그러니까 도서관이나 서점처럼 아버지의 서재를 떠올리게 하는 그런 공간을 피하게 되었다. 그날 저택에 난 화재의 발화 원인—훗날에야 알게 된 사실이었지만—은 책이라는 말을 들었다. 어릴 적 본 아버지의 서재는, 션도 아버지처럼 위압감을 주는 존재가 될 거라고 암시해주는 곳이었다. 책들은 지루하기 짝이 없어서 읽는 내내 곤욕스러웠지만, 싫어할 수는 없었다. 션과 히가 나누었던 대화들은 모두 거기 있던 책에서 비롯되었다고 해도 무방했다. 어린아이 특유의 치기 어린 행동을 그토록 순수하게 받아준 사람은 히가 처음이었다. 지금은 제 행동이 얼마나 허술한 것인지 알지만, 그때의 션은 알지 못했다. 들뜬 가슴이 부풀어 올라 날아갈 수도 있을 거라 생각했다. 난 대단한 사람이야. 누구나 인정해주는 대단한 사람.

필렌 가의 양자가 된 이후로 그는 끊임없이 몸을 움직였다. 쉼 없이 몸을 움직이는 동안에는 잡생각이 들지 않았다. 션에겐 그것이 중요했다.

몇 가지 서류를 뒤적거리던 에릭이 말했다.

"마을 오거리 쪽 끄트머리에 서점이 하나 있습니다. 새책보다는 중고가 더 많은, 일종의 헌책방인데요, 2주 간격으로 새로운 책들이 들어옵니다. 거기서 외서 번역도 하고 있고, 한글 수업도 진행합니다. 안 그래도 요즘 들어오는 책이 많아서 일손이 부족하다고 하네요. 그곳으로 가시겠습니까?"

션이 고개를 끄덕이자 에릭은 곧바로 추천서 한 장을 써주었다. 주원은 아직 한참 에릭과 실랑이를 벌일 것 같아 션은 인사를 하고 먼저 직업소개소를 나섰다.

　마을 구석에 있는 건물은 보호색이라도 띤 것처럼 옆에 있는 숲
과 분간이 가지 않았다. 이곳을 서점이라고 불러도 될지 션은 의심
스러웠다. 그보다는 창고가 더 어울리지 않을까.
　션은 자신의 옷매무새를 정돈하고 서점 앞에 섰다. 낡았지만 깔
끔한 간판이 눈에 들어왔다.
　'서점'
　무슨 무슨 서점도 아니고 그냥 서점이었다. 무미건조한 간판을
보며 혀를 찼다. 그 순간 문이 벌컥 열렸다.
　상대방도 놀란 눈을 하고 션을 쳐다보았다. 체구가 작은 중년
여성이었다. 아마 동양인, 아니… 한국인. 동그스름한 얼굴에 입꼬
리는 올라간 편이었고 부드럽게 쳐진 눈썹은 전체적인 인상을 순
하게 보이게 했다. "어머어머어머……." 여자가 혼잣말인지 감탄
사인지 모를 말을 중얼거렸을 때가 되어서야 션은 한걸음 물러서
며 인사했다.
　"안녕하세요."
　제대로 발음했는지 잘 모르겠다. 한국어는 어려워서 Take.B 내
부에서도 기피하는 언어였다.
　션의 인사를 들은 여자의 표정이 순식간에 밝아졌다. "오호호호
안녕하세요." 여자가 션의 팔을 조심스레 잡아끌었다. 그 몸짓이
물 흐르듯 자연스러워 션은 당황했다. 남의 손길에는 항상 날을 세
우는 그가 저도 모르는 새 서점 안으로 들어와 있었다.

외관은 금방이라도 무너질 것 같았는데 의외로 안은 넓고 쾌적했다. 고풍스러운 느낌이었다. 문 앞 계산대 바로 뒤에서부터 시작되는 책장은 선의 키를 훌쩍 넘길 만큼 높았고, 복도는 두 명도 너끈히 지나다닐 수 있을 만큼 넉넉했다. 책 냄새가 폐부 깊숙이 들어왔다. 잊고 살았다고 생각했는데 전혀 그렇지 않았다. 익숙했다. 아버지의 서재에선 항상 이런 냄새가 났다. 오래되었지만 크고 튼튼한 목재 서가. 그 안에 차곡차곡 자리한 책들.

"생각보다 더… 멋지네요."

영어였지만 여자는 제대로 알아들은 듯 션에게 대답했다.

"고마워요. 이 매력을 몰라주는 사람이 너무 많았는데. 한선유라고 해요. 반가워요."

"아, 션 필렌입니다. 직업소개소에서 얘기 듣고 왔습니다."

조금 전까지도 기쁜 낯빛을 숨기지 않던 여자, 선유가 더욱 활짝 웃었다.

지나치게 밝은 사람이라는 생각이 들었다. 아마 남을 쉽게 의심하는 일도 없겠지.

"잘 부탁드립니다."

역시, 제대로 된 발음인지 모르겠다.

집으로 돌아가니 주원이 소파에 드러누워 과자를 먹는 중이었다.

"직업은 구했어?"

"음. 근처 바. 바텐더 일은 해본 적 없다고 했는데 늦은 시간에 할 수 있는 일은 그것뿐이라고 하더라."

"너, 에릭이랑 싸운 건 아니지?"

"에이… 살짝?"

주원이 손에 한가득 들고 있던 꾸러미 중 하나를 던졌다. 쿠키였다.

"근처에 베이커리가 하나 있더라고. 빵 냄새가 솔솔 나길래 좀 사왔어. 우리 당장 먹을 것도 없잖아?"

"근데 주식보다는 디저트류가 훨씬 많아 보이는 건 내 탓인가?"

인간은 당분을 먹고 사는 거라고 한바탕 연설하는 주원을 무시하고, 션은 밖으로 나가 따로 장을 봐왔다. 션이 만든 수프 냄새를 맡은 주원이 부엌으로 들어왔다. 션은 자신이 누군가를 챙겨주거나 자발적으로 뭔가를 제공하는 입장이 될 거라고는 생각지도 못했다. 거의 성인에 가까운 나이가 되도록 시중을 받는 것이 숨 쉬는 것처럼 자연스러웠기 때문이다.

성인이 되고 독립해 사는 동안 션은 여러 가지를 익혔다. 혼자서 밥을 해 먹는 법. 직접 옷을 세탁해 입는 법. 집안을 청소하고 청소 도구까지 정리하는 법. 모든 건 서서히, 아주 느리게 나아졌다.

오랜만에 만든 감자수프는 따뜻했고, 부드러웠다. 션은 맛이 괜찮은지 엄지를 치켜드는 주원에게 한 그릇 더 퍼주고 통보했다.

"설거지는 네가 해라."

션은 간단한 아침 운동 후, 주원의 식사까지 챙겨놓고 밖으로 나섰다.

막상 서점에 도착할 때쯤이 되자 너무 일찍 나온 것이 아닌가 고민스러워졌다. 8시 10분. 선유가 없다면 꼼짝없이 문밖에 서서 기다려야 할 터였다. 하지만 그것은 기우에 지나지 않았다. 이미 문이 활짝 열린 서점 앞에서 선유가 창문을 닦고 있었다. 낡았지만 깨끗하다는 인상을 받은 이유를 알게 된 순간이었다.

"어머, 일찍 오셨네요."

"안녕하세요."

션이 먼저 서점 안으로 들어갔다. 어제도 차분하다고 느꼈지만 아침이라 그런지 책장이 둘러싼 내부가 더욱 고요하게 느껴졌다. 마침 청소를 끝낸 선유가 안으로 들어와 그에게 말했다.

"일단 책 정리를 부탁하고 싶은데… 마침 재고 들어오는 날이라서요. 10시쯤 책이 올 거예요. 그리고 카운터를 맡아주면 좋은데 우리 서점이 좀 구식이라 일일이 수기로 등록해야 해서… 처음 하기엔 버거울 수 있거든요."

"네."

"정리하는 건 어렵지 않을 거예요. 일단 알파벳 순서로 된 이 표기랑……."

션은 간단하게 업무 루틴에 대해 들었다. 10시까지는 할 일이 없어서 서가 쪽을 살펴 보기로 했다.

책등을 쓸어보았다. 정말로 먼지 하나 없이 깨끗했다. 매일 청소를 해야만 가능한 일이었다.

아버지의 서재를 청소하던 사람은 히였다. 서재에서 퀴퀴한 냄새가 가셨다고 아버지는 기뻐했다. 아버지는 션이 매번 책을 가져가서 바람을 통하게 한 덕이라 생각했지만 사실 그건 히가 밤낮으로 책을 닦은 덕분이었다. 히는 션이 알려주는 시간에 몰래 서재로 들어가 청소를 하고 나오고는 했다.

가만히 책장을 바라보고 있자니, 그리움인지 애절함인지 모를 뭔가가 울컥울컥 올라왔다.

10시가 되자 바깥에서 부스럭거리는 소리가 들렸다. 문을 열고 나가 보니 수레에 책이 한가득 쌓여 있었다. 책을 가져온 사람은 어디로 갔는지 보이지 않았다.

들어온 책은 80퍼센트가 헌책이었다. 새 책도 손때가 묻지 않아 덜 낡아 보일 뿐, 헌책과 큰 차이점은 없었다. 별 생각 없이 책을 옮기다 최근 출간된 책은 이곳으로 올 수 없겠다는 데에 생각이 미쳤다. 일하던 손을 멈추고 그나마 가장 깨끗하고 오래되지 않아 보이는 책을 들어 발행 연도를 보았다.

"최신간이에요."

선유가 뒤에 서 있을 줄은 몰랐기에 션은 흠칫하며 돌아보았다. 언제 온 거지? 빙그레 웃는 그녀의 시선이 션을 향했다. 션은 고개를 끄덕였다. 책을 켜켜이 쌓아 들고 가는 그의 등 뒤로 그녀의 시선이 끈질기게 따라붙었다.

발행 일자에는 수십 년도 더 지난 날짜가 쓰여 있었다. 아마도 조작했겠지. 선유의 웃음에는 온기가 없었다. 심지어 날카롭기까지 했다. 그것으로 션은 꽤 많은 걸 파악했다. 여기서 태어난 사람은 아니구나. 그래서 나를 어느 정도 경계하고 있구나.

이마에 맺혀 있던 땀방울이 빠르게 식었다. 알 수 없는 오한을 느끼며 션은 더욱 바지런히 움직였다.

이렇게 큰 프로젝트에 참여하게 된 건 사실 션도 주원도 처음이었다.

둘은 같은 기수로, 연수 기간에 같이 교육을 받았다. 주원은 센스가 좋았고 눈치가 예사롭지 않았다. 사람의 심리를 파악하는데 능했고 관계의 적정선을 알았다. 션은 모범생에 가까웠다. 본인이 생각하기에 특출난 것도, 그다지 못하는 것도 없었다. 하지만 모든 것을 중상위권 수준으로 해내는 인재도 드물기 마련이었다. 특히 운동신경은 수준급이라 처음에 동기들은 션이 체육 관련 일을 했거나 관련 교육을 받았을 거라고 생각했다.

상부에서 보기에 두 사람은 적절한 파트너였다. 물론 둘의 실제 관계는 상부의 예상과는 전혀 달랐다. 각자 흥미롭게 여기는 분야가 다르다보니 서로 적당히 인사만 주고받는 사이였다. 하지만 조직에 그런 자잘한 정보는 중요치 않았다. 연수 후 션과 주원은 5개 중 3개의 프로젝트에 같은 팀으로 배정됐다. 모든 프로젝트를 끝마치고 이 둘은 서로에게 이득이 되는 존재라는 걸 깨달았다. 결과적으로 상부의 판단이 틀리지 않은 셈이었다.

주원은 은근히 사람을 가렸다. 션이 정말 싫었다면 주원도 적당히 표면적 관계만 유지했을 것이다. 그런데 이래저래 4년을 함께 보냈다. 길다면 긴 시간이었다.

이번 프로젝트는, 길어 봤자 1-2개월 정도 걸렸던 이전 프로젝트와는 차원이 달랐다.

션은 이 머나먼 땅까지 오게 된 이유에 대해 다시금 상기했다.

요 몇 년 사이 FAKE의 성장 속도가 갑자기 빨라졌다. 작은 협회 정도였던 조직이 점차 인원이 늘어 체계를 갖추기 시작했다. 그러다 보니 Take.B가 개입해 마을이 해체되는 속도보다 FAKE로 인해 마을이 생겨나는 속도가 더 빨랐다.

Take.B는 FAKE가 만든 새장 속에서 사람들을 꺼내고, 진짜 사회로 돌려보내는 일을 했다. Take.B 내부에서도 요원들을 늘리는 추세라 뒤쳐진다고 볼 수는 없었는데, 갑자기 FAKE의 몸집이 비약적으로 커지기 시작한 것이다. 상부에서는 FAKE에 새로운 자금줄이 생겼으며 이는 주춧돌 역할을 하는 마을과 연관이 있을 거라고 추측했다.

그렇다면 이번 기회를 통해 FAKE의 중심부를 완전히 수면 위로 떠올릴 수 있을지도 모른다.

Take.B와는 소통을 위해 보름마다 접선하기로 했다. 션과 주원은 해가 완전히 바뀌기 전까지, '신호'가 오기 전까지, 이곳에 머물러야만 했다. 며칠이 지나는 동안은 아무 일도 없었다. 꼭 시간이 멈춘 것만 같았다.

션은 그동안 자신이 힘껏 달려왔었단 걸 깨달았다. 쓸데없는 건 끼어들 틈조차 없었다. 어릴 적에는 당연하게 여겼던 차기 권력자가 되기 위해, 그리고 성인이 되어서는 히를 찾느라, 그 실마리를 Take.B에서 찾느라, 다른 건 아무것도 생각하지 않았다. 히를 만난다면? 그 뒤는? 비록 프로젝트를 진행 중이지만 급브레이크를 밟은 듯한 상황에 놓여서야 그런 생각이 들었다. 하지만 생각해보지 않은 미래는 그저 암흑이었다. 더 생각하고 싶지도 않아 션은 고개를 내저었다.

창밖으로 보이는 풍경은 언제나 그렇듯 평화로웠다. 매일매일 복사한 듯 펼쳐지는 모양새에 션의 사고는 자꾸만 의도치 않은 방향으로 흘렀다. 서점 카운터에 앉아 있던 그는 책상을 손가락으로 탁탁 두드리다가, 문득 생각이 나 선유에게 물었다.

"근데 왜 서점 이름이, '서점'인가요?"

말장난이라도 하는 것처럼. 서점'은' 서점이었다.

말을 하고 나서야 한참 때늦은, 뜬금없는 질문이란 걸 알았다. 예상대로 선유는 의아한 얼굴로 션을 바라보았다. 하지만 이내 눈꼬리가 휘어지게 웃었다.

"하하하. 이상해요?"

"아. 아닙니다. 죄송합니다."

괜히 머쓱해져 션이 살짝 미소 지었다.

"와… 웃으니까 딴 사람 같네."

"네?"

"능수능란? 알아요?"

션이 고개를 가로저었다. 선유가 말했다.

"되게 능숙해 보여요. 잘생기기도 했고. 아, 이거 칭찬이에요."

션은 저도 모르게 입꼬리에 손을 가져다 댔다. 일부러 무표정하게 굴었던 건 아니지만 구태여 웃지 않은 것도 사실이었다. 션은 몸짓, 손짓, 미소 하나까지 다 교육을 받았다. 어릴 때부터 몸에 익혀온 귀족 후계자로서의 몸가짐은 쉬이 사라지지 않았다. 그것이 평범하게 자라온 아이들에 비해 너무 튄다는 건 션도 알고 있었다.

그의 미소는 스스로 보기에도 부드럽고 자연스러웠지만 그만큼 가식적으로 보기이도 했다. 누군가의 우위에 서 있는 듯한 태도. 션은 그런 태도 만큼은 버리고 싶었다. 이미 몸에 밴 행동은 다른 태도로 감추는 게 편했다. 그러다 보니 그는 어느 순간 보통 사람보다 더 단정한, 어떻게 보면 더 깍듯한 사람이 되어 있었다.

선유가 그의 눈치를 봤다. 바람둥이 같다는 게 아니라고, 끼가 있어 보인다는 것도 아니라고—션은 '끼'가 무슨 말인지 몰랐다—잘생겼다는 뜻이라며 거듭 강조했다. 결국 션이 난감해하다 실소를 터트리자 그제야 선유도 안도의 한숨을 내쉬며 웃었다.

"고급스러워 보여요."

"……."

"귀족 같아."

"…감사합니다."

"아 맞다, 우리 서점 얘기 하고 있었지. 내가 이래."

선유가 너스레를 떨었다.

"내가 이름 짓는데 소질이 없어서 그랬어요. 나 진짜 이름을 못 지어. 그래서 몇 날 며칠 고민하다가 그냥 깔끔하게 서점이라고 지었어요. 지은 것도 아닌가? 아하하하."

마을이 이렇게 넓은데도 서점은 선유의 서점 하나뿐이라고 들었다. 그러면 틀린 말도 아니다.

"근데 신기하다. 다들 그냥 그런가보다 하던데, 똑같은 질문을 한 사람이 있는 거 알아요?"

선유가 말했다. "저쪽 생활관 지나 사는 아가씨. 우리 서점 VIP

니까 나중에 오면 물어봐요."

이름은 안 알려 주느냐는 물음에 선유는 그저 웃기만 했다. 출근하고 벌써 몇 시간이 지난 것 같았지만 퇴근 시간은 여전히 한참 남아 있었다.

마을엔 호수가 있었다.

한가로이 낚시를 하거나 물장구를 치는 사람들을 멍하니 바라보다 선도 근처 바위에 걸터앉았다.

션의 근무 시간은 짧았다. 9시에서 12시. 남은 시간엔 우선 마을의 대략적인 지형이나 구조물을 파악해야 했다.

처음 며칠은 상가를 중심으로 돌아다녔다. 션이 매일 장을 보러 다니는 마켓을 지나 좀 더 가면 널따란 광장이 나왔다. 광장엔 높게 솟은 시계탑이 있었는데 아래 종이 달린 것으로 보아 뭔가를 알릴 때 쓰는 것 같았다. 시계탑 우측으로는 가게들이 즐비해 있었다. 해가 높이 뜨는 낮 시간의 상가는 여유로웠다. 드문드문 사람이 보였지만 왜인지 무리로 걸어 다니는 사람은 없었다.

시계탑 좌측은 막다른 곳인 줄 알았는데 가까이 가보니 시야가 트이며 호수 전경이 눈에 들어왔다. 와… 저도 모르게 입을 벌린 션의 폐부로 맑은 공기가 스며들었다. 호수가 여기에 있었네. 청량한 바람은 차가웠지만 춥지는 않았다.

그날 이후로 별 생각 없이 걷다보면 꼭 호수까지 오게 되었다. 오늘은 조금 일찍 장을 봐서 고기 요리라도 만들어볼까 싶었다. 마침 내일은 주말이기도 했다. 진지하게 주원과 앞으로의 일정을 얘기해봐야겠다고 생각하며 돌아섰다.

"……."

션이 돌아설 줄 몰랐다는 듯, 어정쩡한 자세로 몸이 굳은 아이 셋이 눈앞에 있었다. 덩달아 션도 움직임을 멈추었다. 그대로 계속 움직였으면 무릎으로 아이들을 칠 뻔했다. 그만큼 가까웠는데도 아이들이 있는지 몰랐다는 사실이 션은 더 당황스러웠다. 아무리 긴장이 풀려도 그렇지, 셋이나 되는 아이들의 기척을 못 느꼈다고?

열 살 정도로 보이는, 자기들끼리 돌아다니기엔 조금 어려 보이는 아이들이었다.

세 아이 중 맨 앞에 있던 남자아이가 다른 두 아이를 방어하듯이 막아섰다.

"안녕…?"

인사를 건넸지만 아이들의 반응은 애매했다. 맨 앞에 있는, 제법 키가 크고 덩치가 있는 남자애는 눈을 부릅떴고 양 옆에 있는 여자애와 남자애는 눈알만 도르륵 도르륵 굴렸다.

'원래 애들이 이런가?'

션은 잠시 골몰하다가 무릎을 굽히고 앉았다. 시선을 맞추자 가운데 서 있는 아이가 갑자기 몸을 돌려 도망갔다. 두 아이도 덩달아 뛰기 시작했다. 션은 반사적으로 제일 먼저 도망간 아이의 옷깃을 살짝 잡아끌고 다른 두 아이도 함께 품에 가뒀다. 세 아이들은 놀라서 입만 크게 벌렸다.

"흠… 나, 나쁜 사람 아니다?"

정말 진부한 대사라고 생각하면서 션은 아이들을 향해 웃어 보였다.

적잖이 당황스러워 보이는 아이들은 올망졸망한 눈으로 션을 바라보았다. 눈을 떼지 못하는 게 무서워서 그런 건가 싶어 션도 조금 당황스러웠다.

"아… 미안. 놀라게 하려는 의도는 아니었어."

션은 다시 아이들 앞에 무릎을 꿇고 눈을 맞추며 차분하게 말했다. 가운데 남자애는 한국인인 것 같았다. 여자애는 영미권, 다른 남자애는 다른 아시아 계열로 보였다.

먼저 입을 연 건 여자애였다.

"매일 호수에 있길래에……."

언어는 한국어였다.

"울지 마."

한국인이라고 생각했던 남자애 입에선 영어가 나왔다. 션이 놀란 얼굴을 하자 옆에 있던 아시아계 남자애가 중국어로 뭐라고 했다. 가운데 아이의 표정이 뚱하게 변했다.

"호수의 주인은 아니죠?"

중국말을 하던 아이가 이번엔 영어로 션에게 물었다. 대답하지 않자 한국어로 다시 물었다.

예상과는 달리 아이들은 다양한 언어를 구사할 수 있었다. 놀란 건 그뿐만이 아니었다. 세 명 모두 눈앞의 사람을 재보는 듯한 눈빛이 예사롭지 않았다. 그 나이대 아이들을 많이 본 건 아니었지만 어딘가 이질감이 들었다.

션이 되물었다.

"응? 호수의 주인?"

"……."

션이 물었지만 아이들은 약속이라도 한 듯 입을 꾹 다물었다. 그는 질문이 잘못되었다는 걸 깨달았다. 션이 '호수의 주인'이라는 명제를 알고 있지 않는 한, 아이들은 입을 열지 않을 것이다. 션은 일단 물러서기로 했다.

그는 자신의 이름을 알려주며 광장 너머 서점에서 일한다고 말했다. 최대한 정중하게 말하며 한 명 한 명 눈을 마주치자 굳어 있던 아이들의 얼굴이 조금씩 풀리기 시작했다. "너희는?" 그제야 대답이 나왔다.

여자애는 제시, 가운데 남자애는 민수, 호수의 주인에 대해 물은 아이는 려상이라고 했다.

민수가 션에게 말했다.

"그 '서점'에서 일한단 말이야?"

션이 고개를 끄덕이자 "맙소사." 하며 감탄한다.

"거긴 어른들만 가는 곳인데."

"정말 책을 팔아요?"

"말도 안 돼."

아이들은 각자의 이유로 놀라움을 금치 못하며 골몰했다. 아이들이 갖고 있는 의문들을 어떻게 풀어줘야 할지 감이 안 왔다. 서점을 찾는 손님이 없기는 했지만 대외적으로 이런 이미지일 줄이야.

"물론 제대로 된 책을 읽을 수 있고, 살 수 있는 서점이지. 한글 수업도 하고 있어. 그리고 서점에 어른들만 오라는 법은 없어."

어쩐지 서점 홍보 대사가 된 것 같은 느낌이 들었다. 아이들이 듣기에도 변명 같겠지. 아니나 다를까 아이들의 눈이 의심으로 가늘어졌다. 특히 민수의 표정이 아주 노골적이었다. 제시가 민수의 팔을 툭 치고 나서야 겨우 얼굴을 풀었다.

"책 싫어해?"

아이들은 머리를 가로저었다.

"여기 매일 오니?"

"네."

려상이 대답했다. 이 아이가 가장 의젓해 보였다. 중국어, 영어, 한국어를 다 자유자재로 구사하는 탓에—아마 다른 두 아이도 마찬가지일 테지만—도무지 국적을 알 수 없어서 눈이 가는 아이이기도 했다.

"나는 여기 온 지 얼마 안 됐어. 이 호수에 온 지는 더더욱 얼마 안 됐고."

션은 잠시 고민하다 입을 열었다.

"내일부터 책을 가져올게. 내일도 이 시간에 너희들을 만날 수 있을까?"

세 아이 모두 다 놀랐지만, 특히 제시가 가장 놀란 것처럼 보였다. 제시의 초록빛 눈동자가 반짝였다. 민수와 려상도 발그스레해진 얼굴은 기쁨을 감추지 못했다. 서점은 싫지만 책은 좋아한다던 아이들다웠다. 아이들은 크게 고개를 끄덕였다. 션은 웃음을 참으며 짐짓 진지한 표정을 지었다.

그리고 며칠간 션은 바지런히 호숫가로 책을 날랐다. 션이 선유에게 책을 빌려가도 되느냐고 처음 물었을 때, 선유는 반색하며 책을 골라주었다. 그 모습을 보니 아이들한테 빌려주려 한다는 말이 나오지 않았다.

"뭐가 좋을까. 뭐가 재밌을까." 중얼거리며 서가 사이를 돌아다니는 선유의 모습은 이제껏 보았던 그녀의 모습 중 가장 활기 넘쳤다. 시간이 지날수록 말을 꺼내기가 더욱 어려워졌다. 선유가 성의껏 골라준 책들은 동화책과는 거리가 멀었다. 션은 몇 권을 들고 밖으로 나왔다. 그래도 다행스러운 건, 그 책들이 아이들의 흥미를 끌었다는 사실이다.

세 아이는 항상 션보다 늦게 호숫가로 왔다. 아이들을 기다리는 시간은 더없이 길게 느껴졌다. 좀이 쑤셨다. 바위에 걸터앉아 책을 펼쳐보았다.

"이게 뭐라고." 휘리릭 책장을 넘겼다.

그는 때때로 자신에 대해 확신할 수 없었다. 제크 필렌의 아들로서, 평범해 보이고 싶다는 욕망이 일기 시작한 순간부터, 그의 과거는 숨겨야 할 오점이 되었다.

"뭐가요?"

갑자기 들려온 목소리에 션은 화들짝 놀라고 말았다. 고개를 돌리자 세 아이의 모습이 보였다. 션의 얼굴이 꽤 위협적이었는지 아이들도 놀란 얼굴이었다.

"와, 두꺼운 책…!"

"마법서다, 마법서!"

아이들의 시선이 낡고 두꺼운 책 위로 못 박혔다. 애들 주제에 기척이 너무 없다. 아니면 내가 생각에 너무 골몰해 있었나? 한 번은 실수여도 두 번은 이상했다. 놀란 가슴을 진정시킨 션이 말했다.

"너무 어려운 책은 아니야? 동화 같은 걸 가져올 수가 없어서……."

"동화는 아기들이나 읽는 거예요. 저흰 아기 아니에요." 제시가 가슴을 쭉 펴며 당당하게 말했다.

"아… 근데 이건 마법서고?"

션이 장난스레 말하자 제시가 얼굴을 붉혔다.

려상이 책을 들춰보며 말했다. "글자가 많아서 좋아요. 내용은 어려운 거 같지만."

"이 정돈 다 읽어요…! 아마……."

션이 쳐다보자 민수의 말소리가 작아졌다.

아이들의 재잘거리는 소리가 고요했던 풍경에 활기를 북돋았다. 책을 읽으면서 떠드는 아이들을, 션은 평화롭게 바라보았다.

첫 보고 날이었다. 접선은 새벽 3시였다. 미리 준비해놓은 보고서를 둘둘 말아 12시쯤 집을 나섰다.

보고는 일방적으로, 잠입한 마을 내부에서 바깥으로 이루어진다. 임무의 시작과 끝에 지시받는다. 그들의 영역 안에 발을 들인 이상 각자 알아서 판단한다. Take.B의 조직원은 그렇게 훈련받았다.

예고리의 독특한 지형은 처음부터 Take.B의 걸림돌이었다.

일단 내부 구조를 파악하기 어려웠다. 마을은 가파른 산맥 사이에 있었다. 입구는 단 하나. 입주민을 맞이하는 마을 어귀뿐이었다. 드론으로 지형을 파악하려고 시도해봤지만, 날리는 족족 어딘가로 사라져 회수조차 못했다. 마을 주변을 감시하는 눈이 있다는 얘기였다.

다르다. 션은 확신했다. FAKE는 사람의 내면을 파고들어 입지를 다지는 조직이어서 FAKE를 믿지 않는 사람에게는 큰 영향을 끼칠 수 없었다. 어디까지나 바깥을 믿지 않는 광신도들의 신념이 주축을 이루었다. 하지만 예고리는 이전에 잠입했던 마을과는 달랐다. 마을은 빈틈없이 내부의 힘 자체로 굴러가고 있었다.

"이례석인 케이스야."

제크 필렌은 말했다. 작전에 투입되기 직전의 일이었다.

션은 예고리라는 마을이 미국 중부에서 마릭이라는 이름의 작은 그룹으로 시작해 중국을 지나 한국에 정착했다는 보고 자료를 읽던 참이었다. 무슨 연관성이 있을까. 이름도 규모도 형태도 다른데. 제크 필렌이 말했다.

"이번엔 다를 수도 있겠어."

대외적으로 FAKE라는 이름이 알려진 것은 아니었다. 사람들은 Take.B의 프로젝트가 성공했다는 소식을 접할 때마다 사이비 종교 집단이 있다는 정도로 인식했고, 그 집단들을 뒤에서 통솔하고 있는 집단이 있을 거라는 생각은 하지 못했다. 그리고 그건 의도된 것이었다.

Take.B는 사회적 혼란을 우려했다. 비영리 기업에 가까운 그들은 반대편에 있는 어떤 집단과 대립하고 있다는 사실을 공표하는 걸 꺼려했다.

더군다나 FAKE가 힘을 키워가는 지금, 그 힘의 실체를 정확히 파악하지 못하는 것도 문제였다.

"네가 할 수 있는 일을 해."

션은 후발 주자였다. 션의 잠입이 결정되기 전부터도 예고리 프로젝트는 진행 중이었다. 제크는 항상 션에게 그렇게 말했다. 네가 할 수 있는 일을 하라고. 나도 할 수 있는 일을 하겠다고.

션은 좀 더 세부적으로 기록한 마을 지형도를 전달할 참이었다.

주원은 인물 관계도를 가져왔다. 주원이 만든 인물 관계도를 션의 지형도 위에 겹치자 꽤 그럴듯하게 보였다. 마켓 근처에는 혈연 관계인 사람들이 살았고, 호숫가에는 젊은 사람들이, 션과 주원의 집 근방에는 홀로 사는 중장년층이 많았다. 결과적으로 바에 취직한 건 빅 픽쳐라는 주원의 말은, 일리 있었다.

어둠 속에서 기척이 느껴졌다. 곧이어 션의 입꼬리가 슬그머니 올라갔다. 그가 팔을 위로 들었다.

우우우, 진동 소리와 함께 하늘에서 새카만 물체가 빠르게 낙하했다. 그리고 션이 치켜든 팔뚝에 털썩 안착했다. 션은 팔을 완만하게 움직이며 착지를 도왔다.

미리 준비해둔 보호구 위로 성인 남성의 손가락 세 마디 정도 되는 발톱이 박혔다. 오랜만에 느껴보는 묵직함이 반가웠다. 상대도 반가운지 그르릉 목을 울리며 울었다. 깜빡이는 까만 눈동자가 션을 알아보는 듯했다.

"으, 볼 때마다 징그러워."

"뭐가. 더 멋있어졌네, 릭."

릭이 날개를 펼치자 주원은 저만치 달아났다.

"자, 부탁한다."

질색하는 얼굴로 릭의 발목에 보고서를 둘둘 말아 묶은 주원이 고개를 끄덕이자 션이 릭의 목덜미를 쓰다듬었다. 릭이 날개를 펼치고 다시 하늘로 날아올랐다.

"사람도 날 수 있다면 좋을 텐데."

주원의 시선은 금세 멀어진 릭을 쫓고 있었다. 대놓고 릭을 무서워하면서도 릭이 날아가면 항상 부러운 듯 쳐다보곤 했다. 반면 션은 그런 생각을 해본 적이 없었다. 그는 이 땅에 발 딛고 서 있는 것 자체에 의미를 두었다.

션이 아무 말도 하지 않자, 주원이 고개를 돌리더니 서운하다는 듯한 얼굴을 했다. 그의 눈썹, 눈꼬리, 입꼬리가 아래로 쳐졌다.

"왜 안 물어봐줘. 나 서운해."

"…왜 날고 싶은데?"

'엎드려 절 받기'라는, 얼마 전 서점에서 배운 속담이 떠올랐다. 옛날 사람들 참 지혜롭네, 라는 감상도.

"이 혼란한 난세를 직접 겪는 대신, 위에서 조망할 수 있다면 좋을 것 같아서."

그는 일기에나 쓸 법한 문장을 당당하게 읊조렸다.

"어, 멋지다."

"야. 영혼 좀."

본인도 우스운지 주원이 배시시 웃었고, 그 모습에 션도 웃어
버리고 말았다.

"미래 일자 책은 없네."

햇살 아래서 책의 마지막 장을 보던 민수가 중얼거렸다. 깜빡.
수면에 맞닿은 빛이 반짝이는 순간이었다. 션은 고개를 돌려 민수
의 새까만 머리통을 바라보았다.

아이들은 무서운 속도로 책을 읽어 내렸다. 무슨 말인지 알기나
하는 건지. 고만고만한 아이들이 머리를 맞대봤자 원하는 답이 나
오지 않을 때가 많아서 이건 뭐고 저건 뭐냐며 션을 자꾸만 불러
댔다.

션은 아이의 말을 곱씹었다. 미래 일자 책. 션이 서점에서 본 책
의 출간일자는 마을의 시대상에 맞는 먼 과거였다. 하지만 그건
션이 바깥에서 왔기에 알 수 있는 것이었고, 아이들은 달랐다. 아
이들이 '미래 일자'라는 표현을 쓴다는 것은 바깥의 책을 본 적이
있다는 의미였다.

호수를 바라보고 있지 않았더라면, 잔잔한 일렁임이 시야에 들
어오지 않았더라면, 그는 곧장 그게 무슨 말이냐고 민수를 추궁했
을 것이다. 아이들이 보여줄 반응은 예상 가능했다. 션은 세 아이
를 만난 첫날 이후 '호수의 주인'이라는 말은 들으려야 들을 수 없
었다. 그것이 무엇인지. 어디서 듣고 말하는 건지. 애들의 장난인
지 아닌지. 하지만 긴장의 끈을 놓지 않던 션도, 평화롭게 웃고 떠
들며 토라지는 아이들 앞에서는 덩달아 느슨해지곤 했다.

그는 잠시 속으로 질문을 골랐다.

"과거 일자 책만 있어서 아쉬워?"

책에서 눈을 떼고 자신을 바라보는 민수의 얼굴에는 뭘 당연한 걸 묻느냐는 핀잔이 섞여 있었다. 의심하는 기색은 없었다.

"서점에 있는지 다음에 한 번 더 찾아볼게. 미래 일자 책은 도서관에서 빌려 보는 거야?"

"예고리에 도서관은 없어요." 려상은 선을 긋듯이 냉랭한 말투로 답했다. 션도 알고 있는 사실이었다. 션이 되묻기 전에 민수가 냉큼 말을 이었다.

"미래 일자 책을 읽을 수 있는 곳은 따로 있으니까."

"따로?"

려상이 민수를 노려봤다. 그러다 션의 시선을 의식하고는 당황한 기색으로 잠시 고민하다 털어놓았다.

"…재희 누나네요."

"재희?"

그 집에는 책이 아주 많다고 했다. 게다가 구석진 곳으로 가면 미래 일자가 적힌 번쩍번쩍한 책도 있다고 했다. 재희라는 사람은 아이들에게 비밀이라는 조건을 걸고 그 책들을 읽을 수 있게 해주었다고 했다.

'미래 일자'는 이 마을의 시대상을 기준으로 정의한 것이다. 그렇다면 재희라는 사람은 바깥의 물건을 예고리로 들인 사람이라고 판단해도 무방했다. 대체 어떤 의도로 그런 책들을 들여온 걸까. 아이들에게 보여준 연유는 무엇일까. 혹 FAKE와 관련된 인물은 아닐까.

민수와 제시는 자신들이 아는 것을 이야기할 수 있어서 기쁜 모양인지 이것저것 잔뜩 떠들어댔지만, 려상은 내내 근심 어린 표정으로 가만히 있었다. 내친김에 그 집의 위치까지 넌지시 물어보려던 선은 려상을 보고 한 걸음 물러서기로 했다. 아무래도 '비밀'이라는 개념을 무겁게 받아들인 건 그뿐인 것 같았다.

다음 날 서점에서 책을 챙겨 나오는데, 려상이 보였다. 려상은 서점에서 멀찍이 떨어진 풀숲에 서서 예민하게 주위를 살피고 있었다. 그 나이답지 않게 신중했다. 마치 잠복근무를 하는 요원 같았다.

"여기서 뭐 해?"

'나랑 호수에 같이 가려는 건가?' 싶었지만, 놀람과 당황스러움이 섞인 려상의 얼굴을 보니 그건 아닌 듯했다. 선은 저를 향한 적대감을 더이상 숨기지 않는 아이를 보니 기분이 이상해졌다. 세 아이가 다 같이 있을 때와는 다른 모습이어서 더욱 그랬다.

"나 찾아온 거 아니야? 아, 아니면 선유인가. 잠시만……."

선이 고개를 돌리는 찰나, 려상이 달려와 그의 옷을 휘어잡았다.

"아니요! 그 마, 아니, 그 사람은 부르지 마요! 절대 안 돼요!"

꽤나 절박한 모양새에 선이 잠시 얼떨떨하게 서 있으니, 려상도 아차 싶은지 손을 놓았다. 책을 들고 있던 선의 소매는 이미 심하게 구겨져 있었다.

"죄, 죄송……."

"아냐. 죄송할 건 없어. 서점에 들어오지 그랬어. 항상 손님이 없어서 주인이 슬퍼하거든."

"아니에요. 서점은 어른들만 가는 거고, 게다가……."

려상이 입술 끝을 살짝 깨물었다. 뭔가 더 할 말이 있어 보이는데, 추궁하면 도망갈 것 같다는 예감이 강하게 들었다. 션은 아이가 긴장을 풀도록 화제를 돌렸다.

"나랑 같이 호수에 가려고?"

려상이 고개를 끄덕였다. 려상의 유순한 모습이 생경했다. 제시나 민수라면 모르겠는데 려상이 이럴 줄이야.

두 사람은 나란히 걸어갔다. 시야에서 서점이 보이지 않을 만큼 멀어지자 려상은 눈에 띄게 편안한 얼굴이 되었다. 서점을 불편해하는 것 같은데, 그 공간이 문제인 건지 사람이 문제인 건지 지금으로서는 가늠이 안 되었다.

"어제 말한 건 서점 주인한테 얘기하지 않으셨으면 좋겠어요."

"어제? 아… 미래 일자 책? 아니면, '재희 누나'라는 사람?"

"다요. 저희가 책을 읽는다는 것, 재희 누나네서 책을 읽는다는 것도. 모두 다요."

"왜?"

순수한 궁금증이었다. 어차피 그 '재희'도 서점에서 책을 살 텐데, 상관없는 일 아닌가.

"재희 누나가 위험해져요. 그 서점 주인은… 믿지 마세요."

"응?"

이제야 그의 적개심의 방향이 보였다. 션이 되묻자 려상은 더는 말하기 싫다는 듯이 불퉁하게 대꾸했다.

"아아. 그만 물어보세요. 제가 모든 걸 대답할 의무는 없잖아요?"

그는 제법 어른 흉내를 내며 말했고,

"그래. 알았어." 하고 선은 깔끔하게 답했다.

려상은 뭐 이런 인간이 다 있냐는 눈빛으로 선을 쳐다봤다. 선은 살짝 난감한 기분이 들었다. 물론 얼굴에는 전혀 티가 나지 않았을 테지만.

아이한테서 얻을 수 있는 정보는 이제 더는 없었다. 그러니 캐묻지 않고 넘어가는 게 맞았다. 선유를 향한 적대감에는 나름의 이유가 있겠지만, 물어도 답이 돌아오지는 않을 것이다. 어쨌든 '아이들이 책을 읽으면 위험하다'는 이 명제와, 려상이 무조건적인 신뢰를 보이는 '재희'라는 사람에 대해서 알아봐야겠다.

"비밀로 할게."

선이 말하자 려상이 고개를 끄덕였다. 내키지 않지만 어쩔 수 없다는 뉘앙스가 강하게 느껴졌다. 그래도 이 정도면 충분하다는 생각이 드는 건, 경계심으로 눈가에 힘을 잔뜩 주고 있던 려상이, 비밀로 한다는 선의 한 마디에 안도했기 때문일 것이다. 이후 두 사람은 나란히 호수까지 가는 동안 아무런 말도 하지 않았다.

기회는 생각보다 빨리 찾아왔다.

목재로 만들어진 건물은 중후해 보였다. 선은 주위 풍경과 동떨어진 2층 건물을 올려다보았다.

호수 너머 주택가의 풍경은, 선이 사는 구역과는 사뭇 다른 느껌을 주었다.

정신 사납다는 생각이 먼저 들었다. 낮은 담장 너머로 정원이 보이다가 갑자기 우뚝 솟은 건물이 나오고, 길이 아닌 곳처럼 보이는 공간 사이로 골목이 나오기도 했다. 집에 사는 사람이 예상이 가지 않았다. 세 아이의 집도 이 근방이라고 들었는데, 션은 혼자서는 아이들의 집을 찾아내지 못할 거라고 거의 확신했다.

92-11번 건물은 그 사이에 있었다. 선유가 그려준 약도는 솔직히 별로 도움이 되지 않았다.

폭이 좁고 길쭉한 건물이었다. 하필 좌우로 기와집과 정원 딸린 서양식 단독 주택이 있어서 그런지 눈에 더 띄었다. 낡은 건물이라 그런 건지, 자신의 착각인 건지 모르겠지만 좀 기울어져 있는 것처럼 보이기도 했다.

"그래도 아주 못 그려준 건 아니었네……."

약도를 들어 건물과 나란히 비교해보니 영 아니라고 하긴 또 미묘했다. 션은 건물을 훑어 보았다. 흔한 명패도 초인종도 없었다.

서점의 단골이 주문한 책을 놓고 갔더랬다. 아침 청소를 하던 선유가 책 한 권을 들고 중얼거렸다. "꼭 필요하다고 했는데 어쩌나." 그 말을 들은 션은 별 생각 없이 자신이 가져다주겠다고 자처했다. 선유가 책을 건네주며 단골의 이름을 말해주었다.

"권재희……."

션은 작게 읊조리다 다시 한번 크게 말했다. "권재희 씨! 안에 계십니까?"

아이들이 말하던 '재희 누나'는 아마 권재희라는 사람일 것이다.

바깥의 책을 예고리로 들이는 사람. 서점을 통하지 않고 개인적으로도 책을 들이는 게 분명했다. 아이들이 '미래 일자 책'이라 부르는 책을 반입하는 것만으로도 예고리 내 규정 위반이었다.

하물며 그 책을 혼자만 읽는 것도 아니고, 아이들에게 건네주는 자. 방법이야 어쨌든 권재희는 예고리에 감화되지 않은 사람일 가능성이 높았다. 그런데도 이곳에 있다는 건 어떠한 의도를 품고 있는 게 분명했다. Take.B는 예고리에 FAKE의 간부들이 숨어 있다고 판단했다. 그 중 한 사람이 권재희라면?

집 안에서는 아무런 반응도 없었다. 선은 잠시 서 있다 손잡이를 돌렸다. 문은 쉽게 열렸다. "허어." 허탈한 감탄사가 새어 나왔다. 나는 책을 전해주러 온 것일 뿐이다. 혹 집주인이 바깥과는 아무 상관 없는 예고리의 주민이라 하더라도 둘러댈 말이 있으니 괜찮을 것이다. 그는 집 안으로 들어섰다.

날이 추운데도 보일러를 틀지 않았는지 1층에는 냉랭한 기운이 감돌고 있었다. 좁은 복도를 지나 돌아선 순간이었다.

"…!"

저도 모르게 탄성을 내지를 뻔했다. 이 집은 도서관이나 마찬가지였다. 풀숲 너머 호수가 보이는 작은 창가를 제외하면 사면이 책장이었고, 이중 슬라이딩으로 되어 있어 책장 안에 또 책장이 있는 구조였다. 제시, 민수, 려상이 이곳에서 책을 보고 놀았다면 예고리의 서점은 그다지 매력적이지 않을 수도 있겠다는 생각이 들었다.

바닥에 깔린 두툼한 카펫은 드러누워도 될 만큼 보드랍고 먼지

하나 없었다. 여기도 매일 청소를 하는 걸까?

션은 일부러 발소리를 크게 내보았지만 집 안은 여전히 조용했다. 권재희. 손에 쥔 책을 다시 고쳐 들었다. 빛이 미미하게 새어 나오고 있는 2층으로 발걸음을 옮겼다.

"사람 없나요?"

션이 계단을 올라가며 외쳤다.

"아무도 안 계십니까?"

책이 가득 쌓인 공간이 눈에 들어오는 순간이었다.

갑자기 누군가 뒤에서 목을 조여왔다. 허리가 뒤로 꺾이면서 무릎이 굽혀졌다. 그는 한쪽 팔로 션의 목을 조르면서 다른 손으로는 날카로운 뭔가를 션의 복에 가져다 댔다. 간담이 서늘해졌다. 쳐다보니 만년필을 쥔 손에 푸른 핏줄이 서 있었다. 만년필이라니. 만년필 끝에 솟아나 있는 건 칼날이었다. 필기도구를 무기로 쓰는 인간. 방심했다. 션은 자신의 셔츠 앞주머니에 있는 펜을 떠올렸다. 아마 자신을 겨누고 있는 펜과 동일한 기능을 가졌을 그것을. '우연인가?' 긴박함 속에 어떤 기억이 떠오를 것 같았다. 션은 만년필 끝에 새겨진 글자를 읽었다. 이니셜이었다. 'H'. 고도의 훈련을 받았음에도 션은 기척을 놓치고 말았다. 우위는 상대방에게 있었다. 정확히 동맥이 지나는 곳에 닿은 칼날은 순식간에 션을 저세상으로 보낼 수 있을 것이었다.

션은 항복의 의미로 손을 천천히 올렸다. 칼날이 목을 파고들었다. 날카로운 고통이 느껴졌다. 션은 다급하게 소리쳤다.

"책…!"

상대방이 잠시 멈칫하는 게 느껴졌다. 상대에게 보이게끔 책을 들었다. 다행히 칼날은 더 파고들지 않았다. 보지 않아도 한층 분위기가 누그러진 걸 알 수 있었다. 상대방이 주문한 책을 알아본 모양이었다.

"…저는 서점 직원입니다. 당신이 책을 주문했다고 들었어요. 그런데 가져가지 않으셔서…….."

찾아왔다는 말은 끝맺지 못했다. 이렇게 말하면 상대방이 의심을 거둘 거라 생각했지만 아니었다. 칼날은 여전히 목에 있었고, 불편하게 뒤로 쏠린 자세도 그대로였다.

내 말을 안 믿는 건가?

이대로 죽을 순 없었다. 거기까지 생각하자 머리가 핑 돌았다. 정신 차리자, 선 필렌. 에녹. 제발.

순간, 상대방의 힘이 빠지는 걸 놓치지 않았다. 뒤로 몸을 물리며 돌아섰다. 션보다 체구가 작은 이였다. 아마 여성. 상대의 정체가 무엇이든 일단 거리를 벌려야 승산이 있었다.

하지만 돌아선 순간, 그는 얼어붙고 말았다.

"……."

둘의 눈동자가 마주쳤다. 그녀도 션을 바라본 순간, 그대로 굳어버렸다.

"…에녹 도련님."

션은 그 말에 반응하듯 히의 손목을 강하게 틀어쥐었다. 조금 전까지와는 달리 상대방은 속수무책으로 션에게 밀렸다. 등허리가 책장에 부딪히고 그녀가 들고 있던 만년필이 바닥으로 떨어졌다.

둘의 거리가 바짝 가까워졌다.

"히."

히였다. 울음이 터져 나올 것 같았다. 목이 매여왔다.

재희는 눈을 번쩍 떴다.

방금 무척 시끄러운 소리가 난 것 같았는데, 주위는 적막했다. 고요 속에서 그녀가 내뱉는 숨소리만이 들릴 뿐이었다.

오랜만에 꾸는 꿈이었다. 온몸이 땀으로 푹 젖었음에도 깨지 못한 것도, 새벽이 오기 전 가장 조용한 시간에 눈을 뜬 것도, 무척 오랜만이었다.

주위에 아무도 없었지만 섬뜩한 느낌이 들었다. 창문 밖에서 바람이 일자 저도 모르게 어깨를 움찔하며 이불 속으로 숨었다.

꿈속의 풍경은 눈이 시리도록 밝았다. 불이 일렁이며 붉게 치솟았다. 뜨거운 기운이 생생했다. 결말을 알고 있는데도 불에서 눈을 뗄 수 없었다. 발은 땅에 뿌리를 내린 듯 꿈쩍도 하지 않았다. 가시에 찔린 것처럼 발끝이 아려왔다. 뜨겁고 아팠다. 눈을 감고 싶었지만 그조차도 불가능했다. 그녀는 억겁처럼 느껴지는 시간 동안 타오르는 저택을 바라보았다. 이러다 내 눈이 타버릴 거야. 그러다 문득, 눈을 뜨며 꿈은 끝났다.

여명에 비친 작은 먼지가 부유하고 있었다. 간밤에 꾼 꿈의 기운이 가시자 오들오들 떨었던 것이 우습게 느껴졌다. 재희는 기지개를 켰다. 구불구불한 머리칼은 등허리에 닿을 정도로 길었다. 예고리에 들어올 무렵에는 끝에만 펌을 넣은, 짧은 단발머리였다. 재희는 부스스한 머리카락을 느슨하게 묶었다. 긴 머리는 항상 어색했다. 어울리지 않는다고 생각했지만 그녀에게 그렇게 말하는 사람은 없었다. 물론, 어울린다고 칭찬하는 사람도 없었다. 재희는 가디건을 껴입으며 자리에서 일어났다.

벌써 이곳에서 맞는 세 번째 겨울이었다.

1층은 항상 추웠다.

재희는 1층의 분위기를 좋아했다. 따스함이 감도는 2층에서 1층으로 내려갈 때 빠르게 식는 공기와 스산한 기운이 그녀는 마음에 들었다.

1층으로 내려오자 닭살이 돋았다. 아무리 자신이 추위를 좋아한다고 하더라도, 몸까지 마음을 따르는 건 아니었다. 그대로 차가움에 익숙해지고 싶었다. 평소라면 그랬겠지. 하지만 아이들이 오는 날은 달랐다.

유일하게 1층이 따뜻해지는 시간. 사실 그것도 나쁘지 않았다.

"미래 일자 책 얘기를 해버렸어요."

려상은 음울한 얼굴로 말했다. 비밀이 오래갈 거라고 생각하지는 않았다. 오히려 이 정도면 오래간 거다. 제시와 민수는 쭈뼛거리긴 했으나 려상처럼 무겁게 생각하지는 않은 모양이었다. 굳이 이렇게 찾아와 솔직하게 말하는 려상을 책망하는 것처럼 보이기도 했다.

"누구한테?"

사실 들켜도 벗어날 방도는 있었다. 성인이 된 이후에 예고리로 들어온 사람은 많았다. 이곳에서 태어난 아이들에게 바깥에 대해서는 말하지 않는 게 규칙이었지만, 외부에서 온 이가 자신이 아는 것을 써먹는 것까지 막을 순 없었다. 결국 온전하게 신념과 신뢰만으로 이루어진 건 없었다. 다만 어떤 촘촘한 이해관계가 있을 뿐.

"호수에 멍하니 앉아 있는 사람이요! 그 사람이 책도 읽어줬고… 아, 서점에서 일한다고 했어요."

서점? 마을에는 서점이 딱 하나 있었다. 서점의 이름은 서점이었다. 아이들은 서점에 갈 수 없었다. 어른들이 필요에 의해 사다 주는 최소한의 책만 읽을 수 있었다. 그 사실이 처음엔 황당했고, 나중엔 허탈했다. 이런 식으로 권력을 갖지 못한 사람들의 정보를 통제하는구나. 그렇게 길러지는구나. 예나 지금이나, 본질적으로 변한 것은 없구나. 어른이라 해도 자신의 자식이 만 3세 이상이 되면 책을 살 수 없었다.

재희는 서점의 오랜 단골이었고, 달에 한두 번 대량으로 책을 구입해왔다. 사람들과 친하게 지내지 않은 채, 그저 책을 읽는 은둔자이길 자처했다. 집 안에 있는 책의 8할이 '서점'의 책이었다. 그런 방식은 가장 중요한 책들을 숨기는 데 도움이 되었다.

서점 주인인 선유를 떠올리고 재희가 물었지만 돌아오는 대답은 남자라는 것뿐이었다. 서점에 새로운 직원이 왔나보다. 그 선유가 새 직원을 들였단 말이지.

의도는 쉬이 보이지 않았다. 일단은 넘어가기로 했다. 보란 듯 직원이 생겼다면, 그는 선유의 측근이라기보단 낯선 사람일 가능성이 높았다.

그녀가 아이들을 다독였다. "괜찮아." 결국 아이들은 반쯤 우는 소리를 내며 재희의 품으로 파고들었다. 이 아이들이 한껏 아이 같아질 수 있도록 하는 것. 재희는 그렇게 되기를 항상 소망했다.

아이들의 체온은 무척 따뜻했고 재희는 그게 마음에 들었다.

그 뒤로 며칠간 악몽이 이어졌다. 때문에 신경이 날카로워졌다. 재희는 눈두덩이를 꾹꾹 눌렀다. 꿈속에서 그녀는 항상 공포와 두려움에 떨고 있었다. 하지만 무엇이든 간에 계속 반복해서 겪으면 피곤해지기 마련이었다. 악몽 역시 마찬가지였다. 이제 자신은 어린아이가 아니었다.

처음엔 항상 도련님이 나왔다. 어느 순간 도련님의 모습이 흐릿해지더니 더는 나오지 않게 되었다. 그런 그가 오랜만에 꿈에 출연했다. 하지만 얼굴이 안 보였다. 그의 얼굴이 기억나지 않았다. 그날로부터 10년이나 흘렀다. 그는 나를 죽이러 오라고 한, 나의 말을 아직 기억하고 있을까.

쓸데없이 이어지는 생각을 끊어내고자 엄지로 관자놀이를 지그시 눌렀다. 오늘 할 일을 떠올리고 움직이기로 했다. 평소보다 늦은 기상이라 시간은 11시를 넘어가고 있었다.

침대에서 내려와 일어선 순간이었다.

소리가 들렸다. 그녀가 낸 소리는 아니었다. 예민해진 신경은 그게 무엇인지도 모르면서 날카롭게 받아들였다. 평소라면 몰랐을 터였다.

잠시 뒤, 그것이 문 두드리는 소리라는 걸 알았다. 정적. 그리고 갑자기 현관문이 열리고 닫혔다. 1층에 누군가 있는 게 확실해졌다.

'문이 열려 있었나?'

아이들은 재희가 문을 열어줄 때까지 기다리는 편이지만 그러지 않을 때도 있었다. 몰래 와야 한다고 몇 번이나 말했는데도, 집 앞까지 오면 아이들은 조심성을 잃었다. 세 아이는 쿵쾅거리며 집주인을 불렀다. 그런데, 이 방문객은 최대한 조심스레 움직이고 있었다. 재희는 저도 모르게 침을 꿀꺽 삼켰다. 팔을 뻗어 협탁 위에 있던 만년필을 쥐었다.

레시가 드디어 재희의 정체를 알아챈 걸지도 모른다. 레시는 항상 자신이 누군가를 속이는 입장이라고 생각했다. 믿음이 확고한 만큼, 반대로 본인이 속는 상황에 대해서는 진저리를 쳤다. 강박증 수준이라고 봐도 무방했다. 그러니 감정에 휩쓸려 재희네 집으로 쳐들어오는 것도 충분히 있을 수 있는 일이었다.

어쩌면 이미 상부에 보고를 했을지도. 그게 아니라면 제시가, 레시에게… 아니다. 아니야. 제시와 레시의 사이는 그렇게까지 돈독하지 않다.

관자놀이에서 맥박이 팔딱팔딱 뛰었다. 어떤 걸 가정해도 지금 이 상황은 좋지 않았다. 언제든 이런 일이 생길 수 있다고 생각은 했는데. 악몽이 계속 이어진 탓에 몸도 마음도 지쳐 있었다.

만년필을 쥔 손에 땀이 배어 나왔다.

세상에서 가장 안전해 보이는 무기가 뭘까?

열다섯 도련님의 목소리가 귓가에 들리는 듯했다. 정원에서 그런 얘기를 나눈 적이 있었다. 마치 눈앞에 그 무기가 있는 것처럼 손짓하며 즐거워하던 얼굴. 햇빛이 내리쬐어 그늘이 생기던 이목구비. 내가 이걸로 누군가를 죽인다면 도련님은 어떤 기분이 들까.

불청객은 1층을 돌아다니다가 2층 계단으로 발을 디뎠다. 재희는 작게 숨을 들이켜고 계단 옆 구석에 몸을 숨겼다. 타이밍이 중요했다.

키가 큰 남자가 2층에 들어선 순간, 재희는 몸을 돌려 반동을 이용해 남자의 목을 팔로 감아쥐었다. 상대적으로 작은 재희의 발이 땅에 닿자 그의 허리가 뒤로 꺾였다. 드러난 그의 목덜미에 만년필을 찌르듯 댔다. 살갗 위로 피가 배어 나왔다. 남자는 숨도 내쉬지 않았다. 묘하게 침착한 태도에 재희의 머릿속에 경보음이 울렸다. 칼날이 살갗을 조금 더 파고들자 빨간 피가 맺혀 흘렀다.

"책…!"

남자가 소리쳤다. 시선을 돌리자 남자의 손에 들린 책이 눈에 들어왔다.

"…저는 서점 직원입니다. 당신이 책을 주문했다고 들었어요. 그런데 가져가지 않으셔서……."

생명의 위험을 느낀 모양인지 남자는 다급하게 소리쳤다. 남자의 영어 발음이 왜인지 익숙했다.

힘을 풀지 않은 팔이 저렸다. 책을 든 남자의 손가락은 곧고 길었다. 자신의 팔 아래 있는 금갈색 머리칼. 문득 누군가가 떠올라서, 재희는 당황하고 말았다.

힘이 빠졌던 모양이다. 그 사실을 알아채기도 전에 남자가 먼저 움직였다. 그는 위험을 무릅쓰고 재희의 팔을 뿌리치며 몸을 뒤로 물렸다. 돌아선 남자와 그녀의 눈이 마주쳤다.

재희는 더이상 아무런 행동도 취할 수 없었다. 남자의 얼굴에는 앳된 열다섯 살 때의 모습이 남아 있었다. 보자마자 알았다. 시간이 꽤 오래 흘렀다. 기억하지 못할 수 있다고 생각하기도 했다. 오만하기 짝이 없는 착각이었다.

"에녹 도련님."

탄식처럼 말이 흘러나왔다. 그 말이 기폭제가 되듯 남자가 재희와의 거리를 순식간에 좁혔다. 손목이 붙들리고 몸이 뒤로 밀렸다. 더는 물러설 곳이 없어지고 나서야 행동은 멈췄다.

에녹의 발치에 부딪혀 데굴데굴 구르는 만년필의 날이 햇빛을 받아 반짝였다. 그의 목에서 흐른 검붉은 피는 그새 말라 있었다.

"히."

기억하는 것보다 훨씬 낮은 목소리로 재희의 옛 이름이 불렸다. 내 이름을 저렇게 감정을 담아 부르는 사람은 없었다. 그 옛날, 감히 아름답다 칭하기도 두려웠던 다갈색 눈동자가 자신을 내려다보고 있었다.

꿈속에 묻어두고 기억나지 않는다고 여겼던 과거가 밀려든다. 재희는 두 눈을 감으며 깨달았다.

그리워 미칠 뻔했다고. 기억난 이상 자신은 더더욱 약해질 거라고.

션은 제 목에서 피가 흐르는 걸 느꼈다. 그 양이 제법 되어 순식간에 목과 어깨 부근이 뜨뜻해졌다. 피 냄새가 진하게 풍기고 머리가 어지러워지기 시작했다. 하지만 이 손을 놓을 수는 없었다. 열다섯, 히를 놓치고 나서 그러지 말아야 했다고 얼마나 후회했던가. 너무 길었다. 이제는 절대 놓지 않으리라.

"히… 히. 히……."

션은 그저 강박적으로 히의 이름을 부르는 것밖에 할 수 없었다. 꼴사납겠지. 눈가가 뜨거워지는 것만큼은 간신히 참아냈다.

션의 얼굴을 쳐다보며, 히는 점점 하얗게 질려갔다. 굳은 얼굴에 눈가가 파르르 떨리는 게 똑똑히 보였다. 스물일곱의 그녀는 머리가 길었고, 키나 골격은 변함없었지만 마지막에 봤던 모습보다 훨씬 여리게 느껴졌다. 내가 큰 건가? 자신의 손에서 빠져나가려는 히의 손목을 션은 힘을 주어 잡았다. 그녀를 놓칠 수 없었다. 그래선 안 됐다.

"…도련님!"

손톱에 뭔가 크게 걸렸다. 손아귀가 허전해지고 나서야 히의 손목이 빠져나온 걸 알았다. '안 돼.' 션이 고개를 틀었을 때, 히가 션의 어깨와 뺨을 감싸 쥐었다. 서늘한 감각에 놀라 션이 눈을 크게 떴다. 얼굴을 잔뜩 일그러뜨린 그녀가 소리쳤다.

"피가 나잖아요! 정신 차리세요!"

큰 소리를 내면서도 패닉에 빠진 션을 다독이듯 히의 손길은 조심스러웠다. '떠나지 않는다.' 그렇게 말하는 듯했다.

히가 구석 협탁으로 가서 구급상자를 꺼내왔다. 션을 침대에 앉히고 약과 반창고를 꺼내는 그녀의 손목 위로 새파란 멍이 올라오고 있었다. 그 때문인지 손이 미세하게 떨렸다.

"따가워도 참으세요."

히는 입을 꾹 다물고 션의 상처를 소독하고 약을 발랐다. 그 얼굴이 자못 심각해서 따가운 것도 잊고 션은 히만 쳐다보았다. 어릴 때보다 좀 더 뚜렷해진 이목구비가 생경했다. 머리가 길면 이런 느낌이구나. 히의 엉망이 된 머리칼이 앞으로 흘러내렸다. 션이 손을 들어 정리해주려 했지만 히가 시선을 돌려 쳐다보자, 션은 더이상 움직일 수 없었다.

목에 반창고를 꾹 붙이고 나서야 치료는 끝났다. 깊게 베이진 않았지만 혹시 모르니 병원을 가보라고 말한 걸 끝으로 히는 침묵했다.

목 부근이 욱신거렸다. 침묵이 길어졌으나 션은 이 시간을 벗어나고 싶지 않았다. 바닥에서 나뒹굴고 있는 만년필을 본 션이 말을 꺼냈다.

"만년필 무기… 만들었네."

션은 피식 웃었지만 히는 웃지 않았다.

"나도 만들었어."

션이 셔츠 안주머니에서 만년필을 꺼냈다. 그녀의 시선이 잠시 따라오다 멈췄다.

"책은 가져다주셔서 감사합니다."

션을 쳐다보지 않은 채 그녀가 말했다.

"…이만 가주셨으면 좋겠습니다."

"…히."

"전 이제 히가 아니에요, 에녹 도련님."

"나도 에녹 도련님이 아니야."

"……"

긴장으로 공기가 팽팽해졌다. 베인 상처에 따뜻한 열기가 몰리며 통증이 있었다. 저도 모르게 션이 얼굴을 찌푸리자 히가 움찔하며 놀랐다. 그녀가 나를 걱정하고 있다. 션은 그 사실을 깨달았다. 마음이 술렁거렸다.

"여기까진 대체 왜……"

히는 말하다가 입을 다물었다. 혼란스러워하는 기색이 역력했다. 션은 지금이 물러설 때라는 걸 알았다. 10년 만에 마주한 히의 얼굴을 잊지 않으려고 빤히 바라보다가, 자리에서 일어났다. 히의 시선이 그를 따라왔다.

"너와 같아. 아마도."

"……"

"…다시 올게."

"무슨,"

"그리고 난 널 죽이러 온 게 아니야."

나를 죽이러 오세요.

행여나 그녀가 마지막 말을 기억할까 봐 두려웠다. 처음엔 원망하기도 했다. 하지만 그 분노조차도 히를 다시 만나고 싶은 마음을 이기지는 못했다. 히를 만난다면 널 죽이러 온 게 아니라는 걸 알려주려 했다. 히를 만나기 전, 그녀와의 재회를 시뮬레이션하던 션은 매번 그 말을 첫 마디로 읊곤 했다. 실제로는 그러지 못했지만.

"내가 살려고 온 거지."

히가 뭐라 대답을 꺼내기도 전에 그는 서둘러 계단을 내려갔다. 히는 그를 따라오지 않았다.

집으로 돌아가면서 내내 히만을 생각했다. 어쩐지 그녀의 집과 멀어질수록 션의 마음속에선 용기가 한 움큼씩 사라지는 것 같았다. 히의 당황한 낯빛과 난감하다는 표정이 자꾸 맴돌았다. 반기지 않는 거야 당연하다고 여기면서도 내심 속이 갑갑했다.

그렇게 집으로 오고 며칠이 지났다. 션은 다시 재희를 찾지 못했다. 호수에도 가지 않았다.

그녀가 자신을 기다릴까 싶으면서도, 전혀 기다리지 않을 것 같기도 했다. 그런 생각을 하면 기분이 가라앉았다.

주말 늦은 오후, 션은 주원을 따라 주원의 직장인 바bar '세이렌'을 찾았다. 요 며칠 표정이 말이 아니라며 기분 전환을 하러 가자는 주원의 말에, 못 이기는 척 이끌려 여기까지 왔다.

화려한 간판들을 지나쳐 건물 뒤편, 동굴처럼 생긴 지하 입구로 들어가자 의외로 넓고 쾌적한 공간이 나왔다.

"주원, 잘 왔어!"

칵테일을 만들던 바텐더가 주원을 향해 반갑게 인사하다가 그 뒤로 불쑥 튀어나온 션을 보고 궁금하다는 얼굴을 했다. 주원이 낌새를 알아채고 대답했다.

"같이 사는 친구예요. 세상 구경 좀 시켜주려고."

바텐더가 와하하 웃으며 션을 향해 인사했다. 바텐더가 자기 앞으로 자리를 안내해주었다.

화려한 색의 칵테일이 두 사람 앞에 놓였다. 회심작이라며 윙크를 날리는 바텐더는 능숙한 태도로 다른 손님들까지 두루두루 살폈다. 술은 적당히 달고 시원했다. 한 잔은 금세 동이 났다. 주원이 손짓하자 바텐더가 위스키 한 병을 꺼내왔다.

그가 잔에 얼음을 넣었다. 쟁그랑거리는 소리가 가까이서 울렸고 음악은 심장을 튕기듯 쿵쿵거리는 음색을 더해갔다.

"마을에 이런 분위기의 바가 있다는 거 신기하지 않아?"

"신기하네. 묘하게 여긴 좀 신식이고."

최근 들여온 듯한 물건들이 군데군데 눈에 띄었다. 내부에 있는 사람들은 별로 신경 쓰지 않는 듯했다.

"그렇지? 일반은 거의 없다고 봐도 되고, 유입이 많은 것 같아. 여기 사장도 마찬가지고."

'일반'은 이곳에서 나고 자란 사람, '유입'은 외부에서 들어온 사람을 뜻했다. 어려서 들어온 사람은 거의 일반이나 마찬가지였다.

바깥세상과 단절되기를 택했으면서 굳이 바깥의 물건을 들여놓는 사람들의 심리를 션은 이해할 수 없었다. 잊고자 들어왔으면 잊고 살든가. 아니면 나가든가.

옆에 있던 주원이 잔을 들이밀었다. 부딪히니 쨍그랑하는 맑은 소리가 났다.

"이런 '일'을 하면서 느낀 건데, 어딜 가든 사람 사는 곳은 비슷한 구석이 많은 것 같아."

"…흥미롭네."

션의 무덤덤한 반응에 주원은 제대로 들으라며 핀잔을 주었다.

"이렇게 살다 보면 가끔 감화될 것 같기도 해."

"…그 말 좀 위험한 거 알아?"

주원이 알아, 하고 중얼거리며 잔을 들이켰다.

"본성인 거지. 내 주변이 죄다 이러니까, 거짓이라고 말하기
엔… 여기 있으면 이게 현실이잖아?"

술이 들어가서 그런가, 주원의 말은 아슬아슬했다. 하지만 한편
으로 션은 자신이 그 말에 동조하고 있다는 사실을 깨달았다.

션은 항상 어딘가에 속해 있었고, 그에 휘둘렸다. 세상의 안과
밖. 뒤집으면 밖이 안이 되고 안이 밖이 되는 곳. 문득 자신의 본성
은 어디 있는지 궁금해졌다.

"난 일반이야."

저도 모르게 말이 튀어나왔다. 지극히 충동적이었으나 말하고
나니 편해졌다. 일반. 션은 일반이었다. 그 사실을 인지하기까지
오랜 시간이 걸렸다. 일반으로 분류된 사람들이 교육과 치료를 병
행하는 프로그램을 이수한다는 것도, 그 일환으로 바깥세상을 배
웠다는 것도, 한참이 지난 뒤에야 파악할 수 있었다. 그럼에도 누
군가에게 말해본 적은 없었다.

주원은 잠시 침묵했다가 "아, 그래." 라고 말했다. 크게 놀란 것
같지는 않았지만 그렇다고 대충 넘기는 것 같지도 않은 말투였다.
그래 너라면 그럴 줄 알았지. 누군가에게 말할 생각은 없었다. 그
래도 말하게 된다면 주원에게 말하지 않을까 싶었다. 비밀이 영원
할 수 없는 건 어쩌면 누군가에게 말하고 싶다는 욕망 때문일지도
모른다. 취기 때문일 거라고, 얼마 전에 그토록 찾던 히를 만났기
때문일 거라고. 션은 스스로를 다독였다.

주원은 인내심 있게 선의 다음 말을 기다려주었다. 션은 한참 있다가 다시 입을 열었다.

"일반이었지. 뉴욕 교외에 있는 작은 마을에서 열다섯 살 때까지 살았어. 나는 그 너머에 내가 다스리게 될 영토와 주민들이 있다고 믿었고. 영주의 아들이었거든."

말하면서도 비실비실 웃음이 새어 나왔다. 우스웠다. 한 치의 의심도 없이 살아온 그 시간이. 말로 꺼내니 황당무계한, 그때 그 시절이.

"학교에 적응하기까지 1년 좀 넘게 걸렸어. 그리고 담당 심리학자였던 제크 필렌에게 입양됐어. 제크 필렌은 지금의 내 양아버지야. 친아버지는 프로그램에 적응하지 못해서 정신병원에 간 걸로 알고 있어. 그 후로는 들은 바가 없고……."

"세상이 갑자기 사라진 느낌이었겠네."

주원의 말이 폐부를 찔렀다. 정확했다.

나를 죽이러 오세요.

그 말이 션을 살렸다. 히를 다시 만나고 싶었다. 션은 자신이 만나러 가기 전까지 히가 죽지 않을 거라고 믿었다. 그러니 새로운 세상에 적응해 힘을 키울 수밖에 없었다.

주원은 차분히 듣고 있었다. 션은 말하면서 그 시절을 아름답게 여기는 자신을 발견했다. 이상한 일이었다. 그곳은 거짓이었고, 거짓은 추악해야만 하는데.

"찾고 싶은 사람이 있었어."

"찾은 거야?"

션이 고개를 주억거리며 말했다.

"이야. 션 필렌… 숙맥인 줄 알았더니 순정파였네."

"순정파가 뭐냐…?"

"음. 설명하긴 어려워. 너 같은 애들을 보고 그렇게 말해."

쓸데없이 진지한 표정으로 봐선 장난임이 분명했다. 션은 피식 웃고 칵테일을 한 모금 더 마셨다. 긴장이 풀어진 분위기가 테이블을 감쌌다.

"자, 어려운 이야기를 꺼내주신 션 씨에게 저도 한마디 하겠습니다."

주원은 큼큼 목을 가다듬고 말을 이었다.

"난 고아야. 일반은 아니고 유입. 어쩌면 상황은 비슷할지도 모르겠네. 열 살까지 고아원에 있다가 입양됐어. 양부모가 나를 신자로 삼았어. 그 교리는 백 번째 신자가 열 살짜리 남자아이여야만 부흥한다고 하더라. 웃기지?" 주원은 션을 보며 말했다.

"난 나름 성숙한 편이었거든. 물론 애들은 다들 자기가 컸다고 생각하지만. 그래서 도저히 받아들여지지 않더라. 사람들이 너무 이상하게 느껴졌고, 나에게 강요하는 이야기도 믿지 못했어. 결국 파양당했어. 그러고는 질풍노도의 사춘기를 보내다가 Take.B에 입사. 그때부터는 나름 순탄했다?"

주원의 얼굴은 정말 아무렇지도 않아 보였다. 마치 남의 일을 이야기하는 것처럼 담담했다. 하지만 그렇게 무덤덤하게 말하는 것이야말로 당시 힘들었다는 증거였다. 그의 아무렇지 않은 얼굴이, 입가에 걸린 희미한 미소가 안타까웠다.

션은 손에 든 잔을 빙글빙글 돌리다 말했다.

"…네."

"응?"

"…거지 같네."

"뭐?" 주원이 갑자기 미친 듯이 웃기 시작했다.

"푸흡! 푸하하하하하하. 하악. <u>으흐흐흐</u>."

"야, 넌…!"

술기운 때문인지 얼굴에 열이 오르는 걸 느끼며 션은 주원을 말렸다.

"<u>흐흐</u>… 진짜 거지 같긴 해. 와, 정말……."

주원은 눈꼬리에 맺힌 눈물을 훔치며 웃음기를 지우고는 작은 목소리로 고맙다고 말했다. 주원은 가끔 그랬다. 너무 정직한 얼굴을 하고 있어 보는 사람의 입을 다물게 하곤 했다. 딱 지금처럼.

션이 잔을 들어 올렸다. 주원은 말없이 잔을 부딪쳤다.

새벽녘이 되어서야 바를 나왔다. 몸이 무겁고 나른했다. 하지만 정신은 어딘가 날카롭게 벼려진 느낌이었다.

션보다 주량이 센 주원은 조금 졸려 보이기만 했다. 그런 주원에게 말술이라는 말을 듣긴 했지만 남들에게 보이는 모습이 깔끔할 뿐이지 션의 숙취는 지독했다. 아마 내일은 하루 종일 바닥을 뒹굴겠지.

골목 모퉁이를 도는 순간이었다. 갑자기 튀어나온 인영이 달려들었다. 막을 새도 없었다. 반사적으로 공격 자세를 취했지만 늦었다. 주원이 어엇, 소리를 내면서도 제게 달려들던 이의 어깨를 붙잡아 그의 이마를 죽 밀어내며 난감한 얼굴로 웃었다.

"주원!"

여자는 불만스러운지 입술을 부루퉁하게 내밀었다.

"레시."

"아, 이번엔 성공하는 줄 알았는데."

"그렇게 호락호락할 리 없지."

가볍게 한 걸음 물려 여자와의 거리를 벌린 주원이 어깨를 으쓱했다. 사람에게 기본적으로 호의적인 그답지 않은 행동이었다. 션은 저도 모르게 눈을 깜빡거렸다.

"왜 자꾸 피하는 거야. 그러지 않으면 편할 텐데. 너도 좋고 나도 좋을 텐데."

"매력 없다, 레시."

"그런 소리를 한 것도 네가 처음이야."

허허허, 주원이 웃었다. 한두 번 겪은 일이 아닌 듯했다. 그는 어느새 잠이 달아난 듯이 멀쩡한 얼굴로 여자를 바라봤다.

"다음엔 꼭… 어? 누구…?"

여자가 살짝 찡그린 얼굴을 풀며 놀란 목소리로 물었다. 처음부터 있었는데. 션은 그렇게 말하는 대신 그냥 고갯짓으로 가볍게 인사했다.

"여긴 내 친구 션. 그리고 여긴 레시."

"친구가 있었구나." 작게 중얼거리며 고개를 돌린 레시가 션과 눈을 마주쳤다.

갸름한 얼굴에 커다란 눈, 하얀 피부가 인상적인 미인이었다. 높은 톤의 목소리와 비스듬히 올라간 입꼬리가 새침한 인상을 주었다. 션은 살짝 처진 레시의 눈썹을 보았다. 그 눈썹은 뭔가를 떠올리게 하는 구석이 있었다.

그녀는 눈을 피하지 않았지만 그렇다고 달가워하는 것 같지도 않았다. 션의 얼굴이 진지해지자 레시는 눈을 굴리더니 묘한 표정을 지었다. 그 표정에 기시감이 들었다.

"혹시……."

목소리가 잠겨 나왔다.

"어디서 본 적이 있던가요?"

그 말을 들은 레시가 입을 벌리자, 션은 그제야 제가 한 말을 자각했다. Take.B의 요원으로 그런 말은 하면 안 되는 것이었다.

잠시 정적이 이어졌다. 그리고…….

"와, 이런 구린 작업 멘트를 쓰는 사람이 아직도 있구나."

"……."

주원도 손으로 입을 가린 채 끅끅대고 웃었다. 얼굴에 열이 확 올랐다. 취기도 같이 오르는지 머리가 어질어질했다. 무엇보다 창피했다. 션은 등을 퍽퍽 두드리는 주원의 손에 의해 그답지 않게 휘청거리고 말았다.

"너무 무안하게 하지 마. 우리 피곤하니까 이만 간다."

떠나는 그를 잡으려던 레시의 손길이 주춤했다. 어느새 웃음기가 가신 주원의 눈이 냉정한 빛을 띠었다. 그는 의외로 경계가 뚜렷했다. 알고 있는데도 자꾸만 잊어버려서, 이런 상황에선 놀라고

만다.

우뚝 선 레시가 작은 콩처럼 보일 때쯤 션이 물었다.

"누구야?"

"왜, 관심 있어?"

다시 눈웃음을 지으며 주원이 얄밉게 물었다. 장난기로 빛나는 눈은 조금 전과는 전혀 달랐다. 떨떠름한 기분으로 션이 대답했다.

"아니."

"그렇군."

"너한테 빠져 있는 거 같던데."

"글쎄다아. 일하는 바 단골손님이야. 네가 보기에도 치근대는 것 같지? 대놓고 저러니까 상난 같더라. 내가 할 소리는 아니지만."

"정말 마음에 든 걸 수도 있잖아."

"글쎄에." 주원은 말꼬리를 늘였다.

"레시는… 음… 예쁘고 귀엽지."

"아하?"

"어느 마을에나 있을 법한, 예쁘고 밝으면서 성격까지 명랑한 아가씨."

"……."

"뭔가 만들어진 것 같지 않아?"

주원이 손가락을 튕겼다. 총 모양으로 바뀐 검지가 션을 향했다.

"…그럴싸하네."

"그거야 그거. 우리는 의심을 업으로 삼는 사람들이잖아. 역시 필렌 씨는 말이 통하네요……."

늘어지는 발음이 뭉개졌다. 그는 졸린 듯 크게 하품했다. 이제
거리는 새벽의 푸르스름한 빛무리에서 벗어나 노란빛을 띠기 시작
했다.

어렸을 적에도 션은 부지런했다. 하지만 해가 뜨기 전에 일어나
서 밖으로 나간 적은 없었다. 무릇 도련님의 삶이란 그랬다. 예고
리는 그의 고향을 닮았으나, 이곳에서 맞이하는 새벽은 유년기의
새벽과는 어딘가 다르게 느껴졌다.

그날 션은 꿈을 꾸었다.

꿈에서 그는 아주 작은 아이였다. 원래라면 기억에 없을 법한
수준으로 작았다. 에녹이라는 이름만 가지고 있던 그는 작은 손발
을 꼼지락거렸다. 누군가가 다정한 얼굴로 그를 내려다보고 있었
다. 션은 그 사람과 눈을 마주하는 순간, 그 사람이 어머니라는 걸
알았다. 잊을 수 없는 얼굴이었다. 어떻게 잊고 있었지? 조금이라
도 더 다가가고 싶어 손을 뻗었지만 역부족이었다. 몸이 마음대로
움직여주지 않아 짜증이 났다. "으앙." 울음을 터뜨린 션을 어머니
가 안아주었다. 누군가에게 자신이 세상에서 가장 소중한 존재가
될 수 있다는 건 경이로운 일이었다. 눈물 맺힌 그의 얼굴을 바라
보며 어머니는 웃었다.

"도련님."

누군가의 목소리를 듣고 고개를 돌렸을 때, 그는 자기 몸이 조
금 전보다 커진 걸 알았다. 눈앞에 히가 있었다. 그는 션보다 키가
더 컸다.

히는 자랑스럽게 책 한 권을 건넸다. 어린이용 동화책이었다.

그는 선을 통해 글자를 익혔다. 기억났다. 똑 부러지고 어른스럽던 히가 선을 선생님 보듯 바라볼 때면 기분이 간질거렸다.

"다 읽었어요. 근데 모르는 게 있어서⋯⋯."

"뭔데?"

"이건 뭐라고 읽어요?"

책을 펼친 히가 손가락으로 글자를 가리켰다. 선은 그걸 보고 입을 다물었다.

"⋯도련님?"

"션sean."

"아. 션이라고 읽는 거구나."

잠시 글자를 바라보던 히가 선을 쳐다보았다. 갑자기 주위가 뜨거워졌다. 저택이 불타고 있었다. 어느새 둘은 이마가 맞닿을 만큼 가까워졌다. 눈동자가 오롯이 션을 향했다. 그녀가 말했다.

"전 재희예요."

이 감각을 안다. 션은 아무런 준비도 없이 이 순간을 맞이했다. 눈을 질끈 감을 수도, 뜰 수도 없었다. 얼마나 지난 거지? 히의 얼굴이 아주 가까이 다가왔다.

그 순간 션은 잠에서 깼다. 온몸이 땀으로 젖어 있었다. 몸을 일으켰지만 찌르는 듯한 두통에 다시 침대에 누워버렸다.

"하아⋯⋯."

깊은 한숨 후 겨우 물 한 잔을 마신 그는 다시 비적비적 침대로 기어들어 갔다. 온몸이 젖은 솜처럼 무겁고 머리가 팽글팽글 돌았다. 간밤의 꿈은 뭐가 뭔지 모르게 뒤섞여 정신이 사나웠다. 그는 저도 모르게 웅크리고 누워 다시 잠에 빠져들었다. 이번엔 아무것도 없는 암흑이었다.

다음날 출근하니 서점에 뜻밖의 손님이 있었다.
"아저씨!"
서점 앞 구석에 쪼그리고 앉아 있던 제시가 반색하며 뛰어왔다.
안 그래도 오늘은 호수에 가볼 생각이었다. 며칠간 호수에 가지 않았다. 고된 숙취가 풀릴 즈음 아이들이 생각났다.
상기된 얼굴로 제 앞에 서 있는 제시를 보니 미안한 마음이 들었다. 기다리고 있었다는 걸 단번에 알 수 있었다. 서점에 들어가지 못해 길가에 쭈그려 앉아 있던 제시의 치마 끝자락은 잔뜩 구겨져 있었다. 션은 몸을 굽혀 치마에 묻은 흙은 조심히 털어주며 말했다.
"왜 들어가지 않고."
"어. 음……."
제시가 쭈뼛거렸다. 이내 중얼거리듯 나온 말은 예상외의 것이었다.
"서점엔 어른들만 들어갈 수 있어요. 그리고… 싫어하니까요."
"누가?"
"레시… 아니, 언니가."
"레시? 레시가… 언니야?"
"네."
"근데 뭘 싫어해?"

"……."

제시는 눈을 둥그렇게 떴다. 션은 제시와 눈높이를 맞추기 위해 무릎을 굽히고 앉았다. 션은 제시의 순하고 맑은 눈동자를 바라보며 말했다.

"…말하기 싫으면 안 해도 돼."

션은 일어서면서 제시의 작은 머리통을 살짝 쓰다듬었다. 제시가 놀라는 기색이 느껴졌다.

"그런데 저번부터 궁금했는데, 서점에 왜 못 들어간다는 거야? 그냥 묻는 거니까, 답하기 싫은 게 아니라면 알려줄 수 있어?"

처음에는 일반적으로 서점엔 어른들이 많이 간다는 의미인줄 알았는데, 자꾸 반복되다 보니 다른 의미가 있는 게 아닐까 싶어졌다. 아이들은 책을 '몰래' 읽고 있었다.

제시는 눈동자만 굴리며 아무 말도 하지 못했다. 안 한다기보단 못 한다는 느낌이 강하게 들었다. 왜 이런 걸 물어보는지 모르겠다는 표정을 마주하자 착잡해졌다. 제시의 얼굴 위로 어릴 적 히의 모습이 겹쳐졌다. 제 앞에서 기계적인 대답만 하던 시절의 히와 닮았다.

"이제 호수 안 와요?"

제시가 자연스레 말을 돌렸다. 션은 모른 척해주었다.

"아니야. 연락 못 해서 미안해. 변명 같지만 오늘부터 다시 가려고 해. 민수랑 려상은?"

"아, 오늘은……."

제시가 말을 끝맺기도 전에 서점의 문이 벌컥 열렸다. 제시가 화들짝 놀랐다. 밖으로 나온 여자는 아이를 보며 미간을 찡그렸다.

"뭐야, 너. 구석에 있으랬잖아."

"그게…….."

"어? 션?"

뒤늦게 션을 발견한 그녀의 눈이 동그래졌다. 주위를 잘 둘러보지 않는 건 아마 습관인가 보다.

"서점에서 일해요?"

"네."

레시는 의외라는 양 션을 향해 미소 지었다. 션은 지난밤보다는 좀 더 형식적인 태도를 고수했다. 레시와 제시.

이름이 비슷하다는 걸 빼면 두 사람은 그다지 닮았다고 할 수는 없었다. 그럼에도 나란히 서 있는 모습을 보니 자매 같았다. 레시를 처음 보고 기시감을 느낀 건 제시 때문이었을까. 이내 션은 아니라고 판단했다.

레시의 웃음기 담긴 얼굴엔 호의가 어려 있었다. 주원을 좋아한다면 그와 친분이 있는 션에게 보일 법한 모습이었다. 제시는 레시 옆에 조금 떨어져 서서 고개를 숙이고 있었다. 하지만 궁금하다는 듯이 슬쩍 고개를 들어 레시와 션을 바라보곤 했다.

눈이 마주치자 제시는 레시의 눈치를 보면서도 아이답게 말간 웃음을 지었다. 제시와 레시, 둘 다 션에게 호의적이었으나 서로 다른 종류의 호의였다.

"이런 데서 보니 반갑네. 그나저나 우리 제시랑 무슨 얘기 하고 있었어요?"

"그냥 인사한 거야. 내가 서점 앞에 있으니까……."

"너한테 물어본 거 아니거든?"

레시가 사납게 일갈했다.

"둘이 원래 알던 사이예요?"

어쩐지 날카로운 말투였다.

"네. 친구예요."

"……."

레시는 그가 제시를 모르는 척해주기를 바란 듯싶었다. 하지만 션은 전혀 켕길 게 없었으므로 솔직하게 답했다. 얼굴색 하나 변하지도 않고 '친구'를 운운하는 션 앞에서 레시는 조소 섞인 표정을 감추지 않았다.

"친구?"

"네."

"주원과는?"

"친구죠."

"저랑 말장난하자는 건 아니죠?"

"그렇게 보이십니까?"

"야, 너 좋겠다? 이런 근사한 친구도 생겨서."

레시는 화살을 돌려 제시에게 이죽거렸다.

주원 앞에서는 어느 정도 예의를 차린 거였군. 제시의 얼굴이 빨갛게 달아올랐다. 눈물을 참는 것처럼 눈동자가 그렁그렁했다. 어떤 이유인지는 모르겠으나 레시는 제시를 싫어하는 것 같았다. 션은 제시가 남에게 미움을 살 만한 아이가 아니란 걸 알고 있었다. 설령 그런 짓을 했다 해도 이런 식으로 모욕을 줄 필요가 있을까. 오랜 세월을 함께 지낸 가족이라고 할지언정, 이건 아니었다.

진짜 가족이라면 말이지.

션은 제시를 자기 뒤로 숨겨 보호해주고 싶은 충동이 일었으나, 참아냈다.

보통 션은 사람을 대할 때 사무적으로 임하고는 했다. 레시는 술기운에 어느 정도 거리감을 좁혔다고 생각하겠지만, 아니었다. 지금 당장 레시를 호의적으로 대하는 것도, 반대로 레시에게 적의를 선명하게 내비치는 것도 상황상 좋지 못했다.

누구도 레시의 말에 대답하지 않아 침묵이 이어졌다. 그녀는 한숨을 내쉬더니 가보겠다고 했다. 그러고는 션이 고개를 끄덕이기도 전에, 성큼성큼 앞으로 걸어 나갔다.

제시가 쭈뼛거리며 그 뒤를 따라갔다. 션 쪽으로 살짝 고개를 돌리는 제시를 향해 션이 조용히 소근거렸다. "호수에서 보자."

제시의 눈동자가 작게 흔들렸다. 고개를 다시 돌린 그녀는 좀 더 멀어진 제 언니를 따라 종종걸음으로 뛰어갔다. 그 뒷모습에 망설임이 보이지 않아 션은 그나마 다행이라고 생각했다.

항상 쉬어 있던 히의 목소리가 기억난다. 감기에 걸린 것도 아닌데 자꾸만 잠기는 목소리가 의아해 물어본 적이 있었다. 그는 걸걸한 목소리로 말했다. "변성기인가 봐요."

히가 겪은 변성기로 굵직한 목소리가 나오지는 않았을 것이다. 션은 진중하지만 너무 무겁지 않은, 새로운 책을 보면 한 톤 높아지

곤 하던 그의 목소리를 좋아했다. 변성기가 지나면 히의 목소리가
달라질 거라 생각하니 어쩐지 아쉬웠다.

션은 주원과 얘기를 나눈 뒤에 다시 재희의 집 앞으로 갔다. 문
을 두드리다 열어 보았지만 굳게 잠긴 문은 열리지 않았다.

자신이 마음만 먹는다면 그녀를 만날 수 있으리라 믿었다. 멍청
하긴. 션은 자책했다.

설마 이 마을을 떠난 건가?

누군가 심장을 움켜쥔 것처럼 속이 꽉 조이는 기분이었다. 출구
가 없는 미로 속에 떨어진 것만 같았다. 겨우 찾아냈는데. 다시 재
희가 멀어진다면 어쩌지. 재희가 떠난 거라면.

그때 잡아뒀어야 했어. 잡아뒀어야…….

자책이 점점 심해지려는 찰나, 목소리가 들렸다.

"왜 여기 있어요?"

그녀의 목소리가 아님에도, 션은 놀라 퍼뜩 고개를 돌렸다. 급
작스러운 반응에 상대방도 놀란 듯했다. 려상이었다. 한쪽 눈썹이
비죽이 올라간 그는 탐탁지 않은 눈을 하고 있었다. 순간 긴장이
풀린 션의 입에서 작은 한숨이 나오자, 려상의 눈썹이 조금 더 올
라갔다.

"재희 기다려."

잘 아는 사이인 것처럼 이름을 부르자, 려상이 반응했다. 아이
앞에서 으스대는 것처럼 보이는 꼴이 우스울 테지. 하지만 션은 려
상의 날카로운 시선을 피하지 않았다.

아이들은 의외로 호숫가를 떠나면 몰려 다니지 않는 듯했다. 삼총사처럼 어디를 가든 항상 같이 다닐 거라는 생각과 달리 제시도, 려상도 혼자였다. 그게 더 익숙해 보였다.

홀로 있으니 려상은 더욱 성숙해 보였다. 진중한 눈동자는 여전히 션을 향하고 있었으나 입은 굳게 다물었다. 션을 바라보던 려상이 작게 중얼거렸다.

"재희?"

"응. 아는 사이야."

"아는 사이요?"

그가 크게 되물었다. 예상치 못했다는 듯 당황한 얼굴이었다. 션이 다시 한번 대답하려는 순간 다른 목소리가 끼어들었다.

"아니야."

려상의 뒤에서 재희가 나타났다.

목소리. 경황이 없어 많은 걸 알아채지 못했던 첫 만남과 달리 이번엔 재희의 목소리가 또렷이 박혔다. 예상과 달리 낮은 톤의 목소리는 아니었다. 오히려 션이 좋아했던 어린 시절의 목소리와 비슷했다.

재희는 지난번보다 한결 침착해진 얼굴로 션을 바라보고 있었다. 무심한 듯 보였지만 션에게 따라붙는 시선이 신중했다. 아는 사이가 아니라는 말이 매정하게 느껴졌으나 재희의 얼굴을 보니 아무럼 어떤가 싶어졌다.

"안녕. 재희." 션은 일부러 재희, 라는 이름을 힘주어 발음했다.

재희는 대답하지 않았다. 션은 태연하게 웃음 지었다. '웃어?'

재희의 얼굴이 마치 그렇게 묻는 듯했다. 하지만 션은 재희가 자신을 어떻게 여기든 상관없었다. 그 앞에 그녀가 있다는 것. 오직 그 사실만이 중요했다.

"얼굴 봤으니 됐어. 다시 올게."

션이 한 걸음 다가서며 말했다. 뒤로 물러나려던 재희가 그대로 멈춰 섰다. 아마 려상 때문인 듯했다. 대답하지 않았지만 자신에게 따라붙는 시선이 끈질기게 이어졌다. 션은 어쩐지 안심이 되었다. 그립기도 했다. 그 시절, 재희는 저택에 고용된 하인으로, 하나밖에 없는 또래 친구로, 항상 그렇게 션을 주시했었다. 흘러간 시간이 무색할 정도로 재희에게는 그 시절 '히'의 모습이 남아 있었다.

션은 미련 없이 두 사람을 지나쳤다. 일부러 돌아보지 않았다.

다행인 점은 재희는 아이들을 경계하지 않고, 아이들도 재희를 따른다는 것이었다. 그 점을 파고들어야겠다고 션은 마음 먹었다.

3년 전, 려상이 아홉 살 때 재희가 예고리로 왔다. 그 무렵 마을에는 사람이 많지 않았다. 그래서 새로운 사람이 오면 다들 옹기종기 모여 구경하고는 했다. 재희의 첫인상은 무뚝뚝하고 차가운 사람, 정도였다. 무표정한 얼굴이 인상적이었다. 하지만 려상은 재희의 그런 태도가 오래 가지 않을 거라고 생각했다. 예고리의 어른들은 려상 또래의 아이들을 보면 늘 환하게 웃음 지었으므로 재희 역시 그러리라 믿었다. 그러나 려상의 예상은 빗나갔다. 그와 눈이 마주쳤는데도 그녀의 표정에는 아무런 변화가 없었다. 낯설었다. 어쩐지 살짝 언짢은 기분도 들었지만, 그렇다고 불쾌하지는 않았다. 오히려 어린아이인 자신을 대할 때와 어른을 대할 때의 태도가 서로 다르지 않은 게 신기했다. 상대가 누구든 간에 일관적인 태도를 유지하는, 이상한 사람. 당시의 려상은 재희에 관해 아주 단순하게 마침표를 찍었다.

하지만 먼저 다가온 사람은 재희였다.

려상은 마을 어른들과 친했다. 무릇 아이라면 모두 다 그랬다. 아이들의 친구는 또래 아이가 아니라 마을의 어른이었다. 또래 아이들은 서로를 잘 몰랐다. 오다가다 마주치는 것 빼곤 얼굴을 본 적도, 얘기를 나눠본 적도 없었다. 려상에겐 당연한 일이었지만 재희는 그렇지 않은 모양이었다.

"왜 친구들이랑 놀지 않는 거야?"

이상한 사람이라 이상한 질문은 하는가 보다. 려상이 돌아보자 눈높이를 맞춰 쭈그려 앉은 재희가 보였다. 그는 놀라 뒤로 물러섰다.

재희의 눈동자는 새까맸다. 려상보다도 까만 것 같았다. 그런데도 묘하게 푸른빛이 감돌고 있었다. 쭈그리고 앉아 있어서 그런지 체구가 작아 보였다. 분명 키도 크고 위압감도 있었던 것 같은데. 려상은 혼란스러운 와중에 한 가지 사실을 깨달았다. 재희가 영어를 무척 편하게, 자연스럽고 능숙하게 구사한다는 사실이었다.

려상은 한국어, 중국어, 영어를 구사할 줄 알았지만 일본어, 독일어, 미얀마어 등 몇 가지를 더 알아가는 중이었다. 그 중 가장 편한 건 영어. 미국계 어른들과 친해서 그런 듯싶었다. 려상의 부모님은 중국인이었지만 그건 그다지 중요하지 않았다. 열다섯이 되면 아이들은 자신의 주 언어를 선택할 수 있었다. 그 전까지는 다양한 언어를 자유롭게 익힐 뿐이었다.

"친구들이랑 노는데요?"

"누구?"

려상은 발끈했다. 친구라면 열 명도 넘게 댈 수 있었다.

"제임스 아저씨, 미주 아줌마, 콜리타 형, 왕수 할아버지……."

"네 또래 친구 말이야."

"또래면… 같은 나이인 애들을 말하는 거예요?"

"응."

너무나 당연하게 묻는 통에 려상은 말문이 막혔다. 대체 무슨 소리를 하는 거야. 역시 이상한 사람이었어. 잠시나마 재희에게 동질감을 느낀 자신을 털어버리려는 듯이 강한 어조로 말했다. "어떻게 같은 나이인 사람들끼리 친구가 될 수 있다는 거예요? 어른이면서, 그런 것도 몰라요?"

그는 재희가 반박하거나, 화를 내거나, 아니면 내가 깜빡했다며 사과를 할 줄 알았다.

하지만 재희는 그 자리에 굳은 듯 잠시 있었다. 침묵이 흘렀다. 이윽고, 그녀는 웃었다. 입꼬리가 슬며시 올라갔지만 어딘가 쓸쓸해 보였다.

그리고 며칠 뒤 그녀는 두 아이를 데리고 왔다. 정확히 말하면 재희의 집으로 초대받은 려상이 방문했을 때 그곳에 두 아이가 있었다.

"……."

려상은 어른이 없는 자리에서 제 또래 아이를 만나는 건 이번이 처음이었다. 당황스러웠다.

남자아이는 려상과 키는 비슷했지만 덩치는 조금 더 컸다. 여자아이는 려상보다 훨씬 작았다. 여자아이의 밝은 초록색 눈동자가 려상을 향했다. 그는 순간 몸이 굳었다. 그건 다른 두 아이도 마찬가지였다.

그때 구세주처럼 재희가 나타났다. 이 상황을 만든 게 재희였건만 려상은 순간 그 사실을 잊고 절박하게 그녀를 바라보았다.

재희는 먼저 여자아이에게 다가가 작게 고개를 끄덕였다. 여자아이는 잠시 멈칫하더니 어색하게 웃는 얼굴로 려상에게 다가왔다. 려상은 저도 모르게 뒷걸음질 쳤다. 곁눈질로 보니 남자아이는 눈에 힘을 잔뜩 주고 꼿꼿하게 서 있었다. 눈이 왕방울만 한 여자아이가 위협적이라고 느낀 건 아니었다. 하지만 주먹 쥔 손에 땀이 나는 건 려상도 어찌할 수 없는 일이었다.

여자아이가 특별히 용감무쌍해서 벌인 일이 아니라는 건 금세 알 수 있었다. 여자아이는 숨을 크게 들이켰고, 빤히 보는 려상을 향해 새빨개진 얼굴로 말했다.

"안녕?"

"아……."

그것이 제시, 민수와의 첫 만남이었다.

친구에 '또래'라는 개념이 있다는 사실을 려상은 재희를 통해 알았다. 제시와 민수도 마찬가지였다. 예고리에서 또래인 사람들은 서로 어울리지 않았다. 다 큰 어른들은 여러 가지 이유로 엮이는 모양이었으나 아이들은 철저히 규칙을 따랐다. 이유를 물어보는 재희에게 려상이 대답하지 못한 건 당연했다. '친구'는 아이와 어른이 맺는 관계였다. 그냥 그렇게 정해져 있는 것이었다.

초반의 어색함도 잠시, 그들은 순식간에 친해졌다. 같은 나이대와도 친해질 수 있다는 걸 려상은 처음 알았다. 어떤 얘기든 새롭고 재미있어 시간 가는 줄 몰랐다.

재희네 집이나 호숫가에서 세 사람은 약속이나 한 듯 만나서 놀았다. 어른들에게 보이면 안 된다고 생각한 건 본능적인 것이었다. 다행히 아이들은 기척을 숨기는데 능했다. 예고리의 아이들은 몸집이 커지기 전에 그런 기술을 습득하는 게 당연했다.

그렇게 몇 년이 지났다. 려상은 빨리 어른이 되고 싶었다. 어딘가 조급했다. 낯선 손님을 바라보던 눈빛을 보니 마음이 술렁인 탓이었다.

그리고 다음 날, 재희의 집으로 그가 찾아왔다.

려상은 책장 앞에 떡하니 앉아 책을 읽는 션을 보고 입이 떡 벌어졌다. 제집인 양 자세가 자연스럽기 그지없는 데다, 행동이나 제스처에 머뭇거림이 없다고 할까… 어쩐지 기품이 흘렀다. 하지만 그보다는…….

"…여기서 뭐 하시는 거예요?"

션의 자태가 어떠하든 이곳은 려상과 친구들의 아지트였다. 재희 누나가 우리에게만 허락한 곳. 이곳은 아무나 발을 들일 수 있는 곳이 아니었다. 설마 재희 누나가 이 남자를… 그렇다면 더더욱 충격이었다.

"내가 데리고 왔어."

제시가 고개를 빼꼼히 내밀고 말했다.

뭐라고?

"우리는 친구야. 그래서 이곳에 데려와도 된다고 생각했어."

"재희 누나가 허락했어?"

뒤에서 철퍼덕하는 소리가 났다. 돌아보니 재희가 장바구니를 떨어트린 채 우두커니 서 있었다. 려상의 질문에 대한 답은, 당황한 그녀의 얼굴에서 읽어낼 수 있었다.

"…길게 말하지 않겠습니다. 돌아가주세요."

"왜지? 내가 아니어도 그렇게 말할 건가?"

문에 귀를 찰싹 붙이자 웅웅거리긴 해도 두 사람이 하는 말이 확실히 들렸다. 옆에서 민수가 눈치를 줘도, 제시가 려상의 소맷자락을 잡아당겨도 눈 하나 깜짝하지 않았다. 들어야 한다. 둘 사이에 흐르던 기묘한 공기가 내내 마음에 걸렸다.

다행히 재희는 션을 내보낼 생각인 것 같았다. 당연하지. 려상도 션이 이 공간에 있는 것을 납득할 수 없었다.

"무슨 생각이신 거예요."

"…재희. 말투가 너무 딱딱하다고 생각하지 않아? 난 이제 네가 모시는 도련님이 아니야."

"……."

도련님? 생각지도 못한 단어가 나오자 려상의 눈이 동그래졌다. 그 모습을 본 두 아이도 궁금해졌는지 조심스레 문에 귀를 붙였다.

"그게 아니라 저는…!"

"너는 이미 그렇게 생각하고 있잖아. 노골적으로 피하는 게 네 대답이야? 내가 아는 히는 그렇지 않았어."

"…저도 이제 히가 아닙니다."

삐거덕거리는 소리가 났다. 재희의 방에는 딱 한 번 들어가본 적이 있었다. 아이들은 재희네 집의 다른 공간은 자유롭게 사용해도 괜찮았지만, 그 방만은 달랐다.

그 방에 있는 낡은 나무 의자들은 앉았다가 일어날 때마다 끼익거리곤 했다.

"내가 착각한 게 아니네. 넌 여전히 너야."

"고집스러운 건 여전하시네요."

"너야말로."

션의 말끝이 묘하게 들떠 있었다. 려상은 그것이 마음에 들지 않았다.

"그리고……."

션이 말끝을 흐렸다. 일순 조용해지더니 갑자기 문이 활짝 열렸다. 기우뚱거리다가 넘어진 려상이 고개를 들자 션이 빙긋 웃으며 그를 바라보고 있었다.

"궁금증은 많이 풀렸어?"

얼굴로 열이 올라 귀가 홧홧해졌다. 이미 다 알고 있었다니. 시작도 하기 전에 진 느낌이었다.

마을엔 1년에 한 번, 겨울에 큰 축제가 열렸다.

축제날이 다가오고 있었다. 예고리 사람들을 하나로 모으듯 주위가 활기로 가득 찼다. 많은 사람이 자발적으로 협력하여 일하는 풍경이 낯설었다. '예호제'라 불리는 축제는 일주일 내내 진행되는 대규모 축제였다. 감사제라고도 불리는 예호제는 감사한 마음으로 한해를 마무리하고 다음해를 맞이하는 의미라고 했다.

축제가 목전에 다가오자 서점도 잠시 문을 닫았다. 그건 주원이 일하는 바도 마찬가지여서 선과 주원은 예정에 없던 휴가를 얻게 되었다.

휴가를 받은 선의 주요 일과는 재희네 집에서 열리는 아이들의 모임에 참여하는 것이었다.

아이들은 약속이라도 한 것처럼 하루가 멀다고 그곳으로 모였다. 사정에 따라 한 명씩 빠지는 경우는 있었지만 한 명도 모이지 않는 날은 없었다. 빠지는 이유를 알 수는 없었으나 다음날이면 슬그머니 얼굴을 비추었고, 다들 그런가 보다 하는 분위기였으므로 선도 자연스럽게 넘겼다.

아이들이 재희네 집에 도착하는 시간은 매번 달랐다. 그야 학원 같은 게 아니니 그럴 수도 있었다. 그렇지만 아이 세 명이 재희네 집에 모여 호수로 향하는 시간이 계속 달라지는 건 이상했다. 마치 '모임'이 들키면 안 되기라도 하는 것처럼.

어느 날은 아침 일찍, 어느 날은 오후 늦게 출발했고, 또 어느 날은 나갔다가 20분도 안 돼서 함께 돌아오기도, 2시간 넘게 있다

각자 집으로 돌아가기도 했다. 규칙적인 흐름이 생길만 하면 패턴은 또 바뀌었다. 그 또한 규칙 따위 없었으므로 사실상 패턴은 아니었다.

계산된 불규칙.

민수가 놓고 간 책은 낡고 해져 있었다. 밑줄이 그어진 단어를 가만히 바라보다 책을 덮고 가방에 넣었다.

책이 삐져나와 있던 모양새 그대로 맞춰놓자 마침 민수가 헐레벌떡 들어왔다.

"혹시… 보, 봤어요?"

"뭐를?"

"아…….."

미간을 좁히며, 난처한 듯 보이는 얼굴. 저토록 자신의 감정을 숨기기 어려워하는 아이가… 뭔가를 숨긴다고?

"아니에요. 제가 가방을 두고 가서……."

"아, 이거구나. 안 봤으니 걱정 마."

션이 빙긋 웃으며 말하자 민수가 후다닥 달려와 가방을 낚아챘다. 살짝 삐져나온 책을 보는 시선이 안도감으로 변하는 걸, 션은 똑똑히 보았다.

민수는 션에게 인사를 하고 자리를 떠났다. 보통 다른 사람이 자신의 물건을 마음대로 봤을 거라고 생각하면, 당황하기 마련이었다. 하지만 민수는 가방이 자신이 놓고 간 모양 그대로인 걸 확인하고서 안도했다. 그렇게 세심한 차이까지 알아챈다는 건… 역시 예사롭지 않다.

그때 위층에서 재희가 내려오다 눈이 마주쳤다.

"……."

시선이 얽히자, 선은 꼼짝도 하지 못했다. 그리고…….

"아직 안 가셨어요? 어서 돌아가세요."

재희가 계단에 선 채로 말했다. 딱딱한 말투. 선이 재희의 말을 못 들은 척하며 뒷정리를 하려는 찰나, 재희가 후다닥 계단을 내려왔다.

"정리하지 마시고요."

"싫어."

주섬주섬 치우고 있으니 옆에서 한숨 소리가 들려왔다. 나란히 뒷정리를 하는 짧은 시간, 대화나 시선이 오가지는 않지만, 선은 이 시간이 오기를 항상 기다렸다.

"안녕?"

활기찬 주원과는 달리 인사를 받는 쪽은 잔뜩 긴장하고 있었다. 사각지대에 숨어 있던 주원이 툭 튀어나온 탓도 있을 테지만, 그보다는 아이들을 대하는 주원의 태도 때문에 긴장한 것 같았다.

"……."

아무도 대답하지 않았다. 아이들은 한껏 경계하며 주원을 바라볼 뿐이었다. 주원은 들어 올린 손을 뒷목에 가져다 대며 머쓱하게 웃었다.

"얘네들, 말 못 하는 거 아니지?"

그러고선 선에게 작게 귓속말로 물었다. 그 와중에도 눈은 아이들을 향해 있었고, 마찬가지로 아이들도 주원을 보고 있었다. 경계하는 건 주원도 마찬가지네. 중간에 선 션이 입을 열었다.

"내 동… 친구야."

"친구요?"

먼저 반응한 건 민수였다.

"언제부터요?"

민수가 상기된 얼굴로 물었다. 션이 주원을 처음 만난 건 이십 대 초반이었다. 정확한 나이가 기억나지 않아 가늠해 보는 사이 주원이 냉큼 대답했다.

"아주 어릴 때부터."

"우와!" 제시가 소리쳤다.

태연하게 거짓말을 늘어놓는 주원을 보고 션이 혀를 내둘렀다. 어쩜 눈도 깜빡 안 하고… 시선이 마주치자 주원이 장난스럽게 웃었다.

"거봐. 내가 뭐랬어."

"정말 네 말이 맞았네." 제시가 신이 나서 맞장구쳤다.

"우리 같은 어른들도 있잖아. 우리도 그런 어른이 되는 거야."

민수가 당당하게 말했다. 제시의 눈도 반짝반짝 빛났다. 려상은 어쩐지 조금 우울한 낯으로 그 둘을 바라보고 있었다.

아이들이 하는 말은 가끔 이질적이었다. 너희들이 모여서 노는 건 당연한 거야. 섣불리 그렇게 말할 수는 없었다. 웃는 주원의 미간에도 살짝 주름이 졌다.

"혹시……."

션이 입을 여는 찰나, 주원이 그의 어깨를 지그시 잡았다. 손에 힘이 들어가 있었다. 션은 말을 멈추고 주원을 쳐다보았다.

"그래. 그럴 수도 있는 거야. 그러니까……."

다시 장난기 섞인 표정으로 돌아간 주원의 얼굴에서 싸한 예감이 드는 순간이었다.

"호수의 주인이 누군지 알려줄래?"

세 아이는 그 자리에서 얼어붙었다. 주춤, 려상이 반걸음 뒤로 물러섰다. 그게 신호탄이 되듯 거리를 벌린 아이들이 각자 앞으로 뛰기 시작했다.

호수의 주인을 물어보는 자에게는 아무것도 말해서도, 어떤 행동을 취해서도 안 된다.

아주 어릴 적부터 당연하게 들어온 이야기였다. 밥 먹기 전엔 손을 씻어야 한다. 자기 전엔 양치를 해야 한다. 집에 들어오면 부모님께 인사를 해야 한다. 그런 기본 행동 범위에 들어가는 지극히 당연한 명제.

하지만 제시는 가끔 궁금했다. 왜 당연한 걸까. 어차피 제시는 호수의 주인에 대해 잘 알지 못했다. 그들은 마을을 지켜주는 위대한 존재라고 했다. 그런 존재이니 그가 하는 말이라면 무조건적으로 따르는 게 예고리의 규칙이었다. 제시가 아주 어릴 적 큰 장마가 왔던 해에 모든 어른이 밖으로 나가 일사분란하게 움직인 것도 그의 지시에 따른 거라고 했다. 하지만 제시는 호수의 주인을 본 적이 없었다. 검은 옷을 입은 수호자들은 엄밀히 말해 호수의 주인은 아니라고 했다.

열다섯이 되지 않은 아이에게는 호수의 주인에 대해 구체적으로 알려주지 않았다. 가끔 호수의 주인이 되길 꿈꾸는 아이들이 있다고 들었지만 제시는 허황된 일이라고 생각했다.

'아직 어리다.'

호수의 주인이 누구인지 모른다는 건 그런 의미였다.

제시는 주원의 말을 듣자마자 사고가 멈췄다. 찰나의 정적 후에 려상이 발을 끄는 소리를 듣는 순간, 저절로 몸이 움직였다. 각자 다른 방향으로 달린 것도 본능이었다. 친구였지만, 제시는 그들과 모든 일상을 공유하지는 않았다. 마을 사람들 앞에서는 서로 모르는 척했고, 애초에 자주 마주칠 일도 없었다.

미처 생각할 겨를도 없이 달리면서 제시는 생각했다. 주원이 호수의 주인에 대해 물었다. 그래도 이렇게 도망치는 게 맞는 건가 싶었지만 그녀는 이미 달리는 중이었다. 뒤쪽에서 인기척이 느껴지자 심장이 쿵쾅거렸다. 조금 떨어진 곳에서 툭툭 다가오는 소리는 제시의 것보다 훨씬 묵직했다.

션이 아니다. 직감적으로 알았다. 차라리 션이 쫓아오는 거라면 나았을 텐데. 레시 앞에서 자신을 친구라고 말해준 이는 션이 처음이었다. 려상과 민수는 물론이고, 재희조차도 레시 앞에서는 그렇게 말하지 못했다. 혼자 있을 때면 션의 덤덤한 말투와 친근한 눈동자가 자꾸만 생각이 났다. 션에게 비밀을 털어놓고 싶어졌다. 친언니가 아니에요. 레시는 내 친언니가 아니고 내 가족이 아니에요.

목 끝까지 차오른 말을 간신히 삼켰다.

가쁜 숨이 터져 나왔다. 제시는 저도 모르게 뒤돌아보고 두 눈을 질끈 감았다. 남자가 목전에 와 있었다. 아무리 빨리 달려도 소용없다. 식은땀이 났다. 조금만 더 가면 호수를 둘러싼 수풀을 벗어날 수 있을 것 같았다. 사람들 사이에 섞이면, 쫓아오기 힘들지 않을까.

제시는 어릴 적 기억을 고스란히 갖고 있었다. 잊고자 노력했다. 하지만 이렇게 달리고 있자니, 억지로 덮어두었던 것이 수면 위로 떠오르는 듯 선명해졌다. 기억이, 고통이 제시의 뒤를 바짝 쫓아오고 있었다.

머리채를 잡아끌던 커다란 손아귀를 기억한다. 제시의 가느다란 갈색 머리카락이 그 손에 의해 한 움큼 뽑혀 나갔다. 두피가 뽑힐 것처럼 아팠다. 파란 안광이 자신을 짓눌렀다. 매번 그랬다.

지금 제 뒤를 쫓아오는 건 주정뱅이 아버지가 아니었다. 자신이 큰 잘못을 한 것도 아니니 머리채를 잡힐 일은 없을 것이다. 머리로는 알고 있었다. 하지만,

"아악!"

팔이 잡혔다. 제시는 자지러지며 소리를 질렀다. 한계까지 다다른 몸이 퍽, 하고 꺾였다. 엇, 하는 소리가 들렸다. 하늘은 땅이 되었다가 다시 하늘로 바뀌길 반복했다. 남자는 제시를 놓지 않겠다는 듯 꼭 붙잡고 있었다. 바닥으로 곤두박질칠 거라는 예상과는 다르게 붕 떠올랐던 몸이 안전하게 착지했다. 타닥, 나뭇가지 부러지는 소리와 함께 남자가 뭔가에 긁혔다.

이윽고 주위가 고요해졌다. 남자의 머리는 나뭇잎과 흙이 묻어 헝클어져 있었다. 멍했다. 저도 모르게 남자에게 손을 뻗으려 할 때였다.

"그만."

싸늘한 목소리가 둘 사이에 끼어들었다. 누군가의 손이 제시와 남자 사이를 가로막았다. 길쭉한 펜을 마치 흉기처럼 든 모양새였다. 그 끝은 남자의 목 부근을 향해 있었다. 펜촉이 아니라 날카로운 날붙이였다.

제시가 천천히 고개를 들었다. 남자와 눈이 마주친 순간, 제시는 그가 더이상 위험하지 않다는 사실을 깨달았음에도 불구하고 울고 싶은 기분이 되어버렸다.

굳은 표정의 재희가 남자를 노려보고 있었다.

주원에게 입단속을 시켜야 했는데. 션은 드물게 깊이 후회하고 있었다. 주원은 신중한 것 같으면서도 한 번씩 엉뚱한 행동을 하곤 했다. 아이들을 상대하는 거라고 해도, 임무는 임무였다.

주원이 오른쪽으로 뛰어가는 순간, 션은 본능적으로 왼쪽으로 달렸다. 이렇게 갑작스러운 상황에 본능적으로 움직이게 될 때마다 션은 자신이 훈련받은 인간이라는 자각이 들었다.

그 앞은 숲이었기에 나아가려면 덤불 따위를 헤쳐야만 했다. 그런데도 아이의 몸놀림에는 아무런 망설임이 없었다. 일부러 이런 길을 고른 건가, 싶을 정도였다.

대체 호수의 주인이 무엇이길래, 하는 생각과 많아 봐야 겨우 열둘, 열셋 정도의 아이들이 기민하다는 사실이 놀라웠다.

앞서가는 민수는 션을 교란시키고자 불시에 방향을 꺾거나 몸을 낮췄다가 튀어오르곤 했다. 려상이나 제시에 비해 둔하지 않을까 싶던 편견은 완전히 사라졌다.

그러나 션은 일반적이지 않은 조직에 속한 인간이었다. 민수의 방식을 파악한 션은 더이상 그의 뒤를 쫓지 않았다. 옆으로 빠지면서 기척을 지웠다. 그러자 예상대로 민수가 뒤돌아보았다. 당황하는 기색이 역력했다. 그사이 앞으로 이동한 션이 민수의 어깨를 잡았다.

"얘기 좀 할까?"

션이 뒤에서 다가오던 려상까지 안아 붙잡자, 민수의 얼굴이 새파랗게 질렸다. 이렇게까지 놀랄 줄은 몰라서, 션은 조금 미안해졌다.

민수의 어깨를 붙든 션은 자신이 마치 유괴범이라도 된 듯한 기분을 느꼈다. 그도 그럴 것이 민수는 션을 무슨 괴물 보듯 보고 있었던 것이다.

"내가 무서워?"

아이들은 대답하지 않았다.

잠깐. 션은 다시 질문했다.

"아니지. 내가 무서운 게 아니잖아. 너희는 '무엇'을 무서워하고 있는 거지?"

사시나무 떨 듯 후들거리던 민수가 갑자기 얼어붙었다. 션을 노려보던 려상도 일순 얼굴이 굳어졌다.

션은 아이들을 해칠 생각이 없었다. 아이들도 그건 알고 있을 텐데, 기묘할 정도로 과한 반응을 보였다.

"비밀⋯⋯."

"어?"

"비밀로 해주세요⋯!"

"야!" 려상이 소리쳤다.

민수가 션의 팔을 붙잡고 애원하기 시작했다. 션의 소맷자락이 늘어날 정도로 억센 힘이었다.

"비밀? 어떤 걸?"

묻는 것에 대답도 안 해줬으면서 비밀이라니.

"정신 차려! 애원하지 마! 누가 너 보고 지금 죽으래?"

패닉에 빠진 민수를 보며 려상이 소리쳤다.

문장 하나하나가 션의 귀에 날카로운 생채기를 내듯 내리꽂혔다.

"그게 지금 무슨⋯⋯."

나뭇잎 부스럭거리는 소리가 잦아들고 문득 바람이 멈춘 것처럼 고요해졌다. 민수는 거의 흐느끼고 있었다. 흡흡, 하는 거친 딸꾹질 소리가 사방을 가득 채웠다.

어쩌다 이렇게 됐지. 주원과 션이 몰아붙여서 아이들은 궁지에 몰렸다. 하지만 궁지에 몰린 것 같은 기분이 드는 것은, 션도 마찬가지였다.

머리가 지끈거렸다.

려상은 주먹을 쥐고 있었다. 피가 통하지 않아 파리해진 손을 보자 더이상 이 아이들을 자극할 수 없었다.

민수와 려상은 션을 적으로 보고 있었다. '누가 너 보고 지금 죽으래?' 라는 말. 겁먹은 민수를 달래줄 의도였다면 '괜찮아' 혹은 '걱정하지 마'라고 말해주는 게 맞다. '죽음'이라는 단어는 적절하지 않았다. 이 아이들이 엄청난 비밀을 숨기고 있다기보다는, 마치……

절대적으로 복종하는 것처럼 보였다.

려상과 민수가 동시에 그를 쳐다보았다. 깊고 공허한 눈동자를 마주한 션은, 자신이 진실에 도달했음을 알았다.

주원은 살면서 크게 당황한 적이 별로 없었다.

하지만 지금은 달랐다. 주원의 머릿속에서 경고음이 시끄럽게 울려 대고 있었다. 그래. 내가 너무 편하게 살았지.

만년필같이 생긴 그것은 무기였다. 잘 만들었군. 그런데 어디선가 본 적이 있는 것 같았다. 션이 가끔 임무를 수행할 때, 뭔가 특이한 것을 칼처럼 쓰고는 했는데 그게 꼭 만년필처럼 생겼던 것 같다. 무기에 각인된 이니셜이 햇빛을 받아 반짝였다. 주원이 눈을 찌푸리자 목에 가해졌던 힘이 약해졌다. 어설프군. 다행이었다.

"따라와요."

그녀는 그렇게 말하고서 아이를 받아 안고 냉정하게 돌아섰다. 제시가 그녀의 목을 끌어안고 품으로 파고들었다.

"저기, 우리 통성명도 안 했는데…?"

장난스럽게 말한 주원이 자리에서 일어나 두 발짝 정도 걸었을 때였다. 주원의 시야가 빨갛게 물들었다.

"어…?"

이마에서 따뜻한 것이 흘러내렸다. 주원은 생각했다. 우와, 피가 이렇게 흐를 수도 있구나. "나 죽는 거 아니야?" 멍청한 질문과 함께 몸이 흔들린다고 느끼는 순간 무너져 내렸다.

주원은 눈을 뜨자마자 어지러움을 느꼈다. 뱃멀미라도 하는 것처럼 끔찍했다.

"으으……."

앓는 소리가 저절로 나왔다. 제시가 잔뜩 걱정스러운 얼굴로 주원을 바라보았다.

"괜찮으세요…?"

"…아니."

반쯤은 농담이었는데 제시는 한층 더 침울해졌다. 주원이 괜찮다고 뒤늦게 덧붙이려고 했지만 제시는 등을 돌려 뛰어나갔다.

"흠……."

머리를 만져보니, 붕대가 감겨 있었다. 치료를 받은 모양이었다. 여자는 만년필로 자신을 위협하기만 했을 뿐, 공격하지는 않았다. 피가 나는 건 산속을 구른 탓일 것이다.

주원이 누워 있는 곳은 자신의 집이 아니었다. 여기가 어디인지 고민하는 사이 누군가 계단으로 올라왔다.

그 여자였다. 주원에게 칼을 겨눴던 여자. 그녀는 무미건조한 어투로 말했다.

"피가 많이 흐르긴 했는데 뇌진탕은 아니라고 하더군요. 보이는 상처가 커서 오히려 다행이었다고요. 좀 어지러울 수 있긴 한데 차차 나아질 거라고 하고… 혹시 배고파요? 죽이라도 먹을래요?"

"저기…….."

"네."

"우리 통성명도 안 했…는데요."

"아."

그녀가 작게 탄식했다.

"권재희라고 해요."

"네, 저는 김주원입니다."

치료해주셔서 감사합니다. 그가 고개를 꾸벅 숙이자 재희도 예의 바르게 고개를 숙였다. 무표정한 얼굴이 풀어지며 떠오른 은은한 미소가 어쩐지 누군가를 닮은 듯했다.

권재희는 김주원과 동갑이었다. 그녀는 몇 년 전 예고리로 온 유입이었고, 제법 큰 주택에 혼자 살고 있었다.

그녀의 억양과 발음은 깔끔했다. 다만 영어를 사용할 때는 영국식 특유의 발음이 도드라져, 조금 오만하게 들리기도 했다. 하지만 태도나 행동이 조심스럽고 선을 지켜 불손해 보이지는 않았다. 저런 말투를 어디선가 들은 적이 있는 것 같았다. 아나운서 같다고 말하면 싫어할까?

그녀는 자신의 국적을 모른다고 했다. 찾아보았지만 남아 있는 기록이 없어서 그저 짐작만 할 뿐이라고도 했다. 재희라는 이름은 그녀를 도와준 분이 지어준 이름이랬다.

그녀도 고아라는 사실에 주원은 친밀감을 느꼈다. 공통점이 있으면 동질감이 생기기 마련이다. 우습게도 이 감정은 안도감에 가까웠다.

"해가 져요…!"

한참 얘기를 하던 도중―주원이 취조하듯 마구 질문을 던지면 재희가 주춤거리다 대답해주는 일방적인 대화이긴 했다―제시가 작게 소리쳤다. 두 어른의 눈길이 창밖을 향했다. 산봉우리 테두리를 따라 발간 선이 생기며 해가 넘어가고 있었다.

"이걸 말해주는 게 늦었네요. 정신을 잃고 한 여섯 시간 정도 지났어요."

"뭐라고요?"

황당해진 주원이 그걸 지금 얘기하느냐고 물으려다가 말았다.

"해가 져버렸네요."

제시가 재희의 옆으로 파고들자 그녀는 안심하라는 듯 제시의 머리를 쓰다듬었다.

"아, 제가 너무 오래 있었죠?"

몸을 일으키려는 주원을 재희가 제지했다.

"최근에 오셨다고 하셨죠. 축제가 시작하기 사흘 전부터는 해가 지면 이동이 불가해요."

"왜요?" 주원이 물었으나 그녀는 대답하지 않았다.

다정한 듯 다정하지 않은 눈빛. 반듯한 말투. 상대방의 반응에 크게 대응하지 않는 태도. 기시감이 들었다. 주원은 문득 깨달았다. 기시감의 정체는 의외로 가까운 곳에 있었다. 션이었다.

주원은 몇 년 전 처음 만났을 때 자신을 보던 무감각한 눈동자, 예의 바르나 선을 긋는 듯한 인사말을 기억해냈다. 션은 기억도 못할 테지만 주원은 그렇지 않았다. 션 필렌의 첫인상이 좋지 못해서 뇌리에 남을 수밖에 없었다. 그를 처음 본 사람들이 재수 없다고 툴툴댈 때 주원도 어느 정도 인정했다. 하지만 호기심이 든 것도 사실이었다. 어째서 저런 표정을 자아내는 걸까. 사람 위에 군림하는 듯한 표정과 말투.

주원은 알아차렸다. 션이 그토록 찾던, 얼마 전 만났다던 사람이 바로 재희란 것을.

제크에게 입양이 되고 나서 얼마 지나지 않은 어느 날이었다. Take.B의 심리상담과 교육이 끝나고, 일반 학교에 가기 전날, 제크가 그를 불렀다.

"션."

"네."

"네 예전 이름이 그립지는 않니?"

션은 당황했다. 하지만 그보다 미심쩍은 마음이 더 컸다. 이제와 내게 그런 걸 묻는 저의가 뭐지. 그 무렵의 션은 얼굴에 드러난 감정을 숨길 줄 몰랐다. 숨겨야 할 이유도 없었다. 지금까지는 그랬다.

"별로요."

"그럼 네 아버지는?"

말문이 막혔다. 아버지가 그립냐고? 션은 그때의 모든 것을 굳이 생각하지 않고자 했다. 양아버지란 사람은 그런 노력에 도움을 줘야 하는 존재였지, 도리어 헤집을 존재는 아니었다.

그가 대답하지 않자 제크는 션을 뚫어져라 바라보았다. 무감한 눈이었다. 저 눈만은 어느 때의 아버지를 떠올리게 했다. 다만, 다른 점이 있다면 아버지의 그런 시선은 션을 향한 적이 없다는 것이었다. 아버지가 사용인을 바라볼 때 옆에서 지켜보았기에 알고 있을 뿐이었다.

무슨 대답을 해도 제크는 크게 실망하거나 기뻐하지 않을 것이다. 그래서 어떤 대답도 입에 담고 싶지 않았다. 하지만 자신이 묵묵부답으로 일관하는 것 역시 양아버지의 예상 범위 안일 터였다.

"모르겠네요, 전……."

"세간에선 네 아버지를 욕하고 깎아내리지만 난 꼭 그렇게 생각하지는 않는단다."

"……."

"무섭고 싫은 상황에서 도망치는 건 지극히 정상적인 행동이야. 이론적으로나 경험적으로나 아주 타당한 것이지."

자리에서 일어선 제크를 션은 흘깃 쳐다봤다.

"도망치는 것까지는 별 게 아니야. 누구나 그러니까. 하지만 도피한 곳에서 자신만의 요새를 만드는 건 전혀 다른 일이야."

심장이 쿵쿵 뛰었다. 션은 주먹을 말아 쥐었다.

"모르겠니?"

아무런 대답도 할 수 없었다.

"션, 네 아버지는 어떤 의미로는 대단한 일을 했어. 그건 알아두렴."

션. 션 필렌.

션이 에녹일 때, 양아버지는 그 이름을 부른 적이 없었다.

션은 민수와 려상의 팔을 놓았다. 민수의 팔이 힘없이 아래를 향했다. 구겨진 옷매무새를 매만져주자 그가 깜짝 놀란 얼굴을 했다.

션이 말했다.

"내가 어릴 적에, 사람들이 나는 잘 모를 거라고 넘겨짚던 게 있어."

아이들의 시선이 션을 향했다. 그 반응이 정직하게 느껴졌다.

"아무도 제대로 설명해주지 않아서 내 나름대로 생각할 수밖에 없었어. 조금 이상하더라도 별거 아니라고 넘기고 넘어가는 수밖에 없었어. 그래서 다들 나는 아무것도 모를 거라고 생각한 거야. 나조차도. 하지만 알고 있었어. 모르고 싶었을 뿐. 믿고 싶지 않았을 뿐."

아이들은 숨죽인 채 그의 말에 귀 기울였다.

"더이상 아무것도 묻지 않을게. 하지만 너희들이 납득하는 범위를 넘어선 명령은 다시 생각해봐야 해. 대의와 명분은 중요하지 않아. 그 명령이 정말 필요한 거라면, 나아가 너희들 자신을 위한 거라면, 그게 무엇이든 누구든 제대로 충분히 설명해주는 게 맞아."

션이 에녹일 때, 그는 아버지를 전적으로 믿었던 게 아니었다. 모르고 싶었을 뿐. 가끔 아버지 방 문 너머로 보이던 움직이는 그림들. 새소리나 악기 소리와는 전혀 달랐던 인공적인 소리. 이상했지만, 깊이 알려고 하지 않았던 것들.

아버지는 자신이 만든 요새 안에서 이따금 바깥이 그리운 것처럼 행동했다. 션은 그 사실을 밖으로 나오고 나서야 알았다. 의아하면서도 화가 났다. 대체 왜.

의심이 확신으로 변하자 그는 낙담했다. 미친 듯이 소리치고 싶었지만 참아냈다. 가만히 견뎌냈다. 제크가 자신을 양아들로 삼겠다고 했을 때 그는 한고비를 넘겼단 사실을 깨달았다. 자신은 영악했다. 태생부터 그랬을 것이다. 아버지가 허황된 요새를 만든 거라면, 션은 그의 내면 속에 요새를 만들었다.

그러나 이 아이들은 션과 달리 순진했다. 민수처럼 겁에 질린 아이라면 차라리 나았다. 지금 죽으라는 거냐며 다그치던 려상 같은 아이야말로 위험했다. 그의 머릿속엔 명령을 어겼으니 언젠간 죽어야 한다는 명제가 당연하다는 듯이 박혀 있는 것이다.

순수한 복종. 순백이 항상 좋은 것만은 아니다.

모르겠니? 마무리 짓고 싶은 말은 목 안쪽으로 삼켰다. 제 말을 이해하지 못했을 거라 단정 짓고 되묻는 건 양아버지와 다를 바가 없었다. 열다섯의 션은 제크가 많은 걸 꿰뚫어 보고 있다고 생각했는데, 어쩌면 그렇지 않을 수도 있겠다는 생각이 들었다. 션은 눈앞의 민수와 려상이 무슨 생각을 하는지 도무지 알 수가 없었다. 어쩌면 그게 당연한 걸지도 몰랐다.

다시 호수로 갔을 때, 해가 지고 있었다.

발갛게 물드는 노을이 이불처럼 마을을 덮어갔다. 해가 지는 호숫가엔 아무도 없었다.

집에서 계속 기다렸지만 주원은 들어오지 않았다. 위험 요소는 아이들 말고도 여럿 있었지만 그 또한 숙련된 요원이었다. 주원이 향했던 곳은 마을의 중심부인 시내였다. 사람이 많은 곳이니 위험하지는 않을 것이다.

션이 문밖으로 나서려는 순간, 굵은 나무 막대기가 눈앞을 막아섰다. 션은 반사적으로 몸을 뒤로 물렀다.

"통행금지입니다."

한 남성이 기계적으로 말했다. 열린 문의 틈새로 보니 다른 집 앞에도 각목 같은 방해물이 설치되어 있었다.

집 앞을 지키고 선 사람들은 하나같이 얇은 검은색 가면으로 얼굴을 가리고 있었다.

션은 2층 방 창문에 바짝 붙어서 밖을 쳐다봤다. 자신의 집 앞에는 두 명이 서 있었지만, 옆집과 맞은 편을 보아하니 한 세대마다 한 명씩 담당해서 지키고 있는 것 같았다. 아무래도 션이 나가려고 시도한 탓에 둘로 늘어난 모양이었다. 감시자는 통행금지라는 말만 반복할 뿐 다른 설명은 해주지 않았다. 션처럼 밖으로 나가려고 시도하는 사람은 없는 것 같았다. 마을 전체가 고요에 휩싸인 듯했다. 오후 10시. 션이 집에 들어온 지 벌써 4시간이나 지났지만 그들은 꿈쩍도 하지 않았다.

예고리에 들어올 때 알려준 규칙 중에 이런 상황은 없었다. '외부인의 집'에서 알려준 규칙 외에 다른 게 있다는 이야기였다. 주원이 어딘가 실내에 있다면 그도 션처럼 나오지 못하고 있을 가능성이 컸다.

일단 션은 나가기로 결심했다. 주원이 어디에 있는지는 모르지만 제시를 쫓아갔다는 건 확실했다. 션은 제시의 주소를 모르지만 그것을 알 법한 사람은 알았다.

어쩌면 그저 재희가 보고 싶은 것일지도 몰랐다. 재희에게서 상황 설명을 듣고 싶었다. 그녀가 어떻게 생각하는지도 알고 싶었다.

션은 항상 혼자 생각하고 행동했다. 하지만 어릴 적에는 곁에 항상 히가 있었다. 두 사람은 평화로운 나날 속에 여러 가지 극적인 상황을 가정하고, 그 해결책을 모색하고는 했다. 일종의 모험인 셈이었다. 그래서일까, 그녀와 재회한 후 션은 자꾸만 그녀에게 의지하고 싶어졌다.

침대 위로 은은한 달빛이 비추고 있었다. 바깥은 어두웠으나 빛이 없는 건 아니었다. 빛이 없는 세상은 이미 지났다고, 션은 믿고 싶었다.

창문 깨지는 소리가 났다. 사람들의 시선이 일제히 그쪽으로 옮겨갔다. 불이 꺼져 있던 곳에서 누군가 소리치며 창문 근처로 달려왔다. 그때까지도 사람들의 시선은 소리가 난 방향에서 벗어나지 않았다.

그 수 초 사이에 션은 창문을 훌쩍 뛰어 넘어갔다. 빠르게 착지해 건물 구석으로 몸을 숨겼다. 예고리의 주변이 온통 산이라는 건 이런 상황에선 이점으로 작용했다. 그가 사는 곳이 시내 구석에 있는 낡은 건물이라는 것도.

옆집의 정원을 지나면 산의 초입이었다. 조금 돌아가는 길이 되겠지만 그 정도는 감수할 수 있었다.

주원이 만들어놓은 고무딱총을 자신이 쓰게 될 줄은 몰랐다. 한가하게 장난감이나 만들 때냐며 핀잔을 줬는데… 주원은 이게 바로 태초의 사격 무기라고 툴툴거렸다. 실제로 그 말은 틀리지 않았다.

큰 소동이 될 수는 없겠지만 사람들의 시선을 잠시 묶어둘 수만 있다면 그걸로도 충분했다.

재희의 집은 생각보다 더 멀었다. 낮은 포복으로 산을 긴 탓에 무릎이 짙은 풀색으로 물들었다. 션은 이마에 흐르는 땀을 훔치며 숨을 골랐다.

재희의 집 앞에도 가면을 쓴 사람들이 있었다.

재희의 텃밭—아마 가꾸고 있지 않은—은 몸을 숨기기에는 적당했으나, 벌레가 득실거렸다. 땀이 흐르는 건지 벌레가 기어가는 건지 모를 감각이 등과 팔 위로 느껴졌지만 섣불리 움직일 수 없었다.

저들의 시선을 어떻게 돌릴 것인가. 션은 딱총을 움켜쥐었다. 이걸 또 써먹을 수 있을까.

재희의 집 앞을 지키고 있는 사람은 둘이었다. 키가 작고 덩치가 있는 남자와 키가 크고 마른 남자. 그들이 소곤거렸다.

"지루해."

"아직 첫날인데 벌써 지루해하면 쓰나. 게다가……."

"이미 내 구역을 벗어나서 여기 있는 것부터가 농땡이잖아."

"곧 있으면 감찰단이 올 거야. 어서 가 있으라고."

"알겠어."

키가 큰 남자가 투덜거리며 걸어갔다. 션은 걸어가는 남자 뒤로 빠르게 다가가 그의 목을 감싸 짓누르는 동시에 입을 막고 오금을 쳤다. 목 부근을 더 세게 치자 남자의 눈이 감겼다. 기절한 남자를 둘러멘 뒤 건물 옆으로 몸을 숨겼다. 션은 그의 겉옷과 가면을 벗겨서 그것들을 착용했다. 감시자의 얼굴 모양에 맞춰 가면을 제작했을 거라는 예상은 틀리지 않았다. 세로로 길쭉한 가면은 션의 얼굴과 맞지 않았지만 어쩔 도리가 없었다. 후우. 션이 작게 숨을 내쉬었다.

션은 문 앞으로 걸어 나가서 키 작은 남자를 향해 자연스럽게 고개를 끄덕였다. 남자는 낄낄거리더니 뒤돌아 자리를 떠났다.

션이 문고리에 손을 올리려는 찰나였다.

달칵, 하는 소리와 함께 문이 열렸다. 무심한 표정의 재희가 가면을 쓴 션을 올려다보았다. 시선이 마주쳤다. 재희의 눈동자가 조금 커지더니 속눈썹이 파르르 떨렸다.

가면으로 얼굴을 가려서 눈동자만 보이더라도 재희는 션을 알아본다. 그 사실이 살 떨리게 생생했다. 윙윙거리던 귓가가 순식간에 고요해졌다. 평화로운 동시에 격정적이었다. 션은 이 떨림이 무엇인지 정의 내리지 못한 채로 재희네 집안으로 들어갔다.

션이 가면을 벗는 동안 재희는 그를 물끄러미 보았다. 재희는 무표정했다. 션에게 용건을 묻지도 않았다. 그저 바라보기만 할 뿐이었다.

션이 재희의 눈앞에서 손바닥을 이리저리 흔들자, 그녀는 퍼뜩 정신이 든 사람처럼 부르르 떨었다. 눈을 정신없이 깜빡이는 게, 어릴 적 모습 그대로였다. 단전 아래에서 몽글거리며 올라오는 뭔가가 있었다. 싫은 기분은 아니었지만 션은 저도 모르게 인상을 찡그렸다.

"왜⋯⋯."

"질문만 하지 말고."

밤에 남의 집에 찾아온 것치곤 무척 뻔뻔한 말이었지만 재희의 말간 눈동자를 보고 있자니 션은 어릴 적으로 돌아간 것만 같은 기분이 들었다. 어릴 때 재희는 스스럼없이, 도련님은 대단하노라, 정말 아는 것도 많고 훌륭하노라 말하곤 했다. 그 시절, 션에게 그런 말을 해주는 사람은 아주 많았다. 그런데도 재희가 다르게 느껴졌던 건, 그녀의 깨끗한 눈빛 때문이었으리라.

그래서일까, 그녀 앞에서는 좀 더 멋진 사람이 되어야 한다는 부담감도 있었다.

'현실'로 돌아온 이후, 션은 말을 아끼는 사람이 되었다. 남들 위에 있는 게 당연하다는 듯이 말하는 투를 없애기 위해, 그는 침묵을 택했다.

그런데 재희의 시선을 받을 때마다 '에녹 도련님'으로 돌아가는 듯한 느낌이 들었다. 션을 오만하게 만드는 동시에 속에서 끓어오르는 기쁨을 숨기지 못하게 하는 시선.

"남의 집에 들어와놓고 뻔뻔하시네요."

재희가 나직이 말했다. 어릴 적 재희는 그를 향해 이렇게 말하는 법이 없었다. 둘은 친구처럼 가깝게 지냈으나 상하 관계가 분명히 존재했다. 예전과 다르다. 션은 꿈에서 깨어난 듯한 기분으로 재희를 바라보았다. 신기하게도 나쁘지 않은 기분이었다.

"미안. 사람을 찾고 있어."

그때 2층으로 올라가는 계단 사이로 빼꼼히 고개를 내민 인영이 보였다. 제시였다. 제시는 션과 눈이 마주치자 쏙 사라졌다가 다시 고개를 내밀었다.

션이 말했다.

"김주원, 여기 있어?"

주원은 입을 우물거리며 감자를 먹고 있었다. 누가 올라오는지도 모를 정도로 열중한 작태를 보니 황당했다. 뒤따라온 재희도 조금 난감한 표정이었다.

"아, 여기에, 어떻게…?"

"그래도 양심은 있어야지… 너 찾으러 위험을 무릅쓰고 여기까지 왔는데, 감자나 먹고 있어?"

"아하하…….."

주원은 감자 부스러기가 묻은 제 입가를 닦으며 멋쩍게 웃었다. 별일 없어 다행이라고 생각하면서도 태평한 모습이 얄밉게 느껴졌다.

그간의 일을 들은 션은 작게 한숨을 쉬고 재희에게 말했다.

"실례가 많았어. 우리는 이만 가볼게."

"지금?"

되물은 건 주원이었다.

"밖은 통행금지라던데. 그리고 보니 너, 여기까지 어떻게 왔어?"

"첩보 영화 찍으면서 왔지."

션이 제 무릎께를 가리키며 들고 있던 가면을 흔들어 보였다.

"오호……."

"내가 공주님 구하듯 널 구하러 여기까지 와야 했을까?"

"오, 기다렸습니다. 왕자님."

별 시답잖은 농담을 던지고 있으니 긴장이 풀렸다.

"너도 와서 감자 먹어. 자다 일어나니까 배고프더라고. 다들 와서 드세요."

재희와 제시는 집주인처럼 구는 주원의 태도에도 아랑곳하지 않았다. 재희와 제시가 감자를 집어 들었다. 뭐하고 있는 거지. 그런 생각이 드는 한편으로 아무렴 어떠랴 싶기도 했다. 션도 그들을 따라 감자를 먹었다. 퍼석거리지 않고 고소했다. 확실히 맛있었다.

재희는 션의 옆얼굴을 저도 모르게 물끄러미 쳐다보았다. 그는 입을 우물거리고 있었다. "맛있네." 하고 누가 듣지도 않을 말을 중얼거렸다. 신기했다. 자신이 알던 도련님은 뭔가를 손으로 집어 먹던 사람이 아니었다. 재희는 새삼 시간이 많이 흘렀다는 사실을 깨달았다. 불현듯 그의 시간이 궁금해졌다. 포크와 나이프를 들고서 식사를 하던 도련님은 이제 없었다. 이렇게 되기까지의 그는 어떤 시간을 통과해온 걸까.

제시는 레시와 비슷한 나이의 어른들이 한곳에 모여 있는 광경을 본 적이 없었다. 이상했다. 그들도 모여 있으니 자신과 크게 다를 것이 없어 보였다. 어른도 아이처럼 보일 때가 있는 건가. 어쨌든 오늘 밤은 집에 가지 못하게 되었다. 레시는 욕을 하겠지만 아버지는 신경도 쓰지 않을 터였다.

밤은 항상 어둡고 외로운 시간이라고만 생각했다. 빨리 날이 밝아야 집을 나갈 수 있었다. 낮이 되어야 친구들도 만날 수 있었다. 그런데 재희의 집은 밤에도 아늑했다. 따뜻했다. 션이 느리게 먹는 제시에게 새 감자를 하나 더 쥐여주었다. 션은 제시를 친구라고 말해주었다. 재희는 언제나 제시의 편이었다. 주원은 제시가 다치지 않게 지켜주었다. 오늘 밤은, 그러니까, 무척 괜찮은 날이었다.

새벽이 오고 있었다.

해가 뜨기 직전, 가면을 쓴 무리는 자리를 떠났다. 의자에 기대어 앉아 선잠을 자던 션은 그들이 사라지는 모습을 보다가 문득 따라가야 했나, 생각했다.

"그만둬."

션의 생각을 읽은 듯 주원이 잠긴 목소리로 말했다. 언제 일어났는지 그는 침대에 앉아 있었다. 딱히 대꾸할 말이 없어 가만히 쳐다보자 주원은 하품을 늘어지게 했다.

"너, 체력 고갈됐어. 그리고 한동안 매번 저럴 텐데, 오늘 그럴 필요는 없잖아."

"난 멀쩡해."

"예이. 예이. 그러시겠죠."

괜히 빈정거리는 투로 주원이 툴툴거렸다.

션은 자리에서 일어나 간단히 스트레칭을 했다. 주원은 걱정하는 듯했지만, 그는 정말 멀쩡했다.

"다 나았어?"

"난 멀쩡해."

주원이 션의 말을 앵무새처럼 따라 했다. 션은 피식 웃음 지었다. 동이 트고 있었다.

하지만 주원은 멀쩡하지 않았다. 밖으로 나와 조금 걷기 시작하자 유달리 힘들어했다.

주원은 집에서 쉬면 괜찮을 거라고 했지만 션은 그를 병원으로 데려갔다. 아나나 다를까 며칠간 입원이 필요하다는 진단을 받았다. 션은 간신히 주원을 병원에 눌러 앉히고 밖으로 나왔다.

주원의 퇴원은 사흘 뒤로 잡혔다.

이제 뭘 해야 하나 생각하며 집으로 돌아가다가 재희와 마주쳤다. 그녀가 제 앞으로 걸어오는 동안 션은 멍청하게 서 있었다. 묘하게 현실감이 없는 탓이었다.

"할 얘기가 있어요."

재희의 얼굴은 조금 굳어 있었다.

재희의 까만 눈동자는 비구름이 지나간 밤하늘을 떠올리게 했다. 어둡지만 차갑진 않았다. 맑고 깨끗했다.

재희가 션을 쳐다봤다. 똑바로 마주 보는 탓에 몰래 훔쳐보다 들킨 사람처럼 괜히 뜨끔했다.

"제 말 들으셨어요?"

"아… 어."

션이 버벅거리자 재희의 미간이 살짝 모였다 풀어졌다. 화가 난 건가, 생각하자 입속이 바짝 말랐다.

재희의 말을 제대로 듣지 않은 건 아니었다. 지금까지 재희를 이토록 자세히 살펴본 적 없다는 사실을 깨달아서 저도 모르게 주의를 기울였을 뿐이었다.

예고리에서 나가달라는 직접적인 축객령을 듣고 션이 할 수 있는 말은 많지 않았다. 여기 온 이유를 묻지도 않았으면서 나가라니, 부당하다는 생각이 들었으나 그녀의 진지한 눈동자는 어떤 반론도 허용하지 않을 듯했다. 신중하게 대답해야 했다. 무엇보다 션은 재희와 싸우고 싶지 않았다.

"왜 웃어요…?"

재희가 단번에 얼굴을 구기며 물었다. 션은 자신이 웃고 있단 걸 몰랐던지라 놀라며 입가로 손을 올렸다. 싸움이라니. 션은 누군가와 싸우는 위치에 있었던 적이 없었다. 아버지에게 혼이 난 적은 있었지만 그건 싸움이라고 부를 수 없었다. 저보다 지위가 높은 사람에게 듣는 훈계에 가까웠으므로. 물론 '션'이 되고 나서는 사람들과 많이도 다퉜다. 그는 어쩐지 화를 부르는 타입인 듯했고 그걸 참지 못하는 사람들은 종종 선에게 달려들었다. 그런 일을 겪으면서도 그는 '싸운다'고 인식한 적이 없었다. 그런 그가 지금 재희를 마주하면서 '싸우기 싫다'고 생각해버린 것이다. 우스웠다. 그는 얼굴을 풀고 말했다.

"아니… 미안해. 하지만 네 부탁은 들어줄 수 없어. 나도 사정이 있어서."

"여긴 위험해요."

"그런 위험한 곳에 너는 남고 나는 가라고?"

"그런 말이 아니잖아요, 전 걱정이 돼서…!"

"걱정했어?"

되묻는 말에 재희는 입술을 깨물며 시선을 피했다. 제 머리카락을 매만지는 손길이 거칠었다. 안 그래도 잔머리가 많은 머리가 더 부스스해졌다.

"난 너랑 그런 얘기 말고 다른 얘기를 하고 싶어."

"……."

"10년 만이야."

보다시피 그냥 살았어. 선은 튀어나오는 말을 억지로 집어삼켰다. 너의 지난 시간이 궁금했다. 십 대를 통과해 성인이 된 너는 무슨 생각을 했는지. 어떤 꿈을 가졌는지. 누구를 만났는지. 그 기나긴 시간을 어떻게 채워왔는지.

어렸을 적 재희는 자주 선을 걱정했다. 무릎이 까지고 매번 자잘한 생채기를 내오는 건 선이 아닌 재희였음에도. 그녀는 항상 선에게 물었다. 괜찮으냐고, 조심하라고. 재희가 심하게 다쳐 온 날도 있었지만 그는 내색하지 않았다. 그 상처를 모르는 척하는 게 배려인 줄 알았다. 약혼녀가 죽기 전까지 션은 재희를 걱정해본 적이 없었다.

"…너의 안부를 걱정했어."

그날, 마차를 쳐다보던 재희의 가라앉은 눈빛을 기억한다. 션을 뿌리치고 가는 히는 거침없었다. 막아서던 션의 손아귀가 얼얼할 지경이었다. 하지만 그녀가 로자의 시신을 보고 무너지는 순간, 그녀의 몸은 발길질 한 번에도 쉽게 부서지는 눈사람 같았다. 그대로 사라져버려도 이상하지 않을 것처럼, 아슬아슬했다. 그런 생각이 들자 션의 내부에서 뭔가가 툭 떨어졌다. 미친 듯이 심장이 뛰었다.

약혼녀가 죽었다. 사랑하진 않았지만 어쨌든 미래를 약속한 사이었다. 그럼에도 그는 계속해서 히만 생각했다. 히가 밤마다 시름시름 앓는 소리를 낸다고 했다. 밥도 먹지 않는다, 하루 종일 아무하고도 말하지 않는다, 정신적 충격이 큰 듯하더라… 입을 꾹 다물고 자꾸만 허공을 바라보던 히를 생각하면 가슴이 답답했다.

장례식이 마무리되면, 히에게 갈 수 있을 것이다. 션은 초조했다. 일은 장례식이 채 마무리되기 전에 벌어졌다. 션은 불길이 이는 저택을 뒤로하고 자신을 잡아 이끄는, 한 번도 본 적 없던 얼굴을 한 히를 보았다. 그게 마지막이었다. 그 길로 그녀를 볼 수 없었다.

"이곳이 얼마나 위험하든, 나는 떠날 생각이 없어. 네가 여기 있는 한."

"……."

재희가 잠시 침묵했다. 그리고 말했다.

"저는 국적도, 출신도 없어요. 저택에서 도련님이랑 살 때가 나았다고 생각한 적, 한두 번이 아니에요. 바깥세상의 사람들에겐 모두 자리가 있어요. 자신이 있을 자리가 태어날 때부터 있다고요. 그런데 저는 없었죠. 심지어 저는 제대로 된 이름도 없었어요."

"재희."

"여긴 그런 사람들이 모이는 곳이기도 해요. 저처럼 아무런 연고도 가지지 못했거나 버려진 사람들이죠. 도련님은 여기와 어울리지 않아요."

재희의 얼굴은 발갛게 상기되어 있었다. 션이 다시 한번 그녀의 말을 끊고자 했다. 하지만 끝내 그녀는,

"저랑 도련님은 다르니까……." 하고 말했다.

"대체 무슨 소리를 하는 거야…!"

션이 양손으로 재희의 어깨를 잡으며 다그쳤다. 놀란 재희가 션을 바라보았다.

"무슨 근거로 그런 말을 하는 거야? 그리고 도련님이라니, 너는 내가 아직도…!"

낯선 목소리가 끼어든 건 그때였다.

"여기서 또 뵙네요?"

인연인가 봐. 장난스레 덧붙이는 말에 힘이 쭉 빠졌다. 레시였다. 션의 맞은편에 있던 레시가 가까이 걸어왔다. 그녀가 입은 옷은 평소와 달리 화려했다. 베이지 톤의 긴 원피스를 입고 있었는데

밑단의 주름이 많아 걸을 때마다 치마가 나풀거렸다. 그 위로 꽃자수와 레이스가 어수선하지 않을 정도로만 옷을 장식하고 있었다. 챙이 넓은 긴 모자를 쓴 그녀가 그늘진 곳으로 들어오자 얼굴에 긴 음영이 생겨났다.

션은 작게 고개만 끄덕이며 인사했다. 레시가 불청객처럼 느껴졌다. 게다가 레시의 목소리를 들은 재희의 낯빛이 심상치 않았다. 션을 바라보는 재희의 눈동자가 불안한 듯 흔들렸다. 재희는 눈을 내리깔고 천천히 숨을 골랐다. 그새 재희의 등 뒤까지 걸어온 레시가 입꼬리를 올렸다. 안 좋은 예감이 들었다.

"이 덥수룩하고 거친 머리를 보니… 권재희네?"

"레시."

"내 이름 부르지 말아 줄래? 안녕 못 하는데."

"죄송해요. 이만 가볼게요."

재희는 속삭이듯 션에게 말한 후 돌아섰다.

레시는 혀를 차며 고개를 돌렸다. 모자의 긴 챙이 레시의 표정을 가리고 있었지만 불만스러운 기색까지 숨기지는 못 했다.

션은 눈앞의 방해꾼에게서 알 수 없는 기시감을 느꼈다. 이런 차림새를 한 사람을 어디선가 본 것 같았다. 별로 친하지 않은 낯선 이인데도.

"둘이 아는 사이였어요? 의외네."

레시가 하얀 손가락으로 모자를 들어 올리며 말했다.

그녀의 얼굴이 드러나는 순간, 션은 깨달았다. 이 얼굴을 안다. 발그스름한 뺨과 커다란 눈. 만들어낸 것 같은 표정. 그 순간 떠올랐다. *지루해.* 션은 정확히 그렇게 생각했다.

수년 전 제 앞에 앉아 있던 어린 약혼녀를 향해.

기시감의 정체를 깨달은 션은 아무 말도 하지 못했다. 레시는 션이 침묵하자 다시 장난스러운 표정을 지었다. 눈썹이 올라가고 입꼬리가 올라가니, 그동안 보았던 레시의 얼굴로 돌아왔다.

"왜……."

왜 살아 있는 거지? 입 밖으로 튀어 나올 뻔한 말을 삼켰다. 분명 약혼녀는 그날 그 자리에서 죽었다. 마차가 뒹굴면서 돌부리에 크게 부딪혔다. 션은 그때 마차에서 튕겨 나와 바닥으로 굴러떨어졌다. 다행히 마차가 굴러가는 방향과는 반대라서 살 수 있었다. 마차가 커다란 나무와 충돌해 뒤집히는 걸 션은 똑똑히 보았다.

션이 가까스로 일어섰을 때, 울컥 쏟아져 나오는 피의 느낌이 생생했다. 하지만 션은 눈을 돌리지 않고 마차 옆으로 갔다.

그때 뒤따라오던 하인들이 그를 막아섰다.

"도련님. 보시면 안 됩니다."

션은 제 행동을 구속한 이들을 내치지 못했다. 시야 끝에 걸린 건 약혼녀가 신고 있던 리본 달린 구두였다. 구두는 흙이 잔뜩 묻어 엉망이었다. 그걸 보자 온몸에서 힘이 빠졌다. 손이 덜덜 떨렸다.

션은 저도 모르게 몸을 돌렸다. 사용인의 손길들이 그가 돌아서서 갈 수 있도록 힘을 보탰다. 어떻게 수습하라고 말했는지는 기억나지 않는다. 션은 그저 그 자리를 빨리 벗어나고 싶었다. 속이 메스꺼워 도저히 그곳에 더 남아 있을 수 없었다.

약혼녀의 모습을 다시 본 건 그로부터 몇 시간이 지난 후였다.

두 눈을 감은 그녀의 모습은 흡사 잠든 사람 같았지만, 죽은 자만이 들어갈 수 있는 관 속에 있었으므로 당연히 죽었다고 믿었다.

"이미… 숨을 거두셨습니다."

그래. 정확히 말하자면 직접 확인한 건 아니었다.

"무슨 일 있어요?"

상념을 깨듯 레시가 물었다. 그녀는 나를 기억하지 못한다. 조금 전까진 나도 그녀를 기억하지 못했다.

"아닙니다."

"둘이 어떻게 아는 사이예요?"

"그러는 당신은요?"

레시는 자꾸 앞으로 내려오는 모자를 벗고 머리를 매만졌다. 금갈색의 웨이브 진 머리카락은 부드러워 보였다.

"난 대답도 안 하고 되묻는 사람 별론데. 흠… 그냥 어쩌다 보니? 동생이랑 좀 친하게 지내는 거 같던데, 그 꼴을 보기가 싫더라고."

레시의 입꼬리가 비틀렸다. 레시는 히였던 재희를 모른다.

그의 신분이 가짜이듯이 레시라는 이름도 가짜인 게 아닐까. 제시의 친언니가 맞기는 한 걸까. 대체 여기엔 왜 있는 걸까. 그때 그곳엔 왜 있었을까.

한 번 의심하기 시작하자 모든 게 의심스러웠다. 재희는 그녀의 정체를 알고서 접근한 걸까, 아니면…….

"아, 혹시 친한 사이예요? 내가 너무 무례했어요?"

전혀 거리낄 게 없다는 투로 그녀가 말했다. 션은 웃으며 대답했다. Take.B의 매뉴얼에 따라 수십 번은 더 지었던 웃음이었다.

"아닙니다. 그저 몇 번 얘기 나눈 정도예요. 그나저나, 여긴 어쩐 일로…?"

"주원한테 볼일이 있어서 가는 중이었어요."

주원은 조금 전에 입원한 참이었다. 누가 전해줬길래 벌써 그런 소식을 접한 거지? 자신을 숨길 생각이 없는 건가.

"그 차림새는…?"

"오늘따라 궁금한 게 많으시네. 축제 준비의 일환이에요. 별로예요?"

"아뇨. 아름다우십니다."

"어머, 그런 말도 할 줄 알아요?"

레시가 환하게 웃었다. 자신이 남에게 어떻게 보일지 알고 짓는, 아주 매력적인 미소였다.

그 시절 션이 만났던 약혼녀는 감정을 절제하고 최소한으로 표현하는, 전형적인 귀족 여인이었다. 이 모든 게 연기라면, 탁월한 실력이었다.

재희는 터질 것 같은 가슴을 갈무리하며 걸어갔다. 익숙해졌다고 생각했는데, 막상 션의 앞에 있는 레시를 마주하니 묵혀두었던 감정이 순식간에 밀려들었다.

오래전, 세 사람이 같은 자리에 있던 그날의 풍경이 마음을 어지럽힌다. *고마워요.* 찻잔을 받아들며 말하던 목소리, 은은한 살굿빛으로 물든 뺨까지 기억나버리고 말았다.

예고리에 들어와서 레시를 마주했을 때, 그녀는 여전히 주인공처럼 빛나고 있었다. 모두에게 인기가 많았고, 자신의 매력적인 점을 여전히 제대로 어필하고 있었다. 오히려 어릴 때보다 노련해져서 세련되게 보이기까지 했다.

하지만 재희는 가면 뒤에 숨겨진 그녀의 본성을 알고 있었다. 레시는 연기를 하고 있었다. 예고리에 쉽게 녹아들 수 있는 '명랑한 아가씨'를. 그것이 본인의 성미에 맞지 않아 무척 혐오하고 있다는 것도.

머릿속에선 벌써 수십 번, 수백 번도 더 시뮬레이션했다. 그녀의 아름다운 눈동자가 고통으로 물들며 빛을 잃어가는 모습을. 그녀의 몸이 바닥으로 고꾸라지는 광경을. 천천히 숨이 꺼져가는 시간을.

하지만 그러지 못했다.

아니, 불가능했다.

나한테 왜 그랬어? 로자 아줌마를 왜 죽였어? 왜 너는 여전히 가면을 쓰고 살아가는 거야?

마음에 품은 의문을 풀어놓기도 전에, 몸이 먼저 나갔다. 예고리에서 레시를 처음 본 날 밤, 재희는 무작정 레시의 집으로 들어가 그녀를 습격했다. 그러나 레시는 순순히 당하지 않았다.

"미쳤어? 뭐 하는 년이야, 넌?"

두 눈이 똑똑히 마주쳤음에도 레시는 재희를 기억하지 못했다.

나는 널 보자마자 알아봤는데.

억울했다. 재희는 자신이 느끼는 감정이 어이없어서 더 억울해졌다.

"나를 몰라…?"

"내가 널 어떻게 알아!"

"그러면 그냥 죽어."

그녀의 다리에선 피가 흐르고 있었다. 그 정도로는 안 돼. 겨우 그걸로는. 재희가 그녀의 목을 졸랐다. 레시에게선 진한 술 냄새가 났다. 취했으니 죽기도 편할 것이다. 편하게 죽길 바라진 않았지만.

레시가 제 손안에서 캑캑거렸다. 얼굴이 새빨개지다 못해 눈이 뒤집히며 흰자가 드러났다. 그때, 재희는 그 속에서 로자를 보고 말았다. 놀라서 손을 놔버렸다. 발작하듯 레시한테서 튕겨 나갔고, 레시는 바닥을 구르며 연신 기침을 해댔다.

"너… 너는 왜 여전히 같은 일을 반복하는 거야……."

재희는 가쁜 숨을 몰아쉬며 여전히 괴로워하는 레시에게 중얼거리듯 말했다. 그렇게 물어볼 수밖에 없었다.

"…하. 언젠가 우리 본 적이 있긴 한가 보네. 미안한데, 너무 많아서 누가 누군지도 몰라. 나는 이름이 100개도 넘고 결혼을 한 적도 안 한 적도, 자식이 있었던 적도 없었던 적도 있거든. 아, 그냥 백치였던 적도 있네."

"……."

"언젠가 칼 맞아 죽을 거라는 소리를 매번 듣는데, 아직 살아 있거든. 그래서 기회가 될 때까지는 살려고. 할 줄 아는 게 이것뿐이라 그만둘 수가 없네. 대답이 됐나?"

어두운 밤, 방 안. 두 사람의 눈동자가 한참을 서로 마주 보았다.

"…너, 혹시."

레시가 뭔가를 기억해내기 전에, 재희는 레시를 밀쳐버리고 밖으로 나왔다. 레시가 휘청거리다 계단 아래로 구르는 소리가 났다. 의도하진 않았지만, 굴러 떨어져서 죽어버리는 게 차라리 나을지도 모른다고 생각했다.

하지만 레시는 살아 있었다. 질긴 목숨이었다.

신기한 건 그녀가 아무에게도 자신이 습격당한 사실을 말하지 않았다는 것이었다. 깁스를 하고 나타난 레시에게 누군가 무슨 일인지 물어보아도 레시는 그냥 "자업자득이죠." 하며 웃어넘겼다.

션은 병실 문을 열었다. 빵을 먹고 있는 주원의 모습이 보였다. 주원은 왜 다시 오냐는 듯이 션을 보았다가 뒤이어 들어오는 레시를 보고서 눈을 동그랗게 떴다.

"너, 왜, 여기…!"

주원이 먹던 빵을 삼키다 캑캑거리자 레시가 션을 앞질러 뛰어갔다.

"쓰러졌다면서… 어떻게 내가 안 올 수 있겠어."

레시의 눈에는 눈물이 그렁그렁했다. 레시가 주원의 손을 그러쥐었다.

레시는 주원의 몸 이곳저곳을 빠르게 살폈다. 질색하며 바라보는 션의 시선을 눈치챌 법도 한데 전혀 모르는 것 같았다.

주원을 대하는 레시의 행동은 조금 유별난 구석이 있었다. 마치 주원에게 만큼은 진심인 것처럼. 그래서 더욱 이상했다.

레시는 병실을 나가면서도 주원에게 안정을 취해야 한다며 신신

당부했다. 지친 듯 고개만 끄덕이던 주원은 내일도 오겠다는 그녀의 말에 무심코 고개를 끄덕였다가 아차 싶은 얼굴을 했다. 그녀가 떠난 걸 확인한 션은 단도직입적으로 말했다.

"레시는 FAKE의 인간이야."

"뭐라고?"

주원이 되묻자, 션은 했던 말을 반복했다.

"레시가 FAKE의…….."

"아니, 알아듣긴 했는데…….."

주원은 혼란스러워 보였다.

"…그러니까, 방금 여기서 나간 내가 아는 '레시'가 FAKE 조직원이라는 말이야?"

"응."

"무슨 근거로."

"음. 육감으로?"

주원이 얼굴을 찌푸렸다.

"장난이야."

"…나 지금 아프거든요. 필렌 씨."

"내가 열다섯 살이었을 때."

"응."

"그 여자가 내 약혼녀였어."

"응… 뭐? 푸흡…!"

주원은 사레가 들린 것처럼 연신 콜록거렸다.

"조심해."

"아니, 지금 내가, 조심하게 생겼어?"

그는 어딘지 씩씩대는 말투로 말했다.

"별거 아니잖아."

"별거 아니잖아?"

션의 말꼬리를 잡아끈 주원은 "말도 안 돼. 왜. 아니, 어쩌다가?" 등등을 연발하며 흥분했다. 말할 기회도 주지 않았지만 딱히 할 말이 없기도 해서 션은 가만히 있었다. 션과 레시는 약혼 관계이긴 했으나 서로에게 무감했다. 시답잖은 얘기도 나눈 적이 없었다. 오히려 지금이 더 친숙할 정도였다.

"난 일반이야. 마을이 무너지기 전까지는 레시도 귀족가의 장녀인 줄 알았고, 나와 결혼하게 될 거라 믿었어."

"……."

"그러니까 그녀가 FAKE라는 거야. 참고로, 그때는 레시라는 이름도 아니었으니까."

주원은 제 머리를 뜯다가 잠시 멈칫하더니 말했다.

"…그럼 재희는? 재희랑 레시도 원래 아는 사이야?"

"얼굴 정도는 본 적이 있지만……."

원래 알던 사이라고 해야 하나. 사실 그렇게 단언하기엔 미심쩍은 구석이 있었다. 주원은 재희가 션의 집안에서 일했던 사용인이었다는 건 몰랐다. 애당초 레시는 재희를 모르는 것 같았다. 재희는 아는 것 같았지만, 과거의 인연으로서는 아닌 듯했다. 얼핏 봤을 때 둘의 사이는 썩 좋아 보이지 않았다. 그건 아마도 레시가 FAKE 쪽 인간이라는 사실과 관련이 있을 거라고 짐작할 뿐이었다.

"아마 모르는 것 같아."

"……."

"그러니까 너도 이제 더 조심하라고."

아무리 진심처럼 보인다고 해도 말이지. 뒷말은 삼켰다. 주원은 레시를 싫어하는 게 아니었다. 그녀를 피하고 있을 뿐이었다. 그래서인지 션은 주원의 태도가 자꾸 마음에 걸렸다.

주원은 아무 대답도 하지 않았다. 션도 더이상 가타부타 말하지 않았다.

3부

그 너머

예호제가 시작됐다.

민수는 한 해 동안 키가 5센티미터나 컸다. 작년까지만 해도 민수는 려상보다 작았고 제시와 비슷한 수준이었다. 그게 어찌나 자존심이 상하던지.

올해는 모든 것이 달랐다. 이제 셋 중 가장 컸다. 중국어 실력은 아직 조금 부족하지만 다른 언어는 자신 있었다. 특히나 러시아어는 려상이나 제시보다도 자신이 훨씬 잘한다고 자부했다.

보통은 열다섯이 되면 생일 순으로 먼저 마을을 나가게 되지만 특출난 경우에는 예외로 먼저 선발되고는 했다. 민수는 려상보다 먼저 나가 공부하고 싶었다. 그래야 은근히 잘난 척하는 려상을 누를 수 있으리라.

누가 너 보고 지금 죽으래.

집으로 돌아와 곰곰이 생각해보니 려상의 말이 맞았다. 왜 나는 죽어야 한다고 생각했을까. 죽어야 하지만 죽기 싫어서 도망쳤다. 하지만 쫓아오는 이는 어른이었으므로 금방 잡힐 수밖에 없었다.

그 어른은 우리가 납득하는 범위를 넘어선 명령은 다시 생각해 봐야 한다고 말했다. 명령. 민수는 그것이 명령이라고 생각해본 적이 없었다. 명령이라는 말을 모르는 게 아니었다. 그건 그냥… 당연히 해야만 하는 범주의 것이었다.

결국 호수의 주인이 누구인지 물어본 사람에게서 제대로 도망치지도 못했다. 그렇다고 호수의 주인에 대해 알려준 것도 아니었다. 민수는 누구에게도 자신이 겪은 일을 말하지 못했다. 마을의 규칙대로 따르자면 부모에게 사실을 고한 뒤, '호수의 주인'을 만나야 했다. 그런 식으로 그를 만나는 건 불명예스러운 일이었다. 그럼에도 불구하고 해야만 하는 일이기도 했다. 그러나 민수는 하지 않았다. 그저 '명령'이란 단어를 혼자 조심스럽게 몇 번 읊조렸을 뿐이다. 호수의 주인도 축제 준비로 바쁘지 않을까, 하는 변명 아닌 변명을 하면서.

"안 먹어?"

려상은 의아하다는 얼굴로 민수를 보며 말했다.

"응… 그냥. 안 먹고 싶어서."

민수는 지금까지 자신에게 주어진 약을 먹지 않은 적이 없었다. 먹지 않기로 한 것은 이번이 처음이었다. 부모에게 사실을 고하지 않은 것에 대한 죄책감 때문일지도 몰랐다.

"흐음."

아무 말도 하지 않았건만, 려상은 이유를 알겠다는 듯이 민수를 바라보다 약을 꿀꺽 삼켰다. 민수는 저도 모르게 그의 목울대를 바라보았다. 약에서 아무런 맛도 나지 않는다는 걸 알고 있었으나 괜스레 식욕이 돌았다. 아마 약을 먹으면 느낄 수 있는 몽롱하고 기분 좋은 감각을 기억하고 있기 때문이겠지.

그런 생각을 하던 순간이었다. 려상이 고개를 숙이며 입을 틀어막았다.

"캑."

그의 손바닥 위로 살짝 녹아서 형체가 물러진 알약이 보였다.

"왜……."

"나도 안 먹을래."

민수는 발끈했다.

"너는 왜,"

"의심할 게 많으니까."

"뭐?"

"너도 그런 거 아니었어?"

션에 대한 이야기를 한다는 걸, 모르지 않았다. 하지만 민수는 아무런 말도 할 수 없었다.

"그냥 이대로 놔둘 셈이었어?"

"지금 무슨 말을 하는 거야?"

"왜 자꾸 모른 척을 해?"

민수는 입을 다물고 말았다. 려상이 인상을 찡그리며 미간을 문질렀다. 저런 행동을 할 때 려상은 민수보다 나이가 더 많아 보였다. 나보다 키도 작으면서. 유치한 생각이었지만, 자존심 때문에 그렇게 생각할 수밖에 없었다.

이제 끈적해졌을 법한 약을 꼭 쥔 채 려상은 더이상 말을 잇지 않았다. 민수의 대답을 기다리고 있는 것이다. 민수는 작은 목소리로 말을 이었다.

"뭘 어떻게 할 수 있겠어. 그는 어른이야……."

려상이 맞받아쳤다.

"그 사람 말을 믿어선 안 돼."

"정말 그렇게 생각해? 나는……."

"넌 대체 그렇게 물러서 어쩌려는 거야. 제대로 생각을 해봐. 그는 위험한 인간이야. 애당초 마을 밖에서 왔잖아."

"그거야 예고리에 들어오는 순간 위험성은……."

"어른들이라고 실수하지 말라는 법 있어?"

민수는 눈을 크게 떴다. 그런 식으로 생각해본 적은 없었다. 실수라니. 어른들은 몰라도 호수의 주인마저 실수할 리는 없을 것이다. 왜냐하면…….

"왜냐하면……."

그는 당황스러웠다. 그도 그럴 것이… 아무것도 떠오르지 않았다.

려상이 고개를 주억거리다 말했다.

"물론 그 사람이 완전히 틀린 말을 한 건 아니야. 중요한 깨달음을 주긴 했지."

"깨달음?"

"생각해보라고 하길래, 생각해봤어. 덕분에 우리가 한 번도 호수의 주인을 '의심'한 적이 없다는 사실을 깨달았어."

"아……."

"외부인을 의심하는 건 당연해. 미심쩍은 걸 의심하는 것도 당연해. 그런데 왜 호수의 주인이 실수로 마을에 사람을 들인 걸지도 모른다는 의심은 하지 않는 거지?"

민수의 얼굴이 창백해졌다. 지금 려상은 자기가 무슨 소리를 하는지 알긴 할까. 행여 누가 들을까 싶어 민수는 재빨리 주위를 살폈다. 다행히 아무도 없었다.

"네가 무슨 생각을 하는지, 정말 훤히 보인다."

려상의 말에 민수는 고개를 가로저었다. 얼굴을 손바닥으로 쓸었다.

"너야말로 지금 변절자 같은 소리를 하고 있잖아."

"말은 끝까지 들어야지. 난 호수의 주인을 의심한 게 아니야. 그들이 실수한 것일 수도 있다는 가능성에 관해 이야기하는 거야."

려상은 어딘지 번들거리는 눈으로 민수를 바라보고 있었다. 입가에 맺힌 미소가 불온하게 느껴졌다. 려상은 민수를 동생처럼 취급하는 경향이 있었지만, 민수도 려상과 동질의 교육을 받아왔다. 그의 말은 그저 말장난에 불과했다. '의심'이라는 말을 입 밖에 꺼낸 사실 자체가 잘못이었다. 려상은 제 잘못을 논리적으로 포장하여 민수에게 동의를 구하고 있었다.

"나는……."

민수가 말끝을 흐렸다. 려상은 예상했을 것이다. 민수가 변변한 대꾸도 못하고 그렇다고 고개를 끄덕이지도 못한 채 결국 려상의 뜻대로 이끌려갈 거란 것을.

골목에서 사람들의 말소리가 들려왔다. 민수는 갑자기 고개를 치켜들며 말했다.

"나 먼저 가 봐야겠어."

그렇게 말하고 나니 안도감이 밀려들었다. 두 사람이 같이 있는 건 려상의 입장에서도 득 될 게 없었다. 서둘러 자리를 벗어나는 민수를 향해 려상이 무어라 말했지만, 민수는 들은 체도 하지 않았다.

골목을 나서는 순간이었다.

"네가 하지 않으면 나 혼자라도 할 거야."

려상은 단어를 짓씹듯 말했다. 중국어였다. 성조를 제대로 발음하지 않았지만 민수의 귀에는 아주 똑똑히 들렸다.

뭐를? 이렇게 물어본다면 민수는 려상에게 휘둘릴 터였다. 궁금증과 불안감에 휩싸인 채 그는 려상을 등졌다. 골목을 나와 걷다가, 마음이 쓰여 결국 다시 돌아가봤지만 그 자리엔 아무도 없었다.

바람이 휘부는 소리에 잠에서 깼다.

창문이 덜컹거렸다. 예호제의 시작을 알리듯 첫눈이 내리는 날이었다.

현관문을 열자 바로 앞에 재희가 있었다. 션은 마침 그녀를 떠올리고 있었기 때문에 크게 놀라지는 않았다.

그녀는 목도리에 거의 얼굴을 파묻다시피 하고 있었다. 추워 보였다. 얼굴을 드는 그녀의 귀 끝과 코끝이 빨갰다. 언제부터 서 있었던 걸까.

"안녕."

"……."

션의 인사에 재희는 눈만 굴렸다. 그녀의 말간 얼굴이 언젠가의
겨울과 겹쳐졌다.

"그건?"

재희의 손에 들린 목도리를 보고 션이 말했다. 그녀는 잠시 머
뭇거리더니 션과 거리를 좁혔다. 목도리가 션의 목에 둘러졌다.

어릴 적, 션의 목도리가 풀어지면 재희가 다가와서 목도리를 다
시 매어주고는 했다.

"흐트러졌어."

"그러네요."

말을 하는 건 션이었지만 행동은 언제나 재희가 빨랐다. 목도리
에 묻은 눈을 툭툭 털어 다시 감아주는 손길은 부드러웠다.

그럴 때면 션은 재희가 저택의 사용인이라는 사실을 떠올릴 수
밖에 없었다. 그는 이따금 재희를 바라보며 신기하다고 생각했을
지언정, 그녀의 어떠한 흐트러짐을 바로 잡아준다거나 돌보겠다는
생각은 하지 않았다. 어린 재희는 항상 얇은 홑겹 옷을 입고 있었
다. 빨개진 손끝으로 눈을 뭉쳐 눈사람을 만들던 재희. 그럼 션은
목도리를 칭칭 동여맨 채, 옆에서 재희가 눈사람을 다 만들기를 기
다렸다. 그 사실을 이제야 깨달았다. 수 년의 세월이 지난 뒤에.

재희가 말했다.

"갈 곳이 있어요."

"지금?"

"네."

"너랑 나랑?"

"…네."

"그럼 가야지."

눈 때문에 재희는 길을 내며 걸어야 했다. 재희를 보던 션이 앞으로 나섰다.

"내가 할게."

"괜찮아요."

"이렇게 하면 되지?"

쌓인 눈을 발로 밀면서 앞길을 막은 나뭇가지를 치우다 잔가지가 꺾이고 말았다. 힘 조절을 못했단 생각이 들었지만, 션은 짐짓 아무렇지 않은 척 헛기침을 했다. 재희는 잠시 멍해 있다가 빨개진 코끝을 문질렀다. 그 모습이 천진한 아이 같다고 션은 생각했다.

재희를 따라 눈길을 헤치며 좀 더 나아가자 자그마한 건물이 하나 나왔다. 지붕 위에 십자가가 세워져 있었다.

교회? 이런 곳에?

이상했다. 산골 구석진 곳, 사람의 발길조차 닿지 않아 눈이 잔뜩 쌓인 곳에 있기에는 더더욱.

그때, 교회의 문이 열렸다.

재희의 동공이 커졌다. 션 또한 마찬가지였다. 건물에서 나오는 사람의 수가 심상치 않았다.

검은 옷을 입은 사람들이 일사불란하게 움직였다. 얼굴을 반 이상 가린 터라 성별과 나이를 추정하기 어려웠다.

마지막으로 나온 사람은 나이가 든 남자 둘이었다. 그들은 검은 옷을 입고 있지도, 얼굴을 가리고 있지도 않았다. 마치 동네 산책이라도 나온 것처럼 발걸음이 여유로웠다.

"올해도 시작이군요."

키 큰 남자가, 옆에 있는 남자 쪽으로 고개를 돌리고 천천히 입을 열었다. 높은 사람을 대하는 듯한 정중한 태도였다.

"벌써 열… 몇 번째지?"

"열두 번째입니다."

키가 작고 통통한, 옆에 있는 남자 때문에 더욱 대비되는 모습의 남자는 멋쩍은지 큼큼거리며 그래, 열두 번, 하며 말을 이었다.

"이번에도 잘 청소해야 할 텐데 말이야."

"네, 물론 그럴 겁니다. 날이 춥습니다. 가시죠."

두 남자는 검은 무리가 가던 방향과 정반대로 천천히 걸어갔다. 선과 재희는 인적이 모두 끊기고 나서야 교회 쪽으로 발걸음을 옮겼다.

"저기는… 산 위쪽이잖아. 마을이 아닌데, 뭐가 있는 건가?"

"모르겠어요. 이 근방은 언제나 경계를 서고 있어서 가보지 못했어요."

"경계?"

재희는 고개를 끄덕이더니 교회 문 앞으로 걸어갔다.

"지금은 경계가 없거든요. 그리고."

재희가 사람들이 나왔던 교회의 문을 열었다. 문은 의외로 쉽게 열렸다.

"유일하게 연결되어 있기도 하고요."

교회 안은 넓었다. 엄숙하고 조용했다. 재희가 화려한 스테인드 글라스를 보던 션을 잡아끌며 말했다.

"약, 받은 거 있죠?"

그가 고개를 끄덕였다. 마을 사람에게서 받은 정체불명의 약 꾸러미. 영양제라고 했지만 당연히 믿지 않았다.

"먹은 건 아니죠?"

"그럴 리가."

약은 주머니 안에 남아 있었다. 성분을 파악하기 위해 남긴 약이었다. 예고리 측에서 주민들이 약을 먹었는지, 안 먹었는지 체크할 수도 있는 터라 들키지 않게끔 약의 수를 조절해뒀다. "다행이네요, 절대 먹지 마세요." 재희가 당부했다.

"지금 가야 해요."

"뭐? 어딜?"

재희가 예배당 강단을 밀기 시작했다. 션은 재희가 뭘 하는지도 모르면서 그녀를 거들었다. 바닥에 깔린 카펫을 걷으니 작은 손잡이가 보였다. 재희가 손잡이를 잡아당겼다. 어둠 속에 사다리가 보였다. 그녀가 자리를 슬쩍 비켜주었다. 션은 조심스레 다가섰다. 얼굴을 가까이 대자 지하 특유의 습하고 차가운 공기가 느껴졌다. 고개를 늘여 보니 사다리 아래로 긴 통로가, 그 너머에는 어디로 이어질지 모르는 길고 긴 계단이 보였다.

"밖으로 연결되는 통로예요."

"밖…?"

"아마, 바로 도시로 연결될 거예요. 이 산은 그런 용도로 쓰이고 있어요."

그제야 선은 재희의 말의 의도를 이해했다. 그의 얼굴이 딱딱하게 굳었다. 차가운 바람보다 재희의 말이 더 냉랭하게 느껴졌다. 선을 걱정해서 한 말일 것이다. 재희는 시종일관 여기는 위험하다며, 당신은 안전한 곳으로 가라고 경고했다.

선이 고개를 들고 그녀를 똑바로 바라보았다. 재희가 그의 시선을 피하기 전에 선이 먼저 입을 열었다.

"나 혼자? 난 못 가. 아니, 안 가."

재희가 한숨을 내쉬었다.

"도련님."

"내가 왜 네 도련님이지?"

"…네?"

"내가 왜 여기를 떠나야 하지?"

갑자기 다그치자 재희는 입을 다물었다. 당황한 기색이 역력했다.

"제가 주제넘었다면 죄송합니다, 전……."

그녀가 자신을 낮추며 말하는 소리를 듣고 있으려니 속이 쓰렸다. 그러라고 한 말이 아니었다. 선이 거칠게 얼굴을 쓸어내렸다. "젠장." 저도 모르게 목 끝까지 차오른 욕지기가 새어 나왔다. 재희가 눈을 크게 뜬 채 그를 보고 있었다. 이 정도 거친 행동을 하는 것만으로도 낯선 사람 보듯 놀란 얼굴이라니.

"히."

옛 이름을 부르자, 그녀의 모습이 예전으로 돌아간 것만 같은 느낌이 들었다. 말로 설명하긴 어려운 감정이었다. 어릴 적 션을 대하던 히의 모습에서 느껴지던 따스한 감각. 단정하고 곧은 자세. 가끔 우스갯소리를 건네면 부드럽게 호를 그리던 미소. 햇살처럼 포근했던 그때의 느낌까지. 모든 게 마치 어제처럼 생생해졌다. 션은 그것이 좋으면서도 싫었다.

"내게도 여기 남아야 할 이유가 있어. 넌 별로 알고 싶어 하지 않는 것 같지만."

션은 길게 숨을 내쉬었다. 누구에게 설명해본 적 없는 이야기였다.

"나는 어떤 조직에 속해 있어. 나름 범세계적이고 규모도 커. 날 치료했던 박사님은 조직의 구성원이었어. 그분이 날 양자로 들이면서 나 역시 자연스럽게 조직 구성원이 되었고."

"치료…?"

"그러면 내가 아무렇지 않았을 줄 알았어?"

말에 날이 섰다.

다시 만난 재희는 여전했다. 위험으로부터 션을 지키는 게 의무라는 듯 행동하고 있었다.

"난 그 세상에서 강제로 끄집어내졌어. 이유도 몰랐다고."

션이 말했다.

"그 마을에서 나온 사람들은 어른, 아이 할 것 없이 사회에 적응하지 못했어. 정신 착란을 일으키는 경우도 허다했어. 갑자기 민주주의와 평등이라는 가치를 주입하고 세상이 자본주의 기반으로 움직인다는 사실을, 이미 4차 산업 혁명의 기술이 인간 생활 속 깊이 박혀 있는 상황을, 어떻게 단번에 받아들일 수 있겠어? 그게 당연하니까? 나한텐 당연한 게 아니었잖아. 에녹이 아니라 션 필렌이라는 이름으로 불리고 나서도 한참이 지나서야 그 이름에 걸맞은 바깥사람이 되었어. 항상 어딘가 갇힌 기분이었어. 히, 너도 그러지 않았어?"

그녀의 눈동자가 흔들렸다.

"나도 예고리 안에 있어야 해. 여긴 끔찍하리만치 예전과 비슷한 환경이야. 우스운 게 뭔지 알아? 난 그게 싫지 않아. 향수마저 느낀다고. 하지만 여기가 만들어졌다는 사실을 이제는 아니까. 나는 이 마을을 없애고 여기 있는 이들을 밖으로 돌려보내야 해. 원하지 않는 사람도 있겠지. 그래도 누군가는 현실을 알려줘야 하잖아. 현실이라니, 웃기지도 않지만."

헛웃음이 나왔다. 션이 생각하는 현실은 분명히 실재했지만 순식간에 사라지는 것이었다.

"아버지는 힘없는 광신도였어. 아버지가 그들에게 이용당한 피해자라는 말은 아니야. 하지만 귀족이라는 어설픈 신분과 허무맹랑한 꿈의 궁전을 만들도록 유도하고 지원한 건 그들이야. 애초에 그런 공간이 만들어지지 않았다면, 우리는 좀 더 평범하게 살았을지도 몰라."

그런 걸 생각하던 시기가 있었다. 시골이나 도시, 어디든 상관없었다. 지위 따위에 얽매이지 않고 동등한 입장에서 서로를 바라볼 수 있다면. 자연스럽게 친구가 되어 함께 학교에 가고 시간을 보내며 함께 일상을 공유할 수 있었더라면.

가정은 사람을 지치게 한다. 션은 제 상상을 애써 몰아냈다. 히와 보냈던 시간은 거짓이 아니었지만, 가끔 자신이 너무 무기력하게 느껴졌다.

"…나를 밀어내지 마."

그녀는 잠시 소리를 죽인 채 서 있었다.

"미안해요."

이윽고 그녀가 숨을 골랐다. 션은 눈을 질끈 감았다.

"제가 하려는 것도 그거예요. 목적이 같다면 저희는 같이 있어야겠죠."

션이 눈을 떴다. 재희의 얼굴은 여전히 무표정했지만 어딘지 부드러웠다. 그녀가 '통로'라던 것을 닫으며 처음으로 그의 이름을 불렀다.

"…션."

재희는 눈사람을 만든 적이 있었다. 히라는 이름으로 불리던 무렵의 아주 추운 겨울날이었다.

"눈사람 만들어줘."

세상이 하얗게 변했다며 아침부터 자랑하던 도련님이 말했다. 그는 자신이 대단한 발견을 한 것처럼 잔뜩 들뜬 모습이었다. 의기양양한 모습에는 아이 특유의 허세가 가득했지만 히는 왜인지 그런 모습이 싫지 않았다.

눈이 오면 눈사람이라는 걸 만들 수 있다면서? 그의 갈색 눈동자가 반짝거렸다.

도련님은 눈으로 만든 사람이라는 게 정말 궁금한 모양이었다. 눈이 오면 눈사람을 만드는 거라고, 누군가 말해줬겠지. 누구일까. 히는 잔뜩 기대하는 그의 얼굴을 마주했다. 난감했지만 자신도 눈사람을 만들어본 적이 없다는 말은 하지 못했다. 고개를 끄덕이자 도련님의 얼굴이 더 환해졌다.

그녀에겐 장갑이 없었다. 도련님은 따뜻한 목도리와 장갑을 하고 두툼한 코트까지 입고서 히 앞에 서 있었다. 히도 외투를 걸치고 있었지만, 솜을 얇게 저민 짧은 외투라서 걸을 때마다 바스락거리는 소리가 났다. 목도리나 장갑은 없었다. 추위에 익숙해진 탓에 불편하지는 않았으나 그렇다고 춥지 않은 것은 아니었다. 히는 잠시 도련님을 바라보았다. 그는 히가 추울 수도 있다는 건 생각도 하지 못하는 것 같았다. 그녀가 숨을 내뱉자 하얀 입김이 공기 중으로 흩어졌다.

히는 제 등 뒤로 손을 숨긴 채 차가운 손끝을 주무르고 바닥에 소복이 쌓인 눈을 한 웅큼 그러쥐었다. 예상과 달리 눈은 손안에서 힘없이 뭉그러졌다. 당황스러웠다. 그러더니 곧 형태도 없이 녹아내렸다.

"뭐야?"

도련님이 묻자 히가 얼른 대답했다.

"아무것도 아니에요."

이번에는 적당한 눈뭉치 두 개를 만들어 쌓는 데까지 성공했다. 그러나 이내 몸통보다 큰 머리가 굴러떨어졌고, 그 다음 만든 건 모양이 이상했다.

"에이, 사람 같지 않은데⋯⋯."

도련님이 중얼거리듯 말했다. 손바닥의 감각이 점점 사라지고 있었다. 이마에는 송골송골 땀이 맺혔다.

도련님의 실망 어린 눈빛을 보고 싶지 않았다.

몇 번의 실패 끝에 그나마 그럴듯한 눈사람이 완성되었다.

히는 도련님이 눈사람을 마음에 들어 하지 않을 거라 생각했다. 겨우 모양새는 갖췄지만 잘 만들었다고 하긴 어려웠다. 게다가,

"추워⋯ 보이네요."

"어? 그런 거야?"

그가 모르겠다는 얼굴로 히를 쳐다봤다.

그때 도련님은 일곱 살이었다. 일곱 살 때, 그녀는 추위와 배고 픔을 알고 있었다. 삶에는 안락함보다 불편함이 훨씬 많다는 사실도 본능적으로 이해했다. 저와 도련님이 같을 수는 없었다. 그래도이 눈사람은 목도리도 없고 장갑도 없는데. 심지어 눈, 코, 입도 없는데, 추워 보이지 않는 걸까? 히는 대답 대신 질문을 바꿨다.

"그냥 하얗기만 하니 심심해 보이지 않나요?"

"아, 그러네."

도련님은 어떻게 해야 할지 고민하는 것 같았다. 눈사람 주위를 빙글빙글 돌고 눈사람과 눈높이까지 맞추면서 골몰했다. 히는 제 발에 걸리는 돌멩이 하나를 주워서 큰 눈덩이 왼쪽에 돌을 꽂아 넣었다.

도련님의 눈이 휘둥그레졌다.

"이게 뭔데?"

"심장이요."

어쩐지 눈코입이나 팔다리보다 가장 먼저 떠오른 것이었다. 사람의 심장은 가슴 왼쪽에서 뛰고 있다고 했다. 로자 아줌마가 알려준 지식이었다.

"심장…?"

도련님은 눈사람과 자기 가슴을 번갈아 봤다. 물론 돌은 심장처럼 기능할 수 없었다. 눈사람은 눈사람이지, 사람이 아니었다. 그럼에도 가장 먼저 필요한 건 심장이라고 생각했다. 도련님의 시선을 느낀 히가 저도 모르게 변명하려던 찰나였다.

"눈사람도 사람이구나."

"……."

"그러면 추울지도 모르겠어."

그가 씨익 웃었다. 하얀 입김이 옅게 퍼져 나갔다. 히는 왜인지 엉엉 울고 싶어졌으나 그 마음을 숨기고 또 숨겼다.

히가 만든 첫 번째 눈사람은 결국 작은 돌심장 하나만 남긴 채 녹아 사라졌다. 도련님은 그걸로도 충분하다고 했고, 눈사람 따위는 금세 잊어버렸다. 히는 가끔 그 눈사람을 생각했다. 여전히 그녀에겐 목도리도 장갑도 없었지만, 그녀는 그 저택을 나오기 전까지 매년 겨울 혼자 자그마한 눈사람을 만들었다.

활활 타오르는 불길로만 기억되던 풍경이었다. 하지만 그 안에는 차가운 눈도, 더운 바람도, 대지를 적시는 비도 있었다. 그곳에도 계절과 삶과 웃음이 있었다. 비록 자신의 신분을 철저히 숨긴 채 살아야 했지만, 그럼에도 그곳은 재희의 전부였다.

어렸던 도련님은 어른이 되었다. 자신에게 힘들지 않았냐고 묻는 모습이 낯설었다.

항상 그와 이렇게 제대로 마주하고 싶었다는 사실을 깨달았다.

그의 시간을 받아들여야 했다. 힘겨웠을 시간을 거쳐 여기까지 온 그를 똑바로 바라보아야 했다.

션.

션이 미소를 지었다. 아, 이제 이게 그의 이름이구나. 내가 재희인 것처럼 그는 션이구나. 이제 나에게는 그의 이름을 부를 자격이 있구나.

재희는 아홉 살의 그 겨울처럼 엉엉 울고 싶었으나 이번에도 잘 참아냈다.

10시까지 온다던 션이 오지 않았다. 벌써 11시가 넘어가고 있었다.

설마 무슨 일이 생긴 걸까?

그때 병실 문이 벌컥 열렸다. 주원은 슬그머니 눈을 떴다. 레시였다. 레시가 침대 옆에 놓인 의자에 앉아서 말했다.

"몸은 좀 어때?"

"…그냥. 너 보니까 좀 안 좋은 것 같기도 하고…….”

주원은 매일같이 찾아오는 레시를 볼 때마다 왠지 갑갑한 기분이 들었다.

"몸이 안 좋으면 입원 기간을 더 늘려야겠네."

"아냐. 멀쩡해!"

그가 화들짝 놀라서 대답하자 레시가 피식 웃었다. 밖이 추운지 그녀의 뺨이 발그레했다. 가만히 쳐다보자 창밖을 바라보던 레시가 눈을 돌려 주원을 보았다.

"일부러 그러는 거야?"

그녀는 딱히 대답을 들을 생각은 없다는 듯 고개를 돌렸다.

그건 주원이 하고 싶은 말이었다. 나한테 일부러 그러는 거냐고. 레시와 마주하고 있노라면 가끔씩 눈을 떼지 못하게 되고는 했다. 특별히 관심을 끄는 행동을 한 것도 아닌데, 자꾸 눈이 갔다. 주원은 그게 답답했다. 엄밀히 말하자면 레시가 잘못한 건 없었다. 그저, 그저… 주원의 입장에서는 그녀가 자신에게 뭔가를 한 것만 같아서 불편했다.

"밖에 눈이 와."

"그래서?"

"크리스마스 같아."

주원은 그녀의 옆모습을 보았다. 귓가가 붉게 물들어 있었다. 새침하고 뻔뻔한 주제에 주원이 쳐다보기만 해도 어쩔 줄 몰라 하는 레시의 모습이, 이상하게 고양감을 일으켰다.

"크리스마스 지난 지가 언젠데……."

주원은 대답하다가 주춤하며 말을 멈췄다. 그가 다시 말했다.

"여긴 크리스마스 없잖아?"

레시는 잠시 뭔가를 깨달은 듯, 하지만 크게 놀라지 않은 듯, 눈은 계속 창밖을 응시했다. 그녀의 눈빛에 약간의 체념이 깃들어 있었다. 설핏 올라간 입꼬리가 눈에 들어왔다. 잘못 말했다는 생각이 드는 찰나, 레시가 말했다.

"그러게."

"……."

"'여긴' 크리스마스가 없지."

바깥에 대해 알고 있더라도 그와 관련된 것은 입 밖으로 꺼내지 않는 게 이 마을의 규칙이었다. 두 사람 모두 규칙을 어겼다. 그러나 레시는 거기서 어물쩍 넘어가지 않았다.

"크리스마스 좋아했어?"

레시는 주원을 보며 물었다.

"아니."

"주원이라면 그럴 거라고 생각했어. 나도 그랬거든. 그런데, 그러면서도 좋았어."

레시가 쓸쓸하게 웃으며 말했다.

"내가 처음으로 받은 크리스마스 선물은 어떤 애가 잔뜩 화가 나 구겨버린 동화책이었어. 그 아이는 선물 상자 안에 장난감이 있을 줄 알았는데 책이라서 화가 났나봐. 들리는 말로 그 동화책은 홀로그램 입체 북이라고 하더라. 나는 그때까지 홀로그램이란걸 본 적이 없었어. 그래서인가, 나도 모르게 욕심이 난 거야. 그 아이 쪽으로 가서 책을 향해 손을 뻗었어."

그렇게 말하는 레시의 눈은 오전의 햇빛을 받아 생기 있게 빛나고 있었다.

"아이는 코를 틀어막으며 뒤로 피했어. 내가 길목에서 구걸하던 거지꼴이었기 때문이겠지. 책에 내 손이 닿자 바로 얼굴을 구기더라. 그 아이는 집에 가자는 부모의 손을 뿌리치고 동화책을 집어서 나한테 던졌어. 나는 피하지 않았고. 책 모서리에 이마가 찍혀서 고개가 절로 수그러지더라고. 피가 나긴 했지만 상관없었어. 눈앞에 놓인 건 생각보다 더 근사했거든. 그 책을 펼치니 어디가 고장이 난 건지 홀로그램이 나오긴 했는데 지지직거렸어. 그래도 좋았어. 정신없이 빠져들었지. 아무리 봐도 질리지가 않더라. 잠을 자는 것조차 아까웠어. 결국에는 그걸 꼭 안고 잠이 들었어. 구겨지고 고장 난 책을 소중하게 품고 말이야."

레시는 자조적으로 웃었다. 주원은 아무런 말도 할 수 없었다. 섣부른 위로를 하기 싫어서 그런 것은 아니었다. 그저 아무런 말도 떠오르지 않았다.

"거봐, 이런 말을 해도 넌 나를 불쌍하게 보지 않잖아."

레시는 주원의 반응을 그렇게 해석했다.

"……."

"웃기게도 그 책은 내 삶의 원동력이 되었어. 바깥이 누구에게나 평등하다고 생각해? 아니야. 불평등을 가리는 방식이 더 견고해졌을 뿐이야. 크리스마스 선물이 마음에 안 들어 집어던지는 사람이 있는 반면, 누군가가 버린 것을 소중히 품는 사람도 있어."

레시는 잠시 뜸을 두다가, 침묵이 무겁게 내려앉을 즈음 입을 열었다.

"너랑 나, 예전에 만난 적 있다고 내가 말했었나?"

전혀 예상치 못한 말이었다.

"너한테는 별로 안 좋은 기억일 수도 있어서, 나만 기억하려고 했는데."

"……."

"어릴 때 어떤 마을에 간 적이 있어. 물론 내가 원해서 간 건 아니야. 부모님이 생겼다며 누가 날 데리고 가더라고. 그때 얼마나 기뻤는지 몰라. 그들이 나를 제물로 쓸 줄도 모르고. 멍청하게."

그 말을 듣는데 숨이 턱 막혔다. 제물. 주원은 레시가 말하는 마을이 어디인지 알 것 같았다. 유년기의 기억이 생생하게 떠올랐다.

레시의 목소리가 평소와 달리 조금 떨리고 있었다. 레시는 말하는 내내 주원을 쳐다보지 않았다.

"제물이 된다는 말을 듣고도 나는 그냥 고개를 끄덕였어. 우는 게 죽기보다 더 싫었어. 죽더라도 아름답게 죽고 싶었어. 추하게 울고 싶지 않았어. 그들이 마련한 상자에 들어가기 직전에, 무슨 일이 있었는지 알아? 내가 백 번째 신자가 아니라는 거야. 게다가 남자아이가 아니면 안 된다더라. 운이 좋았대. 모두 선심 쓰듯 내 목숨을 구해준 것처럼 말하더니, 남자아이 하나를 더 데려왔어. 근데 걔가… 울더라. 그 아이를 가둬놓은 네모난 상자 안에서, 빛이 없어지자마자 울음소리가 들려왔어. 너무 시끄러웠어. 그 소리가 귓가에 들러붙어서 떨어지지 않았어. 그 울음이… 마치 내가 울지 못한 그날의 울음처럼 들리더라고."

그녀가 피식, 바람 빠지는 소리를 내며 웃었다.

"나는 영악한 아이였어. 어른들을 속이고 바깥으로 연락을 취했거든. 힘이 될 만한 사람을 불렀어. 공교롭게도 그가 FAKE 쪽 인간이긴 했지만. 마을이 뒤집어지면서 나는 FAKE 쪽 인간에게 거둬졌어. 만약 내가 부른 사람이 Take.B였다면 어땠을까, 싶기도해. 어쨌든 나는 살았고 무사히 밖으로 나갔어. 그 뒤로는 모두가 예상할 만한 이야기. 그때 그 남자아이를 언젠가 한 번쯤 만나보고 싶었는데… 그 아이도 살아 있다면…….”

“레시.”

주원은 혼란스러웠다. 레시가 하는 말을 어디까지 믿어야 할지 알 수 없었다. 어디서 자신에 대한 정보를 듣고 지어낸 말은 아닐까. 그런데 그게 아니라면 나는, 나는… 어떻게 해야 하는 거지?

“너랑 나랑 닮았다고 생각하지 않아? 너도 Take.B가 완벽한 선이라고 생각하는 건 아니잖아. 게다가 우리를 막는 것이 대의라고 생각하지도 않고.”

레시는 대놓고 서로가 속한 조직에 대해 이야기했다.

“우린 적이야. 하지만 너는 어디에 있든 상관없는 사람처럼 보이니…….”

레시가 주원을 향해 물었다.

“김주원, 내가 있는 곳으로 올래?”

생각할 필요도 없는 제안이었다. 거절하는 게 맞았다. 그래야만 했다. 하지만 주원은 그러지 못했다. 그녀의 의도가 바로 이것이라는 사실을 깨달았다. 널 누구보다 잘 이해할 수 있는 건 나야. 레시가 말하고자 하는 바는 오만하고 당돌했다. 하지만 어떻게 보면 진실에 가깝기도 했다.

주원은 레시를 동정하지 않았으나 그녀가 한 말을 이해했다. 차가운 바닥의 냉기와 그보다 더 차가운 시선. 자신이 언제든 짓밟힐 수 있는 벌레가 된 듯한 감각. Take.B라는 조직에 속해 있었기에, 주원은 그 시선에서 벗어날 수 있었다. 만약 주원이 고아가 아니었다면, 사회에서 요구하는 무언가를 충족시킨 사람이었다면. 그럼에도 과연 그 마을의 백 번째 제물이 되는 일이 있었을까?

"레시, 난……."

그때, 병실 문이 벌컥 열렸다. 두 사람의 시선이 문을 향했다. 침입자는 문고리를 잡은 채 고개 숙이고 가쁘게 숨을 몰아쉬었다. 제시였다. 급하게 달려온 것 같았다. 제시의 눈동자가 불안하게 떨리고 있었다.

"무슨 일이야?" 주원이 물었다.

"그, 그게……."

제시는 주원과 있던 레시를 발견하고 숨을 들이켰다. 예상대로 레시의 얼굴은 굳어 있었다. 주원이 레시를 막았다.

"괜찮아."

레시가 못마땅하다는 듯이 혀를 찼지만 그뿐이었다. 주원은 제시의 앞으로 다가가 허리를 숙여 눈을 맞췄다.

"션… 션이."

제시가 울음을 터뜨리며 말했다.

"마을에 해를 입혔다면서… 지금 마을 사람들이 션을 찾으러……."

그 말이 채 끝나기도 전에 주원은 병실 구석에 있는 옷장으로 성큼성큼 걸어가 겉옷을 꺼냈다. 신발을 갈아 신고 뒤를 돌아보았다. 그러더니 레시를 향해 싸늘하게 말했다.

"네가 바란 게 이거였어?"

"뭐? 아니야!"

주원은 제시를 한손으로 끌어다 안아 들었다. "한순간이나마 널 믿으려고 했던 내 잘못이지."

주원은 차갑게 일갈하고서 밖으로 나갔다. 머리가 어질어질하고 속이 답답했다. 어릴 적에 정말로 그녀를 만났던 걸까. 지금껏 연기라고 생각했던 레시의 감정이 어쩌면 거짓이 아닐지도 모르겠다는 생각이 들었다. 그게 주원을 힘들게 했다. 그는 어느새 뛰듯이 병원 출입문 쪽을 향해 걸어가고 있었다.

션은 노출되었다. 찾는 중이라고 하니 아직 붙잡힌 건 아니겠지. 예상하지 못했던 상황은 아니지만 최악의 시나리오였다. 일단 최대한 빨리 션과 만나야 했다.

주원은 지금까지와는 전혀 다른 속도로 달리기 시작했다.

교회당에서 나온 션과 재희는 마을로 내려갔다. 앞으로 어떻게 할지 이야기를 나누지는 않았지만, 션은 막연하게 재희와 함께 지낼 수 있으리라 생각했다. 그 사실만으로도 기분이 들떴다.

"그러고 보니 서가는 어디서 구한 거야?"

션이 물었다.

"재료만 밖에서 샀고 조립은 제가 했어요. 비싸긴 하지만 그런 물품을 취급하는 소매상이 있거든요. 목적만 잘 말하면 팔아주더라고요.”

재희가 대답했다.

“그걸 직접 만들었다고?”

“네. 별로 어려운 일도 아니죠.”

선은 짐짓 놀랐지만, 저택에서 재희가 하인들과 함께 궂은일을 도맡아 했다는 사실을 기억해냈다.

“…의외라는 눈이네요.”

“아, 아냐. 그냥…….”

그런 일을 하지 않았으면 했다. 어렸을 때는 헤아리지 못했다. 신경조차 쓰지 않았다. 그런데 이제 와서 재희가 그런 일을 하지 않았으면 좋겠다고 생각하다니. 어째서?

선을 물끄러미 바라보던 재희가 말했다.

“그거 편견이에요.”

그러고는 잠시 고민하다 덧붙였다.

“저 힘 세요.”

까만 눈동자가 선을 향했다. 선은 침을 꿀꺽 삼켰다.

“응.”

그의 목울대가 크게 움직였다.

“…정말 다르네요.”

“…뭐, 뭐가?”

당황해서 말을 더듬었다. 찬바람이 이는데도 얼굴이 화끈거렸다. 재희가 그런 선을 보다가 웃음을 터뜨렸다.

환하게 웃는 재희의 얼굴이 그의 마음에 강하게 박혔다. 뭔가가 그를 꿰뚫고 지나간 듯했다. 주인과 사용인이라는 입장 차이 때문인지, 재희는 션 앞에서 허물없이 크게 웃은 적이 없었다. 즐겁다는 듯이, 기쁘다는 듯이 휘어진 재희의 눈매를 보니, 션은 눈을 감을 수도, 깜빡일 수도 없었다.

션은 무심코 손을 뻗어 재희의 뺨을 감쌌다. 그녀의 얼굴이 한 손에 들어왔다. 재희는 굳은 것처럼 가만히 있었다. 션은 뒤늦게 흠칫 놀라며 정신을 차렸다.

"미, 미안!"

머저리 같은 행동을 두 번이나 했다. 그는 걸음을 뒤로 크게 물렸다. 아니, 그러려고 했다. 재희가 션의 팔을 잡았다.

"거기 돌부리 있어요."

아. 제 뒤를 돌아본 션이 멍청한 소리를 냈다. 재희가 그를 바라보다 앞장서서 걸어갔다. 션은 재희의 뒤를 따랐다.

션은 잠시 고민하다 물었다.

"근데 아까 다르다는 게… 무슨 의미야?"

"아, 그거요."

재희가 뒤돌아서면서 말했다.

"당신이 제 눈치를 보는 점이요."

그러면서 옅은 미소를 지었다. 무척 후련해진 것 같은 얼굴이었다.

션이 이상 징후를 감지한 건 마을 가까이 내려와서였다.

한 블록만 건너면 집이었다. 평소와 달리 인기척이 느껴졌다.

그는 재희의 앞을 팔로 가로막으며 그녀를 제 뒤로 두었다. 재희는 의문을 표하면서도 순순히 움직였다.

"…우리 집에 손님이 온 것 같은데."

션이 모호한 미소를 지었다.

"나를 찾아올 손님은 없거든. 그것도 저렇게 많이."

집중해보니 부스럭거리는 소리가 꽤나 부산스러웠다. 적어도 열댓 명, 아니면 스무 명이 넘을 수도 있겠다.

"보이는 거예요?"

재희가 물었다.

"아니."

그러면? 이라고 묻는 듯한 눈을 보고 션이 대답했다.

"느낌?"

"아… 느낌."

"거짓말 아닌데."

션은 울컥해서 말했다. Take.B에서 받은 모든 훈련을 일일이 거론하면 자신이 너무 유치한 사람이 될 것 같았다. 사람의 오감, 나아가 육감이라 부르는 능력을 키우는 방법은 무궁무진했다. 훈련을 받으며 몇 번이나 생명의 위협을 느낀 적도 있었다. 아찔한 기억을 떠올린 션은 머리를 털어 잔상을 날려 보냈다.

둘은 일단 재희네 집으로 향했다.

재희의 말에 따르면, 축제 첫날에 가장 붐비는 곳은 광장이었다. 반대로 사람의 왕래가 가장 적은 곳은, 호숫가에 있는 가외 주택가였다.

"광장에 모일 때 맞춰야 하는 최소 인원이 있어요."

"최소 인원?"

재희가 고개를 끄덕였다.

"예고리는 어디든 그래요. 어딘가에 갈 때, 함께 이동해야 하는 최소 인원수가 정해져 있어요. 축제 기간에는 그게 더 심해서 꼭 맞춰야 해요."

션이 의아해하며 물었다.

"그런 조항이 있었던가? 예고리에 들어올 때 마을 규정과 지침서를 모두 읽었는데."

읽기만 했을까. 션과 주원은 그 내용을 두 파트로 나누어 달달 외웠다. 자다가 일어나도 줄줄이 읊을 수 있을 정도였다.

"이 조항은 예고리에 거주한 지 2년이 지나기 전에는 안 알려줘요."

"아……."

외부인의 출입이 의외로 쉽다고 느낄 만했다. 예고리의 핵심적인 규칙은, 외부인이 내부인으로 변할 만큼의 시간이 지난 뒤에야 알려주는 모양이었다. 마을은 철저하게 통제되고 있었다.

조금 돌아가는 길이 되긴 했지만 두 사람은 언덕을 넘어 호수 반대편으로 넘어갔다. 호수의 전경이 보이는 길목으로 들어섰을 때였다.

"…!"

션은 무언가에 부딪혔다. 부딪힌 상대방이 놀란 듯 발걸음을 뒤로 물렸다. 민수였다.

민수는 온몸이 땀범벅이었다. 한참을 뛰어다녔는지 숨을 거칠게 몰아쉬었다. 그는 헉헉거리면서도 급한 듯 말을 이었다.

"마을 사람들이 션을 찾고 있어요!"

민수는 말하며 션을 바라봤지만 막상 션과 눈이 마주치자 시선을 피했다.

"그게 무슨 말이야?"

션이 물었다.

"호수의 주인을 통해 지령이 내려왔어요. 션은 마을을 해하려 왔으니… 발견하는 즉시 알려야 한다고요."

"그걸 나한테 순순히 털어놓는 저의는?"

냉정한 션의 말에 충격을 받은 듯 민수가 뻣뻣하게 굳었다. 나쁜 의도로 그랬을 거라 생각하지 않았지만 날이 선 말투는 어쩔 수 없었다. 배신자로 몰렸다는 것은 자신의 정체가 탄로 났다는 뜻이었다. 병원에 있을 주원도 위험했다. 나아가 이 프로젝트 자체가 무산될 가능성도 있었다. 최악의 상황을 염두에 둔다면, 그 누구도 믿어선 안 됐다.

"도와줘야겠다고 생각했으니까요!"

민수는 억울한 듯 씩씩거렸다. 서러운 듯 눈이 촉촉해졌다.

"제 잘못이라고… 생각했으니까요. 그래서, 그래서……."

재희가 파르르 떠는 민수의 손을 꽉 붙잡으며 강한 어조로 말했다.

"괜찮아, 민수 넌 잘못한 거 없어. 말해줘서 고마워."

차분한 말투로 다독이자 그가 고개를 끄덕이며 안정을 되찾았다.

"사람들은?"

재희가 묻자 민수가 고개를 내저었다.

"역시 그렇네요." 재희는 확신하는 말투였다.

"뭐가?"

션이 되물었다.

"마을에 배신자가 나타났다는 위급한 상황에서 서로 소통하지 않고 있는 거예요. 각자의 판단이든, 상부의 지시든. 어쨌든 상부의 의도대로 되고 있는 거죠."

그렇다면… 션이 무언가를 깨달은 듯한 얼굴로 재희를 바라보았다. 그녀가 고개를 끄덕였다.

"적어도 지금, 예고리는 누구도 믿지 않는 상태라는 겁니다."

민수는 려상을 찾겠다며 먼저 길을 나섰다. 션은 민수를 말리려 했지만 그런 그를 오히려 재희가 막았다.

"괜찮아요. 우리랑 떨어져 있는 편이 민수에게도 나을 거예요."

"그래도 어린아이야."

"민수가 그냥 어린아이처럼 보이나요?"

재희는 말을 하면서도 씁쓸한 기색을 지우지 못했다. 민수는 재희가 자신을 치켜세워준다고 느꼈는지 아까와는 다르게 굳건한 얼굴이었다.

"션이 말해줬잖아요. 납득할 수 없다면, 받아들이지 말라고요."

션이 얼떨떨하게 고개를 끄덕이자 민수는 환하게 웃었다.

"저도 제가 믿는 길을 갈 거예요. 려상에게도 그걸 알려줘야 하고요."

　길쭉하고 폭이 좁은 재희의 집은 눈이 쌓이자 마치 높다란 얼음
성처럼 보였다.
　"아이싱 쿠키 같아."
　션이 말하자 재희가 웃었다. 아이싱 쿠키처럼 맛있고 고급스러
운 음식은 어린 션에게도 특별한 다과였다. 배가 부르다면서 몰래
챙겨놓고 처음 재희에게 먹였을 때, 이런 예쁜 걸 먹어도 되냐고
묻던 얼굴이 선했다. 같은 생각을 한 걸까? 션은 어쩐지 간질간질
한 기분이 들었다.
　"전 아이싱 쿠키 맛없더라구요."
　"뭐? 하지만 넌……."
　"당신이 줘서 먹었을 뿐이에요."
　벙쪄 있는 션의 표정을 보고 재희가 하하하 웃었다. 그녀를 따
라 집 안으로 들어가며 션은 생각했다. 자신과 함께 있던 시간 동
안 재희는 얼마나 많은 걸 숨기고, 드러내지 않았을까. 자신이 변
했듯, 재희도 변했다. 아니, 사실 나는 재희를 제대로 알지 못했던
걸지도 모른다.
　불을 켜자 어두운 집 안이 밝아졌다. 창에 붙어 얼어버린 눈 때
문에 바깥이 더욱 어두워 보였다.
　커튼이 만들어내는 인위적 차단과 달리, 눈은 자연스러운 가림
막 역할을 했다. 의도하진 않았지만 지금 상황과 딱 들어맞았다.
　"일단, 저희는 여기서 준비하고 호수로 가죠."

"준비?"

"당신은 신분이 노출됐어요. 호수로 가기 위해선 광장을 가로질러야 하기 때문에 어느 정도의 위장은 필요할 거예요."

"그렇군."

션은 대답하며 아직 재희와 얘기하지 않은 한 가지 내용을 떠올렸다.

"너는 호수의 주인에 대해 알고 있어?"

재희가 션을 쳐다보았다.

"그건 예고리 안에서는 FAKE라는 이름을 쓸 수 없기 때문에 지어낸 일종의 상징이죠. 당신도 어느 정도는 예상하지 않았나요?"

왜인지 나무라는 느낌이다. 션은 떨떠름하게 대답했다.

"섣불리 판단할 순 없었어. 어디까지 연관되어 있는지도 모르고."

"'호수의 주인'이라는 표현 때문에 그게 단체인지 사람인지, 어떤 의도로 예고리에 지령을 내리는지 모호해지는 거예요."

"호수에서 무슨 일이 벌어질지 너는 알고 있는 거야?"

션이 호수로 가고자 하는 목적과 동기는 확실했지만, 재희의 목적에 대해서는 알 수 없었다. 재희는 잠시 침묵했다 말을 이었다.

"아이들은 열다섯이 되면 명예롭게 마을 밖으로 나갈 기회가 주어져요. 예고리에서 말하는 '수호자'라는 칭호를 얻고 나가게 되는데, 수호자는 호수의 주인을 도와, 말 그대로 마을을 지켜주는 존재로 인식돼요. 훗날 수호자 중 한 명이 호수의 주인이 된다고 하더군요. 마을 밖으로 선별되어 나가는 거죠. '호수'라는 상징적인 공간에서 선별 후, 호수를 지나 교회당으로 나가는 게 아닐까요."

재희가 모르고 있는 게 있었다. 션이 예고리에 오며 지시받은 사항이 무엇인지 재희는 알지 못했다. 재희와는 다른 이유였지만, 션도 호수에 가야만 했다. 거기에서 해야 할 일이 있었다. 그 일이 끝나면 이번 프로젝트는 마무리될 것이었다.

재희에게 그 프로젝트에 대해 말해야 할까?

그는 조직의 기밀사항을 말해도 될지 고민이 들었다.

"션?"

재희가 그를 불렀다.

"당신도 뭔가 아는 게 있는 건가요?"

"……."

그녀가 끝까지 물어본다면 대답할 수밖에 없었다. 재희에게 거짓말은 하고 싶지 않았다.

"나중에 알려주세요."

"그래도 돼?"

"네. 당신이 원한다면."

재희는 미련 없이 돌아섰다. 항상 그랬다. 그녀는 모든 것에 미련이 없었다. 그러니 그때도, 불길이 치솟는 저택 앞에 나를 두고 그대로 가버린 것 아닐까?

"이 마을에선 당신과 주원을 쫓고 있어요. 무기도 없이 어떻게 대응할 생각이에요?"

"무기는 결국 사람이 만드는 거야. 시간만 있다면 무기를 만드는 것도 가능해."

"탁상공론이네요."

"…진짠데."

미심쩍어하는 듯한 그녀의 눈길에 션은 이것저것 부연 설명을 했다. 우리는 그런 훈련을 받았으며 로프와 나뭇가지만 있어도 만들 수 있는 무기는 꽤 많다고. 새총이나 막대기도 누가 쓰느냐에 따라 살상력이 높아질 수 있다고… 얘기하면 할수록 허풍처럼 들렸겠지만.

그러나 얘기를 듣고 난 재희의 반응은 션의 예상과 사뭇 달랐다.

"훈련 같은 걸… 받은 건가요."

"받았지."

"…몰랐어요."

"그렇지? 말을 안 했으니까."

"아니, 그게 아니라……."

그녀는 입을 다물고 어딘가 석연찮은 얼굴로 시선을 피했다. 왜지? 내가 뭘 잘못했나?

"당신이 잘못한 건 아니에요. 그저……."

아무래도 마음속 말이 밖으로 튀어나온 모양이었다.

"도련님은 곱게 자랐는데… 훈련이라니……."

"뭐?"

그의 반문에도 재희는 아랑곳하지 않았다. 눈썹이 축 처지더니 나이 든 부모처럼 션을 바라보았다.

"진심으로 하는 소리야?"

"그러면요."

"재희. 난 그때의 내가 아니야."

"알아요."

그녀가 고개를 돌리며 대답했다. 하지만 그 목소리 끝은 미미하게 갈라졌다. 아. 순간 어떤 깨달음이 션의 머리를 스쳤다.

"너… 설마 장난친 거야…?"

"아니요?"

재희의 목소리에 웃음기가 담겨 있었다.

"맞는데?"

그녀의 어깨는 이미 들썩이고 있었다. 웃음을 참는 소리도 들리기 시작했다.

"처음엔… 장난이 아니었는데, 당신이 너무 진지하니까…….."

피딱지 진 얼굴로 글자를 공부하던 재희의 옆얼굴이 생각났다. 그 상처가 아물 때까지 션은 매번 마음을 졸였다. 도련님, 글자란 건 정말 신기한 것 같습니다. 상기되어 발그스레해진 볼에는 황홀함마저 깃들어 있었다. 눈을 빛내며 질문하는 모습이 좋아, 자꾸만 보고 싶어졌던 탓에 일부러 조금씩만 알려주었던 걸 너는 알고 있을까.

선하게 휘어지는 눈매를 보며 션은 깨달았다. 재희를 보기만 해도 만족스럽던 시기는 지났다. 그 얼굴이 자신을 향하자, 욕심이 생겼다. 언제까지고 이런 얼굴을 마주하고 싶다는 욕심. 떠나보내기 싫은 마음. 강렬한 소유욕. 재희는 물건이 아니었다. 나는 아직 그때의 계급 사회 속 가치관을 버리지 못한 건가. 무엇보다 그 안에 재희의 '의지'는 없었다. 션은 헛헛한 웃음을 흘리고 말았다. 재희가 물었다.

"왜 웃어요."

"너는?"

"글쎄요."

그러면서도 미소를 지우지 못한 그녀의 눈동자엔 장난기가 서려 있었다. 그건 무척… 사랑스럽게 느껴졌다.

"시간이 없으니 빨리 준비하죠."

그렇게 말한 재희가 성큼성큼 걸어가 옷장을 열어젖혔다. 그녀는 구석에 있는 옷더미를 쭉 끌어왔다. 무채색의 두툼한 겨울옷이었다. 하지만 그보다도 션의 눈에 들어온 건 다른 것이었다.

"왜 남자 옷이⋯⋯."

"뒤돌아요."

"뭐?"

재희가 빠른 몸놀림으로 셔츠 단추를 풀기 시작했다. 션은 놀라서 바로 뒤돌아섰다.

옷가지가 바스락거리는 소리가 들렸다. 진땀이 났다. 션이 두 눈을 꾹 감고 주먹을 꽉 쥔 찰나, 그녀가 말했다.

"저도 열일곱까지는 남자로 살았거든요."

션은 그녀를 뒤돌아봤다. 가죽신과 통이 큰 카고 바지, 그리고 재킷까지 걸친 재희가 보였다. 전체적으로 품이 큰 옷이었다. 남자처럼 보이기 위해 어떤 부분을 가리고 강조해야 할지 잘 아는 사람의 옷매무새였다. 재희는 키도 큰 편이었다. 어깨로 시선이 닿자, 그녀는 으쓱해 보였다. 가녀린 어깨를 숨기기 위해 뭔가를 넣은 것 같았다.

전체적으로 호리호리한 남성의 모습이었다. 그녀의 긴 머리카락만 빼면.

재희는 자신의 머리칼로 향하는 션의 눈길을 피하지 않고 가만히 서 있었다. 그러더니 선반 위로 손을 뻗었다. 가위를 집어 든 재희는 망설이지 않고 자신의 머리카락에 가위를 가져다 댔다. 션이 재희의 손목을 낚아챘다.

"뭐 하는 거야?"

"네?"

재희도 적잖이 당황한 것처럼 보였다.

"머리를."

알고 있었다. 타인에게 의심의 여지없이 남자처럼 보이려면 아예 짧게 잘라야겠지. 예전처럼. 납득이 되지 않는 건 아니었지만, 저도 모르게 손이 먼저 나갔다.

"내, 내가 잘라줄게."

"…네? 정말 괜찮으시겠어요?"

재희가 드물게 불안한 눈빛으로 물었다. 션은 고개를 끄덕였다. 남의 머리를 잘라본 적 없다는 말은 구태여 하지 않았다.

재희의 머리카락 한 줌을 잡았다. 제법 부드러웠다. 잠시 잊고 있던 긴장이 몰려왔다. 가위를 든 손이 미세하게 떨렸다. 짧게 치기만 하면 되니 괜찮을 것이다. 하지만 막상 자르려고 하니 긴장이 되는 건 어쩔 수 없었다. 망쳐도… 망쳐도 재희는 예쁘지 않을까? 션이 혼란스러워하는 사이 이상한 낌새를 눈치챈 재희가 고개를 돌렸다.

"션."

재희가 션의 손목을 붙잡았다. 떨림은 멈췄지만 가위를 든 손에는 도통 힘이 들어가지 않았다.

"그냥 제가 할게요."

그녀는 옅게 웃었다. 션이 말했다.

"그냥 우리가… 차라리 부부인 척하는 게 어떨까…?"

정적이 흘렀다.

재희는 눈만 끔뻑거리다 아, 하며 말꼬리를 흐렸다.

"이곳에선 결혼하려면 이웃들이 증인이 되어줘야 해서……."

"그러면 연인이라든가…!"

"…네?"

화들짝 놀란 재희의 표정을 보니 낭패감이 들었다. 무슨 말을 해도 수습이 안 될 것 같아서 차라리 제 입을 꿰매버리고 싶었다.

션이 처연한 표정을 지으며 가만히 있자, 재희가 말했다.

"…나쁘지 않네요."

션은 자신의 귀를 의심했다. 재희가 눈썹을 살짝 아래로 늘어뜨리며 미소 지었다.

"그래도 머리는 잘라야겠어요. 사람들이 자연스럽게 스쳐 지나갈 수 있게 보여야 해서… 깔끔하게 자르고, 가발을 쓰는 걸로 할게요."

그녀는 션에게서 가위를 가져가려 했다. 션은 순간 정신이 든 듯 재빨리 말했다.

"아니야, 할 수 있어!"

마음 한구석에선 재희의 지금 이 모습을 오래 볼 수 있길 바랐다. 지금의 재희를 지우고, 다시 어릴 적처럼 무언가를 숨겨야 한다는 것이 내키지 않았다.

재희가 떨떠름한 표정을 지으며 조용히 눈을 감았다. 무언의 허락처럼 느껴졌다.

싹둑, 하는 소리와 함께 그녀의 머리카락이 잘려 나갔다. 재희는 미동도 없었지만 션은 안절부절못했다. 빨리 해야 되는데. 손에 땀이 나서 여러 번 닦아냈다. 재희의 앞머리를 다듬고 있는데 갑자기 재희가 소리 없이 눈을 떴다.

순간, 시간이 멈춘 듯했다.

이마가 맞닿으리만치 가까운 거리였다. 그녀의 동공에 비치는 제 모습까지 보일 정도로 가까웠다. 션은 그대로 굳어버렸다. 숨 쉬는 것도 잊은 듯했다. 떨어져야 하는데, 몸은 꿈적도 하지 않았다.

"…다 된 거예요?"

"…응."

재희는 마치 션이 고운 소년처럼 보였다. 성인이 될 때까지 그 저택에서 살았다면, 션은 매일 이런 모습을 한 재희를 마주했을지도 모른다. 그녀는 어색한 듯 제 머리를 만지고는 일어섰다.

"조금 길지 않아요?"

"아니야. 그 정도가 좋아."

재희는 거울에 비친 자신의 머리 모양새를 천천히 살펴보다가 말했다.

"감사합니다."

션은 말없이 고개를 끄덕였다.

"그러면 이제 제대로 준비해 볼까요?"

구석에서 가발과 옷가지를 꺼내온 그녀가 션을 향해 웃어 보였다.

잘한 일일까?

려상은 반질반질 윤이 나는 테이블의 중앙을 노려보며 생각했다. 손이 닿기에 애매한 자리인데도 유독 맨들거렸다. 바로 위에 조명이 길게 빛을 드리우고 있었다.

문이 열리는 소리가 들렸다. 려상은 흠칫 놀랐지만 최대한 티내지 않으며 천천히 고개를 돌렸다. 안으로 들어온 중년 남자는 려상과 눈이 마주치자 사람 좋게 웃음 지었다.

"그래. 이번에 최연소로 나가는 아이가 자네로군."

남자는 려상에게 손을 내밀어 악수를 청했다. 얼결에 려상은 그 손을 맞잡았다.

지금 이 순간은, 려상이 여태껏 바랐던 순간이었다. 려상은 빨리 어른이 되어 재희의 옆에 나란히 서고 싶었다. 열다섯이 되기 전에 이 마을을 나가는 사람은 지금껏 전무후무했다. 하지만 이상했다. 명예로운 일이지만 기쁘지 않았다.

이게 정말 내가 원했던 것인가? 려상은 혼란스러워졌다.

몇 시간 전, 려상은 '외부인의 집'을 방문했다. 계획은 없었다. 그저 무언가를 해야겠다는 생각이 들어 무작정 간 것이었다.

지금까지 한 번도 외부인인 적이 없었기에, 려상이 '외부인의 집'에 온 것은 이번이 처음이었다.

재희도 이곳을 지나왔을 것이었다. 션도, 주원도. 여러 어른이 '외부인의 집'을 지나 예고리로 왔다.

문을 두드렸다. 려상은 안에서 아무런 소리도 들리지 않자 그냥 문을 열고 들어갔다.

건물의 안은 무서우리만치 희었다. 기묘한 공간이었다. 정중앙에 서 있던 여자가 입가에 호를 그리며 웃었다.

"예고리에 오신 것을 환영합니다."

려상이 대답하지 않자, 알아듣지 못했다고 생각했는지 여러 국가의 언어가 나왔다. 같은 뜻일 외국어가 계속 이어지자 그는 냉큼 대답했다.

"알아들었어요!"

"네. 그러시군요. 이곳은 '외부인의 집'입니다."

상냥하지만 고저 없는 말투였다. 릴리라고 소개한 그녀는 외부인의 집에 관해 설명했다. 려상은 난감한 기분을 느끼며 그녀에게 자신이 '내부인'임을 설명했다. 릴리의 반응은 예상 밖이었다.

"알고 있습니다."

"네?"

"려상, 당신이 이곳 예고리에서 태어나 12년간 살아온 내부인이란 걸 제가 알고 있다는 말입니다."

그러면 굳이 려상을 외부인 대하듯 한 이유는 뭔가. 그는 황당해져 릴리를 쳐다보자 그녀가 말했다.

"행정상 절차입니다. 저 문을 넘어온 사람에 대한 기본적인 수

순입니다."

그는 뒤를 돌아봤다. 두꺼운 나무 문이 보였다. 그가 다시 고개를 돌렸을 때, 잠시 번뜩이는 릴리의 눈동자를 본 것 같았다.

"이곳에 오신 이유는 무엇인가요?"

려상은 주춤했다. 릴리의 질문에는 왜인지 날이 서 있었다.

무슨 말부터 해야 하지? 려상은 그저 의심의 대상을 제거하고 윗선에서 뭔가를 해주길 바랄 뿐이었다.

가장 효과적인 말을 찾아야 했다.

"입주민을 고발하려고요."

"왜죠?"

릴리는 평이하게 응수했다.

"의심스러우니까요."

의심. 그 단어에 릴리의 말끔하고 기계적인 얼굴에 균열이 생겼다. 짧은 침묵 후 그녀가 말했다.

"모든 입주민은 평등해야 한다는 사실을 알고 있으시죠? 그들에게는 권리가 있습니다. 확실한 정보가 없다면 의심하면 안 됩니다, 꼬마야."

마지막 말은 신경질적이었다. 아, 이 사람은 내 말을 들어줄 생각이 없어. 그런 시늉만 하는 거야. 그마저도 이젠 귀찮은 거고.

이런 깨달음과 별개로 려상은 무척 당황했다. 여태껏 이런 취급을 받아본 적이 없었다. 네가 갖고 있는 것은 아무런 가치가 없다는 듯한 태도. 려상의 심장이 빨리 뛰기 시작했다. 계속 생각했다. 선과 재희의 관계, 그리고 그 두 사람과 려상 사이에 연결고리가 있다면 그게 무엇일까 하고 말이다. 미래 일자 책을 가지고 있는 재희. 또래도 친구가 될 수 있다고 해준 재희. 재희를 아는 션. 호수의 주인이 누구인지 묻는 주원. 당연한 게 아니니 다시 생각해보라고 했던 션. 션을 바라보던 재희. 재희의 집 앞에 앉아 있던 션. 가끔씩 먼 곳을 바라보던 재희. 시선이 닿는 곳에 션이 있을 때 그녀가 짓던 표정.

재희에게 해를 입히고 싶지 않았지만, 재희와 션이 함께 있는 모습을 보고 싶지도 않았다. 션은 려상을 위협했다. 려상의 믿음에 흠집을 냈다. 우습게도 션이 의도한대로 균열이 생기고 있었다. 상상력이 과한 걸지도 모른다. 그렇지만……

려상이 말했다. 속에서 여러 번 담금질하며 고민한 문장이었다.

그가 그 말을 내뱉었을 때, 릴리는 미소를 지우고 굳은 표정으로 려상을 보았다.

"려상 군, 괜찮은가?"

남자의 물음을 들은 려상은 퍼뜩 정신을 차렸다. 잘한 일일까. 똑같은 의문이 자꾸만 꼬리를 잡고 이어졌다. 려상이 릴리에게 말하자 려상을 대하던 릴리의 태도가 순식간에 바뀌었다. 자리를 옮기고 중년 남성을 만나게 된 려상은 내내 감시받는 것처럼 불편했다.

"네, 괜찮습니다."

"큰 재목이 된 걸 축하하네. 앞으로의 삶에 희망이 깃들기를."

잡은 손을 한 번 더 흔들고는 남자의 손이 떨어져 나갔다. 어쩐지 털어내는 것 같다고 느끼며 려상은 허전해진 손을 쳐다보았다.

잘한 일일까?

"그런데 왜요? 왜 제 말을 믿어주는 거죠?"

려상은 마을 밖으로 나갈 것이다. 호수의 주인에게 선택받았고, 그 이유는 선을 고발했다는 점이었다. 하지만 믿지 않았잖아. 들은 척도 안 했고, 선이 마을을 해한다는 어떠한 증거도 내놓지 못했잖아. 모순된 생각인 걸 알면서도 이해가 안 갔다. 도대체 왜?

남자는 흠, 하는 소리를 내며 몸을 의자 뒤로 깊숙이 묻었다. 뒷머리가 눌리며 그의 늘어진 턱이 두 개로 접혔다. 입꼬리를 잠시 씰룩이던 남자가 다시 말했다.

"그건 말이지……."

그때였다. 문이 열리며 누군가 들어왔다.

"그건 제가 대답해야 할 듯하네요."

눈이 마주쳤다.

려상이 정말로 싫어하는 사람은 따로 있었다. 그 사람에 대해 잊고 있었다. 일부러 생각하지 않았으니까. 피하자면 피할 수 있는 사람이었으니까. 하지만 눈이 마주치는 순간, 떠올리고 말았다.

마녀.

예고리의 구석에서 서점이라는 달콤한 과자의 집을 짓고 사람들을 유혹하는 마녀가 려상의 눈앞에 있었다.

매서운 바람이 제시의 귓가를 거칠게 때렸다. 자신을 받치고 있는 주원의 품은 든든했지만 조금만 고개를 들어도 거센 바람 때문에 눈을 제대로 뜰 수 없었다.

결국 제시는 고개를 다시금 파묻는 수밖에 없었다. 주원이 자신의 머리카락을 정돈해주고 꽉 안아주는 탓에 갓난아기가 된 것만 같았다.

어떻게 이렇게 빠르지.

처음엔 소리를 지를 뻔했다. 헉, 하며 숨을 내쉬는 사이 눈앞의 풍경이 빠르게 스쳐 지나갔다.

제시는 어디 가서 속도로 진 적이 없었다. 기척을 죽이고 다가가는 법도, 누군가를 유인하는 법도 알고 있었다. 체구가 작았기에 오히려 더 유리했다. 그런 줄 알았는데, 실은 주원이 지금까지 자신을 봐주고 있었구나. 주원에게 안겨 있는 동안 새삼 깨달았다.

"그 사람들 수상해."

제시와 민수, 려상이 모여 얘기를 나눌 때, 가장 큰 반감을 보인 사람은 려상이었다. 그 사람들. 려상은 그들이 재희와 연관되어 있다는 사실을 모르는 것처럼 굴었다. 션은 어쩐지 재희를 아는 것처럼 보였고, 주원은 그런 션과 친했다. 그리고… 재희는 제게 소중했다. 그런 그들이 나쁜 사람들처럼 보이지는 않았다.

제시는 공감할 수 없었다. 적어도 그들은 제시를 무시하지 않았다. 이해하기 힘든 것이 있다면 그게 무엇이든 설명해주었다.

션이 마을에 해를 끼쳤다는 고지를 받았을 때도, 아무도 그 '해'가 무엇인지 구체적으로 설명해주지 않았다. 아무것도 의심하지 말라고 했던 어른들이, 왜 션을 향해서는 날 선 의심을 거두지 않는지. 차마 물어볼 수 없었다.

주원이 멈춰 섰다.

제시는 주원의 어깨를 잡았던 손에서 힘을 풀고 고개를 들었다. 주원이 웃으며 헝클어진 제시의 머리카락을 귀 뒤로 넘겨주었다. 제시가 주변을 둘러보며 물었다.

"여기… 어디예요?"

"음… 내 직장?"

웃차, 소리를 내며 주원이 제시를 내려놓았다. 제시가 쳐다보자, 주원은 "아가씨는 깃털처럼 가볍죠." 라며 너스레를 떨었다.

사방이 고요했다. 길가에는 아무도 없었다. 길바닥이 쌓인 눈은 순백의 색 그대로였다. 발자국 하나조차 보이지 않았다.

"가볼까?"

주원이 말했다. 둘은 내리막길을 걸어갔다.

"여기는 왜 온 거예요?"

제시가 물었다.

"연락할 곳이 있거든."

"어디요?"

주원은 빙그레 웃어 보이기만 했다.

"나중에 알려줄게. 거짓말하기 싫어서 그래."

부지런히 발걸음을 옮긴 두 사람은 어느덧 낡은 나무 문 앞에 섰다. 걸어오는 동안 다른 사람의 인기척은 느껴지지 않았다.

"이 아래에 하데스의 지하 세계로 가는 계단이 있는데……."

"……."

제시가 뚱한 표정으로 쳐다보자 멋쩍은 듯이 웃었다. 잠시 주위를 살피던 주원이 문 앞에 있던 작은 우편함을 옆으로 옮기고 문틈 사이로 손을 집어넣었다. 그가 열쇠 하나를 끄집어냈다.

"아주 고전적인 수법이지."

주원은 열쇠로 문을 열었다. 어둠 속으로 한 발짝 내디딘 그가 제시에게 손을 내밀었다.

"가실까요?"

제시는 저도 모르게 침을 꿀꺽 삼키며 망설이다가, 그의 커다란 손을 맞잡았다.

그곳에는 뭔지 모를 먼지 냄새와 습한 기운이 감돌고 있었다. 주원은 요 근래 영업을 하지 않아서 그런 거라고 알려주었다.

그는 안쪽으로 들어갔다. 제시는 주원을 뒤쫓다가, 카운터 구석에서 무언가가 반짝이는 것을 보았다. 작고 동그란 물건이었다. 제시는 그것을 무심코 주워 들었다. 손 안에 쏙 들어올 만큼 아주 작았다.

"응?"

작은 기계를 하나 꺼내온 주원이 의아한 듯이 말했다. 제시가 손에 든 것을 보더니 그가 물었다.

"돈이네?"

"이게 돈이에요?"

"아." 주원이 입술을 깨물며 말을 삼켰다.

"이거, 광장 아래에도 많이 있던데… 역시 돈이었구나."

얼마 전 미래 일자 책에서 화폐를 보았다. 눈에 익다 싶었는데 이런 게 돈으로 쓰이는 곳도 있는가 보다.

주원의 미간이 좁아졌다.

248

"아… 그렇단 말이지… 제시, 할 일 끝나고 광장으로 가자."

"네."

주원은 길게 늘어진 전선을 모아 어떤 기계를 작동시켰다.

레코드판처럼 보이기도, 전화기처럼 보이기도 한 기계였다. 지직거리는 소리가 나자 주원은 옆에 있던 낡은 헤드셋을 귀에 대고 특정 리듬을 담아 툭툭. 툭툭툭. 툭. 소리를 내기 시작했다. 아, 이건 분명히…….

제시는 주원이 두드린 리듬을 떠올려보려 했다. 리듬의 시작점은 단순했지만 뒤로 갈수록 복잡하고 빨랐다. 제시를 돌아본 그가 말했다.

"이건……."

"알아요. 모스 부호죠?"

주원이 놀란 표정으로 제시를 보았다. 그걸 어떻게 아느냐는 듯한 표정이었다. 대견하게 여기는 것 같지는 않았다. 제시는 자신이 뭔가 실수를 한 건가 싶어져서, 우물쭈물거리다가 간신히 입을 열었다.

"자세한 건 모르지만, 내년에 배울 거라고 했어요. 그래서 지금은 그냥 개념만 알고 있어요. 통신할 때 쓰는 기계를 보는 게 처음이어서… 내년이 되어야 직접 볼 수 있을 줄 알았거든요……."

제시의 목소리가 점점 작아졌다. 주원에게 자신의 지식이 얕다는 사실을 고백한 것만 같아서 부끄러웠다. 수치스럽기도 했고, 민망하기도 했다. 얼굴이 화끈하게 달아올랐다.

주원은 잠시 고민하는 듯하더니 다시 제시에게 물었다. 신중한 목소리였다.

"모스 부호를 내년에 배운다고?"

"네……."

"왜?"

왜냐니… 당연한 거 아닌가. 제시는 혼란스러웠다.

어쩌면 제대로 아는지 확인하려고 물어본 건지도 모르지.

"지시를 듣거나 보고할 때 필요하니까요." 제시가 대답했다.

"뭐? 잠깐……."

그가 자리에서 벌떡 일어섰다. 대중없이 서성거리던 그가, 갑자기 멈춰 서더니 거칠게 머리를 쓸어 넘겼다.

괜히 자신이 잘못한 것 같은 기분이 들어, 제시는 긴장되기 시작했다.

아버지는 늘 갑작스럽게 제시를 때렸다. 어떤 이유가 있는 것도 아니었다. 제시는 그저 잘못했노라 빌 수밖에 없었다. 너무나 아팠기에 하염없이 죄송하다고 말했지만, 고통은 사라지지 않았다.

주원은 아버지와 다르다. 그러니 이유 없이 폭력을 휘두르지는 않을 것이다. 하지만 몸은 생각대로 움직이지 않았다.

"죄, 죄송……."

제시가 반사적으로 입을 여는 순간이었다.

"제시."

어느새 제시의 눈높이에 맞춰 무릎을 굽힌 주원이, 제시를 불렀다. 그 목소리가 무척이나 다정했다. 그녀는 잠시 두 눈을 느리게 깜빡였다.

"네가 사과할 일이 아니야. 난 그저… 궁금해서."

주원이 말했다.

"내가 물어보는 말에 대답해줄 수 있겠어?"

제시가 천천히 고개를 끄덕였다.

"배워야 한다는 건 기본 교육 과정에 포함되는 거야? 아니면, 학교에서 배우는 거야?"

"지금까지는 양성소에서 배웠어요. 열세 살부터는 훈련장에 가고요. 거기서 필수 과목을 배우게 돼요."

"모스 부호 통신 외에도 배우는 게 더 있어?"

제시는 기억하고 있는 몇 가지 과목을 이야기했다. 전술, 사격, 마약 분류법 등… 어째서인지 말을 하면 할수록 주원의 얼굴이 험악해지는 것 같았다.

혹시 말해선 안 될 사항을 말하고 있는 걸까? 수료 과목 중 '기밀 유지법'이라는 과목이 있는 걸 생각해낸 제시의 얼굴이 하얗게 질렸다.

주원은 그 이상 묻지 않았다. 그럴 리 없겠지만 숨도 쉬지 않는 것 같았다.

짧은 침묵 후 주원이 제시를 바라보더니 손을 내밀었다. 제시는 그 손을 붙잡았다. 여전히 따뜻했다.

주원은 붙잡은 손에 힘을 주지 않으려 노력하며 걸었다. 자칫하면 아이의 작은 손을 으스러뜨릴 것만 같았다.

그는 저도 모르게 과거를 떠올리고 있었다.

"우린 네가 필요해."

그의 처음이자 마지막 부모였던 남자는 그렇게 말했다.

그 말은 명령이나 다름없었다. 싫다며 우는 그를 억지로 관속에 눕히고, 그의 코와 입을 틀어막아 산 채로 죽이려 했다. 상자 안은 푹신했고 향기로웠다. 바닥에 깔린 담요와 그 주위를 장식하고 있는 꽃 덕분이었다. 그러나 주원은 몸서리쳤다. 왜 침대가 아닌 상자에 누워야 하는지, 상자에 덮개는 왜 달린 건지, 이해할 수 없었다. 숨이 막혔다. 살고 싶었다.

심장이 두방망이질했다. 광장 아래 있다는 '화폐'와 보통 아이답지 않은 교육과정. 아이들은 군사 훈련에 가까운 교육과정을 기본 교육이라 생각하고 있었다. 그건 이 아이들을 모종의 도구로 사용하기 위함이리라. 주원이 생각에 잠겨 있는데, 갑자기 제시가 주원의 손을 잡아끌었다.

"...?"

작은 움직임이었다. 머뭇거림은 없었다.

싸한 예감이 온몸을 훑고 지나갔다. 수상한 기척을 너무 늦게 알아챘다. 셋이나 넷, 혹은 그 이상. 그들의 낌새를 먼저 눈치챈 사람은 제시였다. 이조차 슬픈 일이었지만, 애석하게도 지금은 도움이 되었다. 주위가 쥐 죽은 듯 고요했고 마치 아무도 '없는' 것처럼 느껴졌다.

주원은 작게 고개를 끄덕였다. 제시가 알겠다는 듯이 따라서 고개를 끄덕이자, 그는 망설임 없이 그녀를 안아 들었다. 상대방이 완벽하게 무장하고 있지만 않으면 살 수 있을 것이다. 다행히 이곳은 건물 구조가 복잡했다. 상대방도 주원의 정확한 위치를 알아내는 건 어려울 터였다.

주원은 속으로 3초를 세었다. 요즘 운수가 사납네, 생각하며 그는 카운트가 끝나기 직전, 머뭇거림 없이 몸을 움직였다.

걷는 게 불편했다. 구두가 발에 잘 맞지 않는 것 같았다. 그것도 오른발만 그랬다. 하지만 절뚝거릴 만큼은 아니었다.

그의 오른쪽엔 재희가 있었다.

션은 검은색 렌즈를, 재희는 다갈색 렌즈를 꼈다. 그녀의 인상에 잔향처럼 남아 있던 서구적 이미지가, 렌즈 색의 영향을 받아 더 강해졌다. 갈색 단발머리가 걸을 때마다 목 부근에서 흔들거렸다. 그 속에 있는 검은색 짧은 곱슬머리는 션만이 알고 있었다.

광장이 가까워지자 재희가 션에게 더 가까이 붙더니 친근하게 팔짱을 꼈다. 션은 재희의 행동이 연기라는 걸 알고 있었지만 저도 모르게 긴장하게 되는 건 어쩔 도리가 없었다.

"션."

재희가 속삭였다. 광장에 있는 사람은 서른 명 남짓 되는 것 같았다. 그러나 션은 지금까지 축제에 가본 적이 없었던 터라 이 정도 인원수가 많은 건지 적은 건지 판단하기 어려웠다. 사람들은 모두 심각한 얼굴이었다. 어느새 불안한 얼굴을 한 재희가 션 쪽으로 조금 더 밀착했다. 작은 총이 재희의 허리춤 아래 숨겨져 있었다.

션이 우왕좌왕하는 사이, 어떤 남자가 다가왔다. 콧수염을 기른 중년 남자는 러시아계 사람으로 보였다.

"무슨 일이 있었던 거죠? 너무 불안해요."

재희가 남자를 향해 물었다. 선은 재희의 연기력에 감탄할 뿐이었다.

남자는 재희를 흘끗 쳐다보더니 고개를 빳빳하게 들었다. 약하고 무지한 자 앞에서 으레 보일 법한 고압적인 태도였다.

광장은 사람의 행동거지가 모두 드러나는 위험 지대이기도 했지만, 그만큼 사람들의 행동반경을 파악하기에 용이했다.

중년 남자는 재희에게 상황을 상세히 설명해줬다. 최근에 들어온 수상한 남자 둘이 아무래도 변절자인 것 같다는 내용이었다. 그중 하나가 여자애를 인질로 잡고 있다고 했다. 주민들에게 그들을 찾는 즉시 예고리 측에 보고하라는 안내 방송도 나온 모양이었다. 그는 으스대며 크게 걱정할 것은 없다고, 어차피 수호자들이 그들을 처리할 거라고 단언했다.

"그래도 혹시 모르니 내가 나와서 보고 있는 거요."

그가 말했다. 안내 방송까지 나왔다는 것은 예고리의 입장에서도 다급해졌다는 뜻이었다.

하지만 이곳에서 서성이는 일반인들이 훈련받은 요원 둘을 상대할 수 있을 리 없었다. 그건 그들이 말하는 수호자들이 더욱 잘 알고 있을 터.

대체 무슨 목적이지? 고작 선과 주원 때문에, 예고리에서 무엇보다 중요하다는 연중행사의 흐름을 바꾸는 건 아무리 생각해도 이상했다.

254

광장에서 소동이 일어난 건 그때였다.

커다란 진동이 느껴지는가 싶더니 폭발적인 굉음이 들려왔다. 사람들이 내지르는 비명조차 잘 들리지 않을 정도로 어마어마한 굉음이었다. 어디선가 바람이 세게 불어서 사람들의 몸이 뒤로 밀려났다. 힘을 주지 않았다면 아마 션도 그랬을 것이다. 순간 눈앞이 하얗게 점멸했다. 귀가 멍했고 골이 울렸다. 그는 반사적으로 귀를 막았다. 지극히 요원다운 빠른 판단력이었다. 다만, 그 대상이 자신이 아닌 재희일 뿐이었다.

션은 자신이 끌어안은 재희를 바라보았다. 그녀의 가발이 반쯤 흘러내려 있었다. 재희의 목소리가 제대로 들리지 않았다. 고막에 미친 충격이 큰 모양이었다.

건물이 부서지며 날아온 파편에 맞은 사람들이 곳곳에 보였다. 피를 흘리는 사람도 있었고, 아예 널브러져 의식을 잃은 사람도 있었다. 그나마 멀쩡한 사람들도 공황 상태에 빠졌는지 새파랗게 질려 덜덜 떨었다.

이번에는 재희가 션의 귀를 막았다. 손으로 조심스레 누르는 감촉이 느껴졌다. 다행히 굉음은 곧 잠잠해졌다.

사이렌 소리와 함께 어떤 남자가 나타났다.

션은 문득 묘한 기시감을 느꼈다.

체격이며 인상이며 닮은 게 하나도 없었지만, 션은 한 남자를 떠올렸다. 여태껏 살았는지, 죽었는지 궁금해 하지도 않던 자신의 생물학적 아버지를 말이다.

광장의 분수 바로 앞에 단상이 설치되어 있었다. 그 위에 무감각한 눈을 가진 남자가 가만히 서 있었고, 그의 옆에서 휴대용 마이크를 든 사람이 큰 소리로 말하기 시작했다.

"친애하는 예고리 주민 여러분! 갑작스러운 사태에 놀라신 점, 진심으로 사죄드립니다. 신성한 예호제에 이런 불경스러운 일이라니요. 비통하기 그지없습니다…! 침입자는 예호제를 시작으로 예고리를 파괴하려는 무시무시한 계획을 품고 있습니다. 그들은 악마입니다! 조금 전 폭발도 그들이 꾸민 짓입니다. 이대로 가만히 있을 순 없습니다. 우리의 터전을 지켜야 합니다. 여러분! 누구보다 예고리를 잘 아는 여러분의 도움이 필요합니다. 지금이야말로 우리 모두가 힘을 합칠 때입니다!"

과장된 화술이었다. 쩌렁쩌렁 외치는 통에 션은 골이 울릴 지경이었다. 저런 약장수 같은 말을 사람들이 곧이곧대로 믿는다고? 게다가 저들이 벌였을 법한 테러까지 션이 한 것이라고 주장했다.

주위를 둘러본 션은 아연해지고 말았다. 피를 흘리고 쓰러졌던 사람도, 얼굴을 잔뜩 찡그린 채 기침하던 사람도, 누구 하나 빼놓을 것 없이 모두가 남자를 뚫어져라 바라보고 있었다. 그들의 눈동자엔 단 하나의 감정만이 일렁였다. 분노.

그 어떤 의심의 빛도 없는 맹목적인 감정이었다. 션은 의아해졌다. 어떻게 이렇게까지 저 남자의 말을 맹신할 수가 있지?

약. 약이다.

축제 때까지 하루에 한 알씩 먹으라며 총 서른 개의 약을 주었다. 영양제라고 했지만 정확한 성분은 당연히 알 수 없었다. 션은 그 약을 먹지 않았다. 그러나 예고리의 주민들은 션과 달랐다. 그들은 분명 먹었으리라.

이게 남자의, 정확히 말하자면 마이크를 든 남자를 지휘하는 자의 의도였다. 사람들을 어수선하게 하는 것. 불안을 이용해 그만이 유일한 구원자라고 믿게 만드는 것. 션은 자신이 저 남자를 보자마자 왜 아버지를 떠올렸는지 깨달았다. 아버지의 방식 또한 저러했다. 어린 션의 손을 붙잡고 그들을 이끄는 방법을 가르치던 아버지의 당당한 태도. 아버지도 저토록 무감각한 표정을 지었을 것이다. 깔보고 멸시하는 표정. 오만하게 내려다보는 자 특유의 눈빛.

션과 주원의 인상착의에 관한 설명이 이어졌다. 주원은 마을의 여자아이를 납치한 파렴치한이 되어 있었는데, 그 이야기가 나오자 사람들의 분노는 더 격해졌다. 션에 대한 설명 역시 주원과 크게 다르지 않았다.

"션."

팔을 잡아끄는 느낌에 션이 옆을 돌아봤다. 재희가 션을 불렀다. 그녀의 표정은 불안해 보였다. 렌즈를 뺐는지, 검은색 눈동자가 션을 바라보고 있었다.

이곳에서 너무 많은 시간을 지체했다.

"여러분 방금 기쁜 소식이 들어왔습니다!"

남자의 커다란 목소리가 허공을 갈랐다.

"납치범이 잡혔다고 합니다!"

"수호자들이야…!"

검은 옷으로 몸과 얼굴을 가린 사람이 나타났다. 얼굴을 구분할 수는 없었으나, 방금 산에서 본 이들이란 것 정도는 알 수 있었다.

그들이 '수호자'인가. 그들은 어떤 남자를 끌고 왔다. 션은 그와 눈이 마주쳤다.

주원이 아니었다.

션은 주위를 훑어봤다. 주원은 군중 속에도 없었다.

그때였다. 누군가 션의 어깨를 잡은 것은.

그는 반사적으로 상체를 숙이며 어깨를 비틀었다. 그러나 상대방은 그의 수를 훤히 꿰듯 반대편 팔로 션의 팔을 잡아챘다. 그와 눈이 마주쳤다.

"……."

레시가 얼굴을 잔뜩 찡그리고 있었다. 그녀의 볼에 아슬아슬한 차이로 칼날이 비껴갔다. 재희가 만년필 칼로 레시를 겨냥하고 있었다.

"아주 대단한 사람 나셨어."

"헛소리하지 마."

재희가 차갑게 말했다. 션이 여태껏 들은 적 없는 냉소적인 목소리였다.

레시는 잠시 한숨을 내쉬더니 "내가 뭔 부귀영화를 누리겠다고……." 하며 혼잣말을 내뱉었다. 잡힌 손에 힘이 풀렸다.

션은 엉거주춤한 자세로 있다가 조심히 일어났다. 그 순간에도 재희는 손에 힘을 풀지 않았다. 레시가 항복의 표시로 두 손을 들어 올렸다. 그녀의 눈썹이 꿈틀거렸다. 션이 괜찮다는 듯이 재희에게 고갯짓하자, 재희도 칼을 거뒀다. 그러나 레시를 보는 눈빛은 여전히 매서웠다.

"무슨 목적이지?"

레시는 입술을 잘근 깨물더니 말했다.

"…주원을 찾아줘."

"뭐라고…?"

레시가 다급하게 덧붙였다.

"그들이 주원을 끌고 간 것 같아. 나도 알 수가 없어… 도와줘."

가만히 듣고만 있던 재희가 입을 열었다.

"넌 그들과 같은 소속이잖아."

더할 나위 없이 차가운 말투였다.

"아니, 나는…!"

억울한 듯 레시는 인상을 잔뜩 찡그렸다. 하지만 이내 몸에 힘을 뺐다. 침착하고자 애쓰는 것 같았다.

"그들은 FAKE 안에서도 유달리 치밀하고 폐쇄적인 그룹이야. 지부장급 이상이 아닌 자에게는 정보를 주지 않아. 선과 주원을 표적으로 삼은 건 그들이야. 그들이 주원의 얼굴을 제대로 몰라서 어떻게든 속일 수 있었지만. 광장에 폭발이 일어난 건 나는 모르는 일이었어. 이번에 뭔가 큰일이 생길 거라곤 생각했지만… 주원이 엮일 줄은 몰랐어."

지부장? 처음 듣는 호칭이었다. 지부장이 가장 높은 사람인 건가. 그게 아니라면…….

"그걸 어떻게 믿지?"

재희의 태도는 일관적이었다. 그녀도 레시가 선의 약혼자였던 걸 이미 알고 있는 걸까. 그렇다면 재희의 날 선 태도도 이해할 수 있었다. 레시는 이미 한 번 선과 재희를 속였다. 비록 그녀가 기억하지 못할지라도.

레시 또한 조직의 톱니바퀴 중 하나일 뿐, 굳이 개인적으로 악의를 품고 한 행동이 아닐지도 모른다. 그러나 레시가 FAKE에 소속된 인간이라는 사실은 변하지 않았다.

레시는 낮게 탄식했다. 어떤 말도 통할 것 같지 않은 상황이 답답했는지 한숨을 쉬고서 긴 머리를 쓸어 올렸다. 그녀가 말했다.

"재희. 내가 너랑 사이가 좋진 않지만 여기선 사심 좀 덜어줄래? 내가 오죽하면 이러겠어."

"네 사정을 내가 왜 배려해줘야 하는지 설명해봐."

"하!" 레시는 짜증스럽다는 듯이 신경질적으로 반응했다.

"설명이라니… 너 지금 상황이 어떤지 알고 하는 소리야?"

재희가 낮게 한숨을 내쉬었다.

"레시, 너는 우리한테 뭔가를 부탁할 자격이 없어. 네가 한 짓을 생각한다면 말이야."

레시는 당황한 듯했다.

"그게 무슨 말……."

"오래전 네가 여기저기 들쑤시고 다니던 마을 중 하나에 우리가 살고 있었다는 이야기야. 네가 누군가의 약혼녀로 있다 떠나버린 마을에서. 기억이나 할지 모르겠지만."

"…!"

레시는 잠시 멈칫했다가 경악하며 뒤로 주춤 물러섰다.

"주원은 션의 동료니까 찾을 거야. 단." 재희가 단호하게 말했다.
"너랑은 상관없어."

딱 잘라 말한 재희가 션을 잡아끌었다. 소매를 쥔 손이 하얗게
질려 있어, 션은 그저 재희를 따라갈 수밖에 없었다.

"와… 진짜 너무들 한다. 그치…?"

주원은 작게 쿨럭거렸다. 그럴 때마다 내장이 뒤틀리는 것처럼
아팠다. 게다가 목에서는 비린 맛이 났다.

옆에서는 제시가 눈물범벅이 되어 소리 죽이며 울고 있었다.

이 작은 아이가 꾸역꾸역 슬픔을 참고 있었다. 일곱 명. 예상보
다 많은 숫자였다. 그들 중, 복면을 쓰고 있어도 신원을 파악할 수
있는 사람이 서넛이나 있었다. 그들이 모두 주원을 공격했다. 공격
이라니, 가당키나 한가.

Take.B의 요원이 미리 와 있을 거라고 짐작하기는 했다. FAKE
에게 절대적 충성을 보여주기 위해, 주원이 한때 동료라고 불렀던
이들이 다른 편에 서서 복종하고 있었다. Take.B의 요원이 FAKE
로 잠입해 이중 스파이 노릇을 하고 있는 셈이었다. 의심을 받지
않아야 하니 제대로 하겠지. 연기라고 믿고 싶었다. 하지만 상부
에서도 생명이 위험할 정도로 공격하라고 하진 않았을 텐데. 나한
테 뭐 불만 있었나. 주원은 무장도 하지 않았다. 쓴웃음이 절로 나
왔다.

겨우 도망치긴 했지만 내상을 입었다. 자꾸 토혈을 하게 되는
게, 상태가 썩 좋지 않은 것 같았다. 그래도 아이는 다치지 않았으

니 그나마 다행이었다.

주원과 제시는 낡은 상자 안에 숨어 있었다. 상자 안에서는 오래된 나무 냄새가 났다. 군데군데 구멍이 나 있어 바깥의 햇빛이 안으로 들어왔다. 상자 위를 지푸라기로 덮어두긴 했으나, 유심히 본다면 어딘가 어색하다는 것을 알 수도 있었다. 그렇지만 몸을 숨길 곳은 여기밖에 없었다.

주원은 몸이 나른해지고 졸리기 시작했다. 적신호였다. 이렇게 몇 시간 동안 방치되면 죽을지도 모른다. 내가 지금 뭐 하고 있는 거지? 자신에게는 해야 할 일이 있었다.

"제시… 잘 들어."

주원이 힘겹게 말하자 제시가 눈물을 애써 참으며 주원의 말에 귀 기울였다. 어떻게든 감정을 억누르는 모습은 '아이답지' 않았다.

그는 전해야 할 말을 했다.

네가 받아온 훈련은 '바깥'에 있는 아이들이 일상적으로 받는 수업이 아니다. 어른의 말에 복종하지 않아도 되며, 밖에서는 또래의 아이들과 어울려 놀아야 한다. 물론 어른과 아이가 친구가 되지 못하는 건 아니지만 또래끼리는 친구가 될 수 없다니, 그건 틀린 말이다. 여러 나라의 언어를 구사할 줄 아는 것은 훌륭하지만, 자신의 국적을 숨기고 가리기 위해 배울 필요는 없다…….

말하자면 끝도 없었다. 주원은 두서없이 생각나는대로 내뱉었다. 제시가 얼마나 이해해줄지는 몰랐다. 하지만 영특한 아이니 잘 받아들여주기를 바랄 뿐이었다.

"네가 하고 싶은 대로 하는 게 맞아……."

"……."

주원은 이 말을 하면서도 힘없이 웃었다. 네가 하고 싶은 걸 하라고. 너에겐 무한한 가능성이 있다고. 그건 어릴 적 주원이 듣고 싶어 했던 말이었다. 그가 만난 대다수의 어른은 친절했지만, 정확히 그렇게 말해주는 사람은 없었다. 사이비종교 집단을 넘어서 아이들을 훈련시켜 기르는 FAKE. 그런 집단에 대항하기 위해 마찬가지로 요원을 모집하고 아이들을 후원하는 Take.B. 대체 무엇이 선인가. 애당초 경계선을 그을 수 있긴 한가.

제시는 잠시 생각에 잠긴 듯이 시선을 내리깔았다. 주원은 제시를 차분히 기다려 주었다. 제시를 기다리는 시간이 어쩐지 평화롭게 느껴졌다.

"…아직은 잘 모르겠어요. 주원이 하는 말. 호수의 주인은 거짓말을 하지 않고, 그저 마을 사람을 위해 존재할 뿐이라고 했는데… 그게 아닐 수도 있다는 거잖아요…?"

"……."

"주원은 변절자나 배신자가 아니에요. 주원도 거짓말을 하지 않아요… 그것만은 확실해요."

"그거면 됐어……."

제시의 두 눈에 다시 눈물이 그렁그렁 차올랐다. 주원이 고개를 좌우로 천천히 저었다. "울지 마." 제시가 작게 코를 훌쩍이고 소맷부리로 눈물을 닦았다. 희미하게 웃는 모습이 무척 대견하게 느껴졌다.

"나가서… 믿을 수 있는 사람을 찾아. 션을 만난다면 더 좋고…

그는 믿어도 돼. 지금까지 겪은 일을 말하면 도와줄 거야……."

제시가 고개를 좌우로 마구 흔들었다. 울음을 꾹 참으며 주원의 옷자락을 꽉 쥔 채로.

그녀도 알고 있었다. 이대로 떠난다면 주원의 목숨은 보장할 수 없다는 것을.

"내가 신호를 주면 뛰어나가. 우리가 있는 곳의 위치가 들키지 않게. 할 수 있지?"

제시라면 가능할 것이다. 기척을 숨기고, 사람들 사이로 비집고 들어가, 태연하게 굴 수 있을 것이다. 선과 광장에서 만나기로 했으니 쓸데없이 성실한 선이라면 오고도 남았을 터였다.

제시의 눈을 바라보면서 간절하게 '빌었다'. 주원은 여태껏 뭔가를 간절히 소망해본 적이 없었다. 나로 인해 이 아이의 삶이 변하게 된다면, 부디 좋은 방향으로 변하기를.

그녀가 고개를 끄덕이는 순간, 주원은 카운트다운을 시작했다. 망설이면 더이상 기회는 없었다. 제시의 커다란 눈이 동그래졌지만 주원은 카운트다운을 멈추지 않았다. 제시의 눈이 묘하게 침착해졌다. 아이치고는 너무나 성숙한 눈. 제시가 몸을 굽혔다. 이제 3초가 남아 있었다. 3, 2, 1…!

말이 떨어지자마자 제시는 빠르게 튀어 나갔다. 작정하고 보지 않으면 눈치채기 어려운 몸놀림이었다.

제시가 보이지 않을 정도로 멀어지자, 주원은 몸에서 힘이 빠지는 걸 느꼈다. 긴장이 풀린 걸까. 졸음이 쏟아졌다. 비릿한 피 맛이 턱 끝까지 차올랐지만 그다지 불쾌하지 않았다.

그때, 광장에서 엄청난 굉음이 터져 나왔다. 주원의 기억은 거기서 끊어졌다.

누군가를 뒤에 두고서 나만 앞으로 뛰어가는 경험을 또 언제 했더라?

제시는 짧막한 인생의 한 부분을 찾아보려 했지만 기억나지 않았다. 달리기 시작한 순간부터 시간이 느리게 흘렀다. 눈물 때문에 눈가가 축축했으나, 소리는 내지 않고자 애썼다. 내가 그를 구할 수 있을지도 몰라.

인파 속으로 숨어드는 건 쉬웠다. 아버지는 몸놀림이 재빠른 저더러 쥐새끼 같다고 했다. "이 빌어먹을 놈의 쥐새끼." 그 말이 들려오면 제시는 안도했다. 조금만 더 참으면 아버지가 자신을 찾는 일을 포기하게 될 것이므로.

제시는 어른들 사이에 적당히 거리를 두고 서 있었다. 제시의 양옆에 서 있는 이들은 서로가 제시의 부모라고 생각할 정도의 거리로 여길 터였다. 선이 이곳에 있을까? 누구든, 찾아야 했다.

그때 광장이 폭발했다.

정확하지 않은 표현이었지만, 제시는 광장이 폭발했다고 밖에 생각할 수 없었다. 몸이 붕 떠올랐다. 말도 안 돼. 내가 날고 있나?

바닥으로 떨어지며 철썩하는 소리가 났다. 순간적으로 몸을 굴렸지만 팔뚝이 무척 아팠다.

"윽, 콜록! 콜록!"

사이렌 소리가 울려 퍼졌다.

"친애하는 예고리 주민 여러분! 갑작스런 사태로 놀라게 한 점 진심으로 사죄드립니다. 신성한 예호제에……."

침입자가 마을에 나타나서 이렇게 어수선했던 걸까? 분노에 찬 목소리로 외치고 있는 낯선 이는 아버지를 떠올리게 했다. 술을 마시고 있을 때의 아버지도 항상 저렇게 화가 나 있었다. 세상 모든 것에 화가 난 아버지는 가만히 있는 제시를 마구잡이로 때렸다. 무표정하게 있으면 표정이 건방지다며, 조금이라도 웃으면 자기를 비웃는다며. 그 어느 것도 진실이 아니었다. 그래서 저리 화가 난 사람의 말은 믿지 않는 버릇이 들어버렸다.

제시는 쓸린 팔뚝을 문지르며 자리에서 일어났다. 시간이 없었다.

아버지가 죽었으면 좋겠다. 불순한 생각이라는 걸 알지만, 자꾸만 그런 생각이 들었다. 제시를 보는 어른들은 늘 이렇게 말했다. "넌 착한 아이야", "넌 순수한 아이야". 단 한 명을 제외하고.

"넌 악랄해."

레시가 한 말이었다.

제시는 그런 말을 처음 들었다. 충격적인 동시에, 어쩌면 그게 진실일지도 모른다는 불길한 예감이 들었다. 몸이 떨렸다. 거짓말. 화가 났다. 거짓말. 자기가 더 악랄한 주제에.

"……."

하지만 아무런 말도 할 수 없었다. 찰나의 감정을 담아 레시를 노려보자 그녀가 코웃음을 쳤다.

"억울한 줄은 아나 보네. 야, 딱이다, 완전. 피를 나누진 않았지만 우리가 '자매'인 거 말이야. 제법 그럴듯하지 않아?"

제시는 그 뒤로도 문득문득 레시의 그 빈정거림을 상기했다. 그건 마치 이전에 읽었던 책, 『주홍 글씨』처럼 그녀의 주변을 맴돌았다. 지금도 그랬다.

'레시!'

레시가 눈에 들어오자 심장이 터질 것만 같았다. 제시는 그녀가 싫었다. 너무너무 싫었다. 사람들 앞에서는 착한 언니 행세를 하고, 집으로 오면 나 몰라라 하는 구석이 싫었다. 아버지도 레시 앞에서는 그녀의 눈치를 보았다. 대체 레시가 뭐길래. 궁금했지만 물어보고 싶지 않았고, 관심을 가지는 것처럼 보이고 싶지도 않았다. 아버지가 레시 앞에서 빌빌댄 날이면, 그는 제시에게 화풀이하듯 더 난폭하고 사나워졌다. 그런 날이면 제시는 평소보다 더 잘 숨고, 잘 도망쳐야만 했다.

아무리 허울뿐이라지만 가족이라는 사람이 저럴 수 있나 싶었다. 게다가 세상엔 가족이 아니어도 친절한 사람이 더러 있었다. 재희나 주원처럼.

레시는 한 남자에게 다가가고 있었다. 그 남자의 옆에, 일행으로 보이는 여자가 있는 것이 보였다. 제시는 그들이 션과 재희라는 사실을 깨달았다.

션이 먼저 기척을 알아채고 몸을 수그리며 레시의 어깨를 비틀었다. 하지만 그에 반응하는 레시의 몸놀림도 남달랐다. 레시가 반대편 팔로 션을 잡아챘다.

"……."

멀리서 봐도 레시가 얼굴을 잔뜩 찡그렸다는 걸 알 수 있었다.

표독스러운 그녀 특유의 얼굴이었다. 제시는 저도 모르게 주먹을 꽉 쥐었다.

재희가 든 무기의 칼날이 번쩍였다. 세 사람은 대치하고 있다가, 레시가 항복의 의미로 손을 들자 대화를 하기 시작했다. 제시는 레시가 있는 곳으로 가고 싶지 않았다. 그러나 시간이 없었다. 션을 빨리 찾았으니 다행인 일 아닌가. 비록 그가 레시와 함께 있긴 하지만 말이다.

흙먼지를 뚫고 조심스럽게 그들에게 가까이 갔다. 그들의 말소리가 들려올 만큼 가까워졌을 때, 션과 재희가 자리를 벗어났다. 레시는 그들과 반대 방향으로 뛰어갔다.

"주원이… 주원이……."

제시는 달려가 션을 붙잡고 말했다. 제시가 말을 다 마치기도 전에, 션은 제시가 가리킨 방향으로 달렸다.

주원이 숨은 상자 위에 있던 낙엽과 지푸라기가 사라져 있었다. 션이 조심스럽게 상자를 열었다. 주원은 없고 핏자국만 보였다. 결국 제시는 끝끝내 참았던 울음을 터트리고 말았다.

외부인의 집에는 아무도 없는 것 같았다. 눈이 내려서 발자국도 보이지 않았다. 광장에 모여 있을 사람들을 생각하니 주위의 고요가 으슥하게 느껴졌다.

려상은 외부인의 집에 있을 것이다. 그가 누군가를 고발한다면 이곳 말고는 갈 수 있는 곳이 없을 테다. 예고리에서 나고 자란 민수와 려상이 단 한 번도 가본 적 없는 곳. 그건 외부인의 집뿐이었다.

아무도 없을 리가 없었다.

민수는 집 외벽에 바짝 붙어 움직였다. 숨죽이며 걸음을 옮겼다.

그때 전화가 울렸다. 집 내부에서 들려온 소리였다.

달칵,

"네. 전화 받았습니다."

굵직하고 딱딱한 남성의 목소리였다.

"네. 16시 D4로."

남자는 바로 전화를 끊었다.

외부인의 집 안에 사람이 있었다. 지금 시간은 15시 30분이었다. D4가 어디인지는 몰라도, 그들이 곧 이동할 거란 사실만은 분명했다.

"이동하라고 하던?"

문이 열리는 소리와 동시에 다른 남자의 목소리가 방 안을 채웠다. 나이가 좀 더 들어 보였고 느긋함이 묻어났다.

"네. 16시 D4 포인트입니다."

"윗대가리 놈들… 항상 이렇게 번갯불에 콩 구워 먹듯 알려준단 말이지."

거만한 남자는 가래 섞인 헛기침을 크게 큼큼거리며 짜증 섞인 말투로 말했다.

"지부장은?"

"아이와 3층에서 면담 중입니다."

"면담할 것까지 뭐가 있어. 그냥 빨리빨리 죽으라 할 것이지."

아이…! 민수는 남자가 사무적으로 말하는 '아이'가 려상임을 직감했다.

"지부장님의 화술은⋯⋯."

나이 든 남자가 젊은 남자의 말을 가로챘다.

"조직 최고 수준이라고?"

"⋯네, 그렇습니다."

"이동 포인트는 내가 지부장에게 전달하도록 하지."

"네."

거만한 남자가 가래침을 퉤 뱉었다. 발소리와 함께 문이 열리는 소리가 들렸다. "더러운 놈." 남자가 나가자, 젊은 남자는 낮게 욕지기를 읊조렸다.

언제 누군가가 건물 밖으로 나올지 모르는 일이었다. 눈은 여전히 그칠 생각이 없어 보였다.

"후우⋯⋯."

민수는 심호흡을 했다. 숨통이 트이자 머리가 맑아진 것 같았다. 할 수 있다. 할 수 있다. 할 수 있다⋯!

젊은 남자의 기척이 여전히 벽 너머로 느껴졌다. 귀를 기울였다. 건물은 3층. 기회는 한 번. 주머니에서 작은 거울 조각 하나를 꺼냈다. 젊은 남자가 거울에 비쳐 보였다. 민수는 침착하게 때를 기다렸다.

남자가 고개를 돌렸다.

민수는 숨을 삼키고 허벅지와 다리에 힘을 주어 크게 도약했다. 몸이 붕 뜨며 창문 위로 튀어올랐다. 건물 외벽에 있는 쇠파이프기

등을 향해 손을 뻗었다.

녹이 슨 파이프에 손이 닿았다. 닿았으나, 미끄러졌다.

"…!"

민수는 저도 모르게 입술을 세게 깨물며 반대편 손으로 파이프 기둥을 움켜쥐었다. 다행히 큰 소리는 나지 않았다. 남자가 창문을 열어 주위를 살피지 않은 걸 보니 들키지 않은 모양이었다.

영원과 같은 몇 초가 지났다. 민수는 눈을 꾹 감았다 떴다. 여전히 눈이 내리고 있었다.

려상은 마녀가 방에 들어온 이후로 단 한 마디도 하지 않았다. 눈을 피하지도 않았다.

"언제까지 그렇게 노려보기만 할 거니."

"……."

"여긴 우리 둘밖에 없어. CCTV도 없단다."

"CCTV?"

"아, 너는 모르겠구나."

려상은 순간 아차, 싶었지만 이미 대답을 해버린 뒤였다. 그녀는 려상이 응답한 게 기뻤는지 사람 좋게 웃었다.

"네가 나를 왜 그렇게 싫어하는지 잘 모르겠어."

려상은 마녀가 자신이 그를 싫어한다는 걸 알고 있다는 사실에 놀랐다.

"…죽였으니까."

"?"

"죽였으니까."

그녀는 놀라기보단 감탄한 것 같았다. 려상은 그 또한 마음에 들지 않았다.

"뭘 본 건지는 모르겠지만……."

그들은 말을 하는 내내 서로에게서 시선을 떼지 않았다. 마녀가 언제 자신에게 해를 가할지 몰랐다. 명예롭게 죽는 건 상관없었다. 하지만 마녀에게 죽임을 당하는 건 다른 이야기였다.

"네가 본 건 전부 다 환상이란다."

"환상?"

려상의 되묻는 말소리가 방 안을 크게 울렸다. 아무리 자신이 어리다지만, 그런 말에 속을 리가 없었다. 손이 부들부들 떨렸다. 씩씩거리는 려상을 보고 마녀는 빙긋, 웃었다.

"예고리? 그건 다 환상이야. 여기 있는 나도 그렇고… 너조차도 환상에 지나지 않지."

려상이 이를 부득 갈았다. 마녀의 말은 밑도 끝도 없었다. 그가 따지려 입을 여는 순간이었다.

"려상. 네가 정말 '려상'이라고 생각하니?"

"…!"

"너를 대체할 수 있는 '려상'은 많단다. 아이답지 않게 예리하고 차분하지만 그로 인해 파멸할, 자존감과 자만심이 하늘을 찌르는 귀여운 아이야. 과연 그런 아이가 너 하나일까."

아까부터 이상한 주파수가 들려오고 있었다. 뚜뚜뚜… 뚜뚜뚜… 규칙적이면서도 묘하게 불규칙한 잡음. 언제부터 들린 건지 모르겠다. 기억이 나질 않았다. 려상은 마녀가 하는 말을 이해하기 어려웠으나, 왜인지 믿음직스럽게 느껴졌다.

"간단하게 말하자면 너의 부모도 서약을 했다는 이야기지."

손이 파르르 떨렸다. 목덜미에 한기가 서려, 소름이 돋았다. 조금 전까지 방 안은 무척 따뜻했다. 려상이 느끼기엔 그랬다. 그러나 려상의 앞에 놓여 있던 차는 어느새 식어 있었다.

마녀가 찻잔을 보더니 갑자기 새된 소리를 냈다.

"이런… 너는 약을 제대로 먹지 않았구나. 그렇다면 내 말이 무척 쓰라릴 텐데. 미안하네."

"뭐라고요…?"

"이제 호수의 품으로 돌아가야 할 텐데, 마지막으로 할 말이 그것뿐이니?"

"난… 최연소로 수호자가 된다고……."

그렇게 말했던가? 아까 어떤 남자가 자신의 손을 잡으며 그렇게 말했던 것 같다. 근데 그는 누구였지? 여긴… 어디지?

려상은 어지러웠다. 다리에 힘이 풀려 몸이 말을 듣지 않았다.

"이 정도면 되었다. 가자."

마녀가 일어서며 말했다. 려상에게 하는 소리는 아닌 것 같았다.

'거짓말…….' 멀어지는 의식 속에서, 려상은 떠올렸다.

마녀는 서점 앞에서 웃고 있었다.

아직 그가 마녀를 선유라 부르던 때, 아이들은 그녀를 꽤 좋아했다. 마주칠 때마다 초콜릿이나 과자 따위를 주며 상냥하게 웃는 그녀를 싫어하는 아이는 드물었다. 그래서 선유가 서점을 한다고 할 때는 꽤나 아쉬워했더랬다. 아이들은 서점에 갈 수 없으니.

그래도 선유라면 책을 빌려줄 수도 있지 않을까? 려상은 내심 기대하며 서점으로 갔다가, 후회했다.

선유 앞에서 작은 검은 고양이가 온몸을 비틀고 있었다. 그냥 바라보고만 있어도 얼굴이 찌푸려지는 광경이었다. 려상은 고양이가 불쌍했다. 바로 다가가서 뭐라도 해주고 싶었다. 하지만 고양이를 내려다보는 선유의 눈빛 때문에 그럴 수 없었다. 무감각한 눈빛이었다. 오히려 따분해 보이기까지 했다.

지금 그녀에게 가서는 안 된다, 강한 거부감이 그를 막아섰다.

발작하듯이 몸을 크게 들썩이던 고양이가 어느 순간 축 늘어졌다. 참혹했다. 팔다리가 각각 다른 방향으로 꺾여 있었다. 편안한 죽음이 아니라는 건 보기만 해도 알 수 있었다. 선유가 발로 고양이의 배를 툭툭 쳤다.

그러고는 웃었다.

마녀의 입꼬리가 위로 씨익 올라갔다. 지금까지 려상이 본 것 중 가장 기괴한 모습이었다.

고양이를 죽인 이유는 알 수 없었다. 알고 싶지도 않았다. 려상은 그녀가 무서워졌다. 아찔했다. 평소에 선하게 웃던 모습과 겹쳐 더 혐오스러웠다.

려상은 자신이 그때의 그 고양이가 된 것 같다고 생각했다. 검은 고양이도 이렇게 슬프고 화가 났을까. 들끓는 감정과 달리 움직이지 않는 몸이 야속해서 미칠 것 같았을까.

마녀가 죽인 것은 고양이뿐일까?

려상의 눈앞이 어두워졌다 밝아지길 반복했다. 시야가 흐릿해
졌다.

툭.

별거 아닌 소리에 가까스로 려상은 고개를 돌렸다. 말도 안 되
지만 민수가 보인 것 같았다. 민수는 괴로운 듯이 잔뜩 일그러진
표정이었다. 마치 곧 울 것처럼. 미안해. 려상은 그를 두고 온 것,
그의 말을 무시한 것, 그 모든 것을 후회했다. 하지만 목소리가 나
오지 않았다. 그걸 마지막으로 시야는 어둠에 휩싸였다.

선이 예고리 프로젝트에 지원한 건 '호수' 때문이었다.

"바다요…?"

"응. 바다."

선은 히의 목소리에서 그리움 같은 것을 읽어냈다. 사람이 보지
않은 것도 그리워할 수 있을까?

"어떻게 물로만 가득 찬 땅이 있을 수 있어요?"

"바다는 땅이 아니야. 바다는… 바다야."

선도 어린아이였다. 물로 이루어진 공간, 그보다 더 정확하게
설명하기는 힘들었다.

히는 고개를 갸웃거렸다. 바다를 항해하는 주인공이 나오는 책
을 뚫어져라 보면서.

사실 그때까지 선도 바다를 본 적은 없었다.

"물로만 가득 찬 땅은 호수야."

"호수요? 도련님이 가끔 주인님과 다녀오시는 그 호수 말인가요?"

"응. 그 호수는 저택이 다 담길 만큼 커."

"와……."

'보고 싶다'는 직접적 표현은 하지 않았지만 히의 얼굴은 잔뜩 상기되어 있었다.

"나중에 보러 가자."

"정말요?"

"바다도. 바다도 나중에 같이 보러 가자."

"바다는 보지 않아도 돼요."

"뭐?"

"바다sea나 도련님을 보는see 거나 저에겐 다를 바 없어서요."

그 말이 내포하고 있는 뜻을 어린 선은 이해하지 못했다.

제가 어떤 한 인간에게 바다보다 더 큰 존재가 될 수 있다고, 선은 도무지 상상할 수 없었다.

히, 내게는 네가 바다보다 더 큰 존재였다는 사실을 뒤늦게 깨달았다.

결국 호수는 보러 가지 못했다.

예고리에는 커다란 호수가 있었고, 호수에서 프로젝트가 마무리될 예정이었다. 단순하기 짝이 없는 이유였다.

호수에 도착하자, '그들'이 다가오는 것이 보였다.

얼핏 비린내를 맡은 것 같았다. 착각이 아니었단 건 금방 알 수 있었다. 호수 가장자리를 둘러싸고 있는 검은 사람들. 검은 옷을 입고, 얼굴을 가린 자들.

"재희, 할 말이 있는데."

"저도요."

광장에서 벗어나자 두 사람은 약속이나 한 것처럼 호수로 향했다. 그곳에서 무슨 일이 벌어질지 알고 있다는 듯이.

"…먼저 말해줘."

후. 재희가 짧게 한숨을 내뱉었다.

"호수에는 이 마을의 지부장이 있을 거예요. 축제 기간이 되면 항상 그곳에서 일을 치르거든요."

"일?"

"…그들은 호수의 품으로 돌려보내는 일이라고 해요."

션의 품에 안겨 있던 제시가 숨을 헉, 삼켰다.

"그게 무슨 말이야?"

"그들은 호수를 이용해서 사람들을 청소해요. 그들은 자신에게 반기를 든 자의 목숨을 빼앗는 것에 아무런 죄책감이 없어요."

"호수의 주인이 사람을 죽여요…?"

제시가 충격 받은 얼굴로 말했다. 호수의 주인과 수호자들은 마을 주민들을 지켜주는 존재랬는데.

"제시, 마을 바깥으로 나가면 무슨 일을 하게 되는지 알고 있어?"

그녀가 고개를 젓고는 말했다.

"호수의 주인이 선택한 아이들은 마을을 나가서 훌륭한 일을 한다고 했어요."

"그들이 너에게 국가 기밀이나 특정 정보를 빼내오라고 하면,

누군가를 살상하라고 명령하면, 할 수 있겠니?"

"아직 정식 훈련을 거친 건 아니지만… 가능할 것 같아요."

제시는 순순히 답했다. 저항감 따위는 없는 목소리였다. 션의 눈썹이 일그러졌다. 재희도 마찬가지였다.

덩치만 키운 솜사탕이 아니었다. 속이 꽉 찬 열매였다. 이곳은 핵심이었다. 무지한 아이들이 무조건적으로, 아무 의심 없이 명령을 수행하도록 기른 것이다. 어쩌면 군사력을 필요로 하는 국가와 거래를 했을지도 모른다. 밖에서 마을로 들어온 유입들이 일반을 키워내는 구조였다. FAKE의 관리 하에 있는 많은 마을이 모두 예고리를 뿌리로 두고 있는 셈이었다. 여기서 자금을 조달하고, 인력을 보충한 것이다.

최근 몇 년 새 비약적인 성장을 할 수 있었던 이유가 바로 이것이었다.

재희의 까만 눈동자가 일렁거렸다. 그녀는 션보다 먼저 예고리에 왔다. 이 모든 걸 파악하고 있었지만 아무것도 하지 않았다. 그녀는 때를 기다리고 있었던 것이다. 끓어오르는 분노를 터트릴 수 있는 때를.

션은 재희의 눈동자를 똑바로 쳐다봤다.

"걱정 마. 예고리는 여기서 끝날 테니까."

호수 어귀에는 광장에서 보았던 남자도 있었다. 그리고…….

"선유……."

선유는 알아보기 힘들 정도로 화려한 차림이었다.

사람의 인상이 이렇게까지 달라질 수도 있는 것일까.

서점에서는 수수한 인상이었던 그녀가, 지금은 몸에 달라붙는 검은 드레스를 입고 있었다. 목에 모피를 두르고, 장갑을 낀 손으로는 옆에 있는 남자의 어깨를 다독였다. 남자는 눈을 내리깔고 그녀를 에스코트하듯 이끌었다. 선유의 얼굴은 당당하게 빛났다. 지부장이 있을 거라던 재희의 말이 떠올랐다. 아무리 보아도 선유의 직급이 가장 높아 보였다. 선유가 지부장인 걸까.

"수호자들."

제시가 또박또박 말했다. 그렇게 말하면서도 소리를 죽이는 걸 잊지 않았다. 상황 판단이 빨랐다. 션은 작은 정보원의 머리를 쓰다듬어주면서도 씁쓸한 마음을 감출 수 없었다.

이들은 전문가였다. 날리는 눈발, 숨 막히는 긴장감 속에 감정 없는 인형처럼 아무런 미동도 없는 수호자들.

선유의 뒤에 서 있는 사람들은 얼굴을 가리지 않았기에 누가 누군지 알 수 있었다. 예고리 주민들 중 몇몇이 끌려온 것 같았다. 한 없이 우울한 표정이 검은 옷을 입은 자들과 대비되었다.

"자, 이번엔 당신 차례네요."

몽롱한 얼굴을 하고 있던 사람 중 가장 앞에 선 이는 중년의 남자였다. 그는 선유의 말을 듣고 몸을 부르르 떨더니 갑자기 눈물을 왈칵 쏟아내기 시작했다.

"안 돼요! 죽고 싶지 않습니다! 흐어…!"

남자는 처절하고 절박하게 울부짖었다. 남자의 목소리에 서린 공포가, 전염병처럼 주위 사람들에게 퍼졌다. 션은 축제 초기에 받은 약을 떠올렸다. 저 남자의 반응은, 어딘가 묘하게 이상했다. 그들의 몸에는 상처가 없었다. 저항흔이 없다는 건 그들이 호수로 올 때 반항을 하지 않았다는 걸 의미했다. 마을 주민에게 배분된 약에서는 진정제에 가까운 성분만이 나왔는데. 문득 그 약뿐 아니라 다른 약도 먹였을 수 있다는 생각이 스쳤다.

선유는 그 남자를 바라보다 미간을 살짝 찌푸렸다. 주변이 조금씩 소란스러워지자, 그녀는 옆에 있던 자에게 눈짓했다. 선유의 눈짓을 본 남자는 소란을 피우는 이들에게 다가갔다. 그는 망설임 없이 허리춤에서 총을 꺼내 들어 울고 있는 남자를 바로 '쏴버렸다'.

총구 끝에는 소음기가 달려 있었다. 눈물범벅이 된 남자가 털썩 쓰러졌다. 뒤에 있던 무리도 순식간에 조용해졌다. 무리 옆에 있던 남자는 사람들에게 뭔가를 나눠주며 다독이듯이 속삭였다. 사람들은 겁에 질린 채 바로 그것을 입에 넣었다. 그러자 이윽고 몽롱한 상태, 아까보다 더 넋이 빠진 모습으로 돌아갔다.

쓰러진 남자는 미동도 없었다. 그가 엎어진 자리에서부터 피 웅덩이가 생기고 있었다. 짙은 피 냄새가 여기까지 나는 것 같은 착각이 일었다.

"던져."

선유가 지시했다. 두 명의 수호자들이 다가와 남자를 들어 올렸다. 집어던질 거라는 예상과는 달리, 남자가 호수에 잠기도록 조심스럽게 밀어 넣었다. 하체부터 시작해서 상체까지, 느릿하게. 눈이 와서 살얼음이 낀 호수는 남자를 천천히 집어삼켰다. 할 일을 마친 심복들은 핏물이 섞인 호수를 바라볼 겨를도 없이 제자리로 돌아갔다. 대신에 긴 막대를 든 다른 이가 나와 재빠르게 물을 저었다. 호수는 언제 그랬냐는 듯 순식간에 고요해졌다.

다른 몇 명은 향을 피웠다. 매캐한 향이 피 냄새를 덮었다. 연기가 너울너울 올라갔다.

사람들이 제 발로 차가운 얼음 호수에 들어가기 시작했다. 이따금 첫 번째 남자가 죽은 흔적을 쳐다보는 사람도 있었지만 단지 그뿐이었다. 차분한 발걸음이 이어졌다. 아무런 미련도 후회도 없는 것처럼. 그들이 무슨 일을 하든 상관없다는 듯, 눈발은 점점 굵어지고 있었다.

"려상…!"

제시가 작게 소리 질렀다.

덩치 큰 사람들 사이에 있어서 곧바로 알아채기 힘들었지만, 호수로 들어가는 무리 안에 려상이 있었다. 그는 고개를 푹 숙이고 비틀거리며 걸었다. 옆에서 재희가 탄식했다.

려상의 차례가 되었다.

제시가 뛰쳐나가려는 순간, 선이 그녀를 잽싸게 잡아 안았다. 꺅, 나오려던 비명이 그의 손아귀에 막혔다. 이러면 정말 납치하는 사람 같잖아. 작은 아이가 제 품에서 필사적으로 벗어나려는 감각은, 그럼에도 제압해야 한다는 사실은, 무척 불쾌했다.

려상은 호수를 보며 중얼거리고 있었다. '호수의 품으로 돌아가라'. 그의 눈빛은 몽롱했다. 총을 든 남자가 려상을 떠밀기 시작했다. 손가가 축축해졌다. 제시가 울고 있었다. "안 돼! 안 돼!" 손에 막혀 내지르지 못한 말은 이내 흐느낌이 되었다. 조금만 더. 아직은 아니야.

순간 손가락에 강한 통증이 느껴졌다. 제시가 입을 막고 있던 션의 손을 물었다. 얼마나 세게 물었는지, 손가락과 손바닥을 잇는 여린 살점이 덜렁거렸다. 션이 반사적으로 제시를 놓자 제시가 호수로 뛰쳐나갔다. 아이의 작은 뒤통수가 순식간에 멀어지고 있었다.

그때 재희가 움직였다.

그녀는 허리춤에서 총을 꺼내 들고 안전장치를 풀었다. 손을 쭉 뻗어 총구를 겨눴다. 션의 눈앞에서 말도 안 되는 일이 일어나고 있었다. 마치 무성영화를 보는 것 같았다.

총소리가 울려 퍼졌다.

멀어지던 제시가 앞으로 픽 고꾸라졌다.

호수 바로 앞까지 간 제시가 바닥에 쓰러졌으니, 사람들의 시선이 모두 한곳으로 쏠리는 건 당연했다.

바닥에 쓰러진 제시 다음으로 시선이 모인 건 이쪽이었다.

호수로 오기 전, 재희가 션에게 말했다.

"제가 만일 이해되지 않는 행동을 하더라도, 이해해주세요."

그러고선 잠시 고민하더니 덧붙였다.

"그건… 필요해서 한 일일 테니까."

"재희…?"

선유가 재희를 불렀다. 재희는 선유를 뚫어져라 보고 있었다.

재희가 선유 쪽으로 걸어갔다. 션도 덩달아 재희를 따라나섰다.

이게 재희가 말했던 '이해를 바라는' 행동인가? 머릿속이 혼란스러 웠지만, 제희를 뒤따르지 않을 수는 없었다.

"한 명 더 있었네."

웃으면서 자신을 쳐다보는 선유는 지금껏 션이 알던 사람과는 전혀 다른 사람 같았다.

"선유… 아니, 지부장님."

"재희야, 그렇게까지 부를 필요는 없어. 네가 내 부하 직원도 아 니고."

선유는 재희가 들고 있는 총을 보며 말했다.

"대체 언제부터 알고 있었니."

"얼마 안 됐어요. 의심은 하고 있었지만."

"내가 여기서 널 호수의 품으로 돌려보내야 하니."

"그럴 리가요."

그러면? 이라는 눈빛으로 그녀가 쳐다봤다. 재희는 알 수 없는 표정으로 가만히 서서 뜸을 들였다. 모두의 이목을 받으며 재희는 앞으로 천천히 걸어갔다. 제시 앞에 멈춰 선 재희가 잠시 허리를 굽혔다. 흐으음. 긴 한숨을 내쉰 재희가 입을 열었다.

"교환이죠. 기회를 주려고요. 당신한테."

느긋하고 단호한 말투. 그 말을 듣는데 제시가 깨문 부위가 욱 신거렸다. 미동도 없이 쓰러져 있는 아이를 보는 게 힘들었다. 션 은 잠시 주춤했다. 천천히 바라본 아이의 등에는 약간의 핏자국이 있었지만, 치사량이라고는 할 수 없었다. 아까 전, 중년 남자가 쓰 러지며 만든 피 웅덩이를 보았다. 션연한 핏빛이 뚜렷한 존재감을 드러내고 있었다.

재희는 쓰러져 있는 제시 앞으로 가서 허리를 굽혔다. 자기가 쏜 대상에게 다가가 나른한 고양이처럼 행동하는 모습이 마치 전혀 다른 사람 같았다. 만약 아이가 그대로 달려갔다면, 호숫가에서 있던 수호자는 망설임 없이 아이에게 방아쇠를 당겼을 것이다.

그건⋯ 필요해서 한 일일 테니까.

그 사실을 깨달은 션은 다시 앞을 바라보았다.

"여기 있는 모든 사람을 인질이라고 표현한다니, 우스운 일이네요. 누구도 이들을 추억하거나 애도하지 않을 텐데."

재희가 말했다.

아마도 제시를 보고 있었을 려상이 그녀를 허망하게 쳐다보았다. 려상의 눈이 절망으로 물들었다.

"당신의 방식은 아주 직관적이에요. 다만,"

재희가 션에게 잠시 시선을 두었다. 션은 그게 다분히 의도적이라고 느꼈다.

"Take.B를 잡으려면 이 정도로는 안 되겠지요."

"지금껏 벌어진 일에 대해⋯ FAKE뿐 아니라 Take.B도 엮여 있다는 걸 알게 되면 어떻게 될 것 같아?"

선유가 돌연 션을 쳐다보며 말했다. 선유의 말은 자신이 벌인 일에 Take.B도 깊게 연루되어 있다는 것 같았다. 어째서? 혼란을 주고자 거짓말을 한 건가? 게다가 선유는 이미 션이 Take.B 소속이라는 걸 파악하고 있었다.

"김주원은 우리가 데리고 있어."

"뭐?"

"너네 상부에 보고해. 내가 그동안 청탁받은 인간 외에 Take.B의 사람들을 건들지 않은 건, 너네를 위해서가 아니었다고. 감히 나를 배신하려 해? Take.B도 알아야지. 사람과 대의를 지키는 조직이라고 하지만, 사실은 뒤에서 더러운 짓을 하고 있었다는 걸. 그것도 FAKE를 통해서. 그러니 지금 당장 이쪽으로 와서 계약 이행하라고 전해."

선유가 들짐승처럼 으르렁거렸다.

솔직히 말해, 션은 지금 선유가 하는 말이 이해되지 않았다. 다만, '계약'을 운운하는 걸 보니 션이 모르는 모종의 계약이 있는 것 같았다. 그리고 그건 아마도 선유가 호수에서 사람들을 처리하는 것과 연관이 있을 테다. 그게 Take.B 전체가 FAKE와 계약 관계가 있다는 의미일까? 아닐 것이다. 하지만 저토록 당당하게 Take.B에게 보고하라고 요구하는 건 이상하다. 션은 선유와 계약한 이가, 선유에게 특정 인물을 '처리'해달라 요구한 것일 수도 있을 거란 결론에 다다랐다.

어찌 되었든 여기서 부인하는 건 아무런 의미가 없었다.

"상부와는 연락이 되지 않습니다."

"그럴 리가."

선유는 조소했다. 션은 고개를 내저었다.

"그리고 Take.B는 고작 주원 하나 때문에 움직이는 조직이 아닙니다."

Take.B와 FAKE는 대외적으로 엮인 바가 없었다. 자신이 모르는 뭔가가 있더라도, 할 수 있는 말은 이게 전부였다. 하물며 진짜 주원이 어떻게 된다고 하더라도 프로젝트는 그대로 진행될 것이다.

그때 가만히 듣고 있던 재희가 입을 열었다.

"예고리가 이렇게 커진 데에는 나의 기여가 가장 크다, 이렇게 생각하는 건 아니죠?"

"뭐라고?"

선유의 얼굴에 노기가 서렸다.

"예고리가 커지면 불리한 건 당신이에요. 왜 그걸 모를까."

재희는 쓰게 웃었다.

"FAKE 입장에서는 더이상 당신이 필요하지 않거든요. 대체할 인력은 넘치고, 예고리는 이제 당신 없이도 굴러가니까요."

"무슨 헛소리를……."

"여기서 누린 것들을 밖에서도 누릴 수 있을 거라 생각하겠지만, 틀렸어요. 당신과 거래한 이들이 바깥세상에 당신을 극악무도한 살인자로 고발하고, 자기들은 모르쇠로 일관한다면 어떻게 할 생각이죠?"

"계약만 확실하면."

재희는 선유가 말을 마치도록 내버려두지 않았다.

"당신의 자금과 계약서, 죄다 예고리에 있잖아요. 여기를 가장 안전한 곳이라고 믿는다면 오산이에요. 당신이 Take.B와 맺은 계약서 한 장으로 모두를 납득시킬 수 있으리라 믿는 것도요. 사람을 죽였다는 건 그 자체만으로도 이미 큰 죄예요."

호수에 차가운 정적이 내려앉았다.

"그래서, 네가 나한테 바라는 게 뭔데?"

"…당신의 죄를 시인하세요."

"하, 웃기지도 않는군. 겨우 그따위 소리를 하려고 내 영역에 발을 디뎠어?"

재희는 우스운 이야기를 하는 게 아니었다. 진심에 진심을 다해 얘기하고 있었다.

수많은 사람들을 무참히 죽이고도 이들은 반성하는 법이 없었다. 그들이 반성을 하지 않더라도 프로젝트의 성공 여부에 영향을 주는 건 아니었으므로 아무도 신경 쓰지 않았다. 탐욕에 눈이 먼 이에게 사과를 받고, 그들이 잘못을 시인한다고 한들 무엇이 달라지겠는가.

그럼에도 해야 했다. 그들이 직접, 내가 잘못했다고, 미안하다고. 반성한다고.

션의 아버지는 도망쳤다. 마을에서 나온 어른과 사람들에게 얼굴을 비친 적이 단 한 번도 없었다. 용서받을 수 없더라도 그는 자기 잘못을 사죄해야만 했다. 아버지는 엄연한 가해자였다. 하지만 Take.B의 시각으로는 아버지 역시 피해자일 뿐이었다.

"션, 네 아버지는 어떤 의미로는 대단한 일을 했어."

양아버지는 말했다. 션은 그 말을 듣고 속이 울렁거렸던 이유를 이제야 깨달았다. 그건 분노였다. 션이 그의 친아들이었기 때문에, 샘 그리쳐가 빚은 피조물이었기 때문에.

그 말에 동의할 수 없었다.

지금도 그랬다. 션은 자신의 마음속 깊은 곳에 가라앉아 있던 분노가 수면 위로 올라와 일렁거리는 게 느껴졌다. 아, 나는 이 분노를 못 본 척하며 살아왔던 거구나. 그저 조용히, 가라앉기만을 바라며.

"선유. 당신이 누구와 계약을 맺었든 이번 거래에 Take.B는 응할 생각이 없습니다."

션은 스스로 다짐했다. 절대 그렇게 놔두지 않겠다고. 자신이 몸담은 조직에도 배신자가 있다는 사실에 머리가 지끈거렸지만, 한편으로는 사람이란 게 그런 동물이라는 생각이 들었다. 하지만 지금은 그게 문제가 아니었다.

"너 같은 일개 요원이 뭘 안다고."

"일개 요원도 Take.B의 내부 관계자입니다. 당신이 모르는 것을 알고 있을 거란 사고는 가능하겠죠."

생각보다도 더 냉랭한 말투가 튀어나왔다. 감정이 섞이길 바란 게 아니었다. 말을 하면서 머리가 차가워지는 경험을 하고 있었다. 옆에서 자신을 쳐다보는 재희의 시선이 느껴졌다. 그 또한 이랬을 거란 생각이 강하게 들었다.

"김주원을 넘기고 바깥세상으로 나가 당신의 죄를 시인하세요. 당신이 죽인 자들을 포함해 예고리의 모든 주민에게 죄를 고백하고 사죄하세요."

"이것들이 쌍으로 미쳤나."

선유가 쏘아붙였다. 하지만 초조해 보이는 건 재희가 아니라 선유였다. 그러나 션은 행여나 검은 옷의 수호자들 중 하나가 재희를 쏘기라도 할까 봐 신경이 날카로워져 있었다.

"인솔자."

"네, 지부장님."

"하던 일 마저 하세요."

"네."

재희의 미간이 약간 좁아졌다.

그때였다. 한쪽에서 정적을 깨는 소리가 들렸다.

"사, 사과해!"

돌아보니 손목이 묶인 채 끌려 나오던 남자 하나가 몸을 덜덜 떨고 있었다. 그의 눈동자는 심하게 흔들렸고 몸은 가누기 힘든 것처럼 비틀거렸지만, 그런 와중에도 제정신을 차리려고 애쓰는 것 같았다.

"아, 아까 너네가 내 친구를 죽였잖아! 그, 그 착한 사람을…! 대체 뭘 잘못했다고! 내가 왜 여, 여기 있, 있는지도 모르겠고… 뒤늦게 알, 았지만 예고리는 이, 이상해…! 잘못했으면 사, 사과, 해!"

씩씩거리는 남자의 입에서 침이 흘렀다. 서 있기도 버거워 보였지만, 눈빛 만큼은 또렷했다. 그가 바닥에 털썩 주저앉아 고개를 숙인 채 울기 시작했다.

"그래! 사과해!"

남자의 모습을 곁에서 본 이들 중 하나가 외쳤다. 그러자 놀라운 광경이 펼쳐졌다.

"사과해!"

"우리한테 사과하란 말이야!"

"잘못했다고 말해!"

"이, 이게 무슨……."

여러 사람들의 목소리가 하나로 합쳐졌다. 선유가 말을 잇지 못하는 사이, 인솔자라 불린 자가 려상을 끌고 나왔다. 려상은 새파랗게 질렸고 울고 있었다. 그가 선과 재희를 애처롭게 쳐다보았다. 그 눈빛이 말하는 것 같았다. 당신이 하란 대로 해서 이렇게 됐잖아.

선유가 그를 보며 히스테릭하게 웃었다. 불길한 예감이 들었다.

"이 멍청한 것들. 네까짓 것들이 감히 반항해봤자 아무것도 바뀌지 않아."

그녀는 바로 행동했다. 성큼성큼 걸어가 려상을 호수로 밀쳐버린 것이다.

"안,"

"안 돼!"

려상이 호수에 빠졌다. 풍덩 하는 소리가 크게 울려 퍼졌다. 어디선가 울부짖는 목소리가 들리더니 누군가가 뛰어나와 재빠르게 호수로 뛰어들었다.

민수였다.

려상과의 거리는 선이 훨씬 가까웠다. 바로 뛰어들면 려상을 구할 수도 있었다. 아니, 다른 사람들도 구할 수 있었을 것이다. 그러나 Take.B가 만들어 놓은 체스판에서 선이 맡은 역할은 누군가를 구하는 게 아니었다. 그래서 움직이지 않았다. 그런 단순한 이유로 사람이 목숨을 잃었다.

게다가…….

"…이거 놔요!"

재희가 얼굴을 찌푸리며 션을 뿌리치려 했다. 션은 재희를 막아서고 선유 앞에 섰다. 그러면서도 재희의 손목을 꽉 쥐고 움직이지 못하게 했다.

"10초."

여기까지 왔다면, 할 수밖에 없었다. 션은 마음속으로 시간을 쟀다.

10, 9, 8, 7, 6…

초 단위의 시간이 이토록 길게 느껴지긴 처음이었다.

5, 4, 3, 2…

"제시 데리고 빨리 가."

…1.

"지금…!"

션은 손가락을 모아 크게 휘파람을 불었다.

바람이 불기 시작했다. 구구구구… 윙윙거리는 소리는 반가운 징조였다. 어느 순간 하늘 위로 그림자가 졌다. 릭이 평소보다 낮게 날고 있었다. 호수를 한 바퀴 빠르게 돈 릭은 사람들 근처로 다가갔다. 선유는 혼비백산하며 피했다.

"악, 저거 뭐야! 치워, 치우라고!"

선유 옆에 있던 남자도 쩔쩔매고 있었다. 재희는 고개를 수그린 두 사람을 아연한 표정으로 바라봤다. 그녀는 릭을 무서워하지 않앉다. 션은 어쩐지 안심이 되었다.

가만히 서 있던 검은 수호자들의 상황은 좀 달랐다. 몇은 그대로 부동자세를 유지했지만 릭이 나타난 순간, 적어도 절반 이상의 사람들이 하늘을 보았다. 그제야 구분이 되었다. 하늘을 보는 사람들은 션과는 다른 이유로 FAKE에 잠입한 Take.B 요원들이었다. 이 프로젝트는 이미 오래전에 시작된 모양이었다. 절반이라. Take.B에서도 힘 좀 썼네.

그들의 시선이 하늘로 향한 이유는 명확했다. 새가 한 바퀴를 다 도는 때, 프로젝트 마무리를 해야 했으니까.

쿵—!

큰 소리가 났다. 인적이 없는 호수 끝에서 난 소리였다.

수호자 중 일부가 망설임 없이 호수로 '뛰어들었다'. 시선을 하늘로 옮겼던 자들이었다.

그들과 목적은 달랐지만, 션도 호수로 뛰어들었다. 재희가 소리를 질렀다. 재희도 소리를 지르는구나… 션은 잠시 탄식했다. 물이 차가웠다. 10초 남짓한 시간이 길게 느껴졌다. 션에게는 아직 할 일이 남아 있었다. 어쩐지 재희가 자꾸만 자신을 부르는 것처럼 느껴졌다.

"안 돼요."

손목이 벌게질 정도로 꽉 잡고 있던 손이 느슨해졌을 때, 불길한 느낌이 들었다.

그의 휘파람 소리. 커다란 새. 갑자기 뛰어든 인간들…….

"안 돼… 안 돼! 션, 도련님! 션…!"

지금까지의 태도가 무색할 정도로 션은 재희를 쳐다보지 않았고, 망설임 없이 호수로 몸을 던졌다. 정작 재희가 뛰어들려고 했을 때는 막았으면서 말이다.

선유가 재희의 머리칼을 잡아당겼다. 가발이 벗겨졌다. 선유가 주춤하는 사이, 재희는 머뭇거리지 않고 그녀의 허벅다리를 만년필 칼로 연거푸 찔렀다.

"악!"

분노와 고통으로 일그러진 얼굴이 재희를 향했다. 재희는 옷을 털고 일어나며 말했다.

"자업자득입니다."

선유는 지금 벌어진 사건에 재희가 연관되어 있다고 착각하는 모양이었지만, 정정해줄 필요는 없었다.

호수의 물이 조금 전보다 줄어들었다. 호수에 들어가 있는 이는 열 명 이상이다. 션은 민수와 려상을 찾아내 나올 것이다. 그렇게 믿지 않으면 나아갈 수 없었다. 자신은 여기 남아 있어야 했다.

"너, 내가 죽여버릴 거야! 인솔자! 뭐하는 거야!"

"아니, 그, 그게…!"

작은 목소리로 말하던 인솔자는, 대답하다가 말았다. 그의 머리에 레시가 총구를 드리운 채 서 있었다.

선유가 레시를 발견하곤 소리쳤다.

"레시, 이 년!"

"아줌마도 갈 때까지 갔네. 내가 김주원은 건들지 말라고 했잖아?"

레시의 시선이 재희에게 닿았다. 잠시 눈이 마주치는가 싶었지만, 이내 눈길을 피했다. 레시는 여태껏 재희를 노려본 적은 있어도 피한적은 없었는데, 이상했다.

"겨우 남자 때문에 나를 배신해?"

"배신? 말은 똑바로 하지? 애초에 당신과 나 사이에 신뢰라는 게 있었나?"

"이것들이 쌍으로!"

선유가 소리치자 레시는 총구를 남자의 관자놀이에 바짝 대고 눌렀다.

"으아악! 지부장님!"

남자가 벌벌 떨면서 말했다. 선유는 그런 남자를 싸늘하게 바라보았다.

"그런 놈 인질로 잡아봤자 내가 눈이나 꿈쩍할 것 같아?"

남자의 얼굴은 사색이 되었다.

"알아."

"근데?"

"그래도, FAKE에서 규칙은 잘 만들어 놨어. 인솔자와 지부장. 당신네 둘이 지시하지 않으면 수호자들은 움직이지 않잖아. 그따위 월권이, 당신 목숨줄을 잡아당기는 거야."

"버러지 같은 것."

"그래, 나 버러지지. 당신처럼."

레시가 입을 움직였다. 아주 작은 목소리였지만 재희는 입 모양으로 그녀가 무슨 말을 하는지 확실히 알 수 있었다.

'미안해.'

그녀가 재희에게 사과하고 있었다. 본인이 할 수 있는 나름의 방법으로.

"우리가 발 담그고 있는 FAKE. 그냥 있는 그대로 당당하지 못한 조직이야. 알고 있었어… 알고 있었지만, 여기까지 왔어."

말은 선유한테 하는 것 같으면서도, 레시의 시선은 재희를 향했다.

"이제 끝을 볼 때가 됐지."

그때 지면이 울렸다.

작게 시작된 울림은 점점 더 커졌다. 뭔가가 가까이 오고 있었다.

"아……."

바람이 세게 불었다. 하늘로 고개를 든 선유가 결국 탄식했다.

"안 돼… 안 돼…!"

헬기가 등장하며 요란한 소리를 냈다. 바람이 마구 치솟아 나무에 쌓인 눈이 흩날렸다. 반쯤 열린 헬기의 문틈 사이로 빼꼼히 튀어나온 남자는 어깨에 커다란 카메라를 짊어진 채였다. 명백히 이 호수를, 이 광경을 촬영하고 있었다. 재희는 상공 십수 미터 위의 카메라와 눈이 마주칠 뻔했다. 커다란 새가 그녀의 시야를 가렸다. 강한 날갯짓에 몸이 밀려났다. 잠깐 주춤한 사이, 누군가 팔을 잡아당겼다.

"재희 언니!"

제시였다. 일부러 터지게 만든 가짜 피가 그녀의 옷에 묻어 있었다. 피비린내가 역할 것이 분명한데도 제시는 아랑곳하지 않고

도리어 재희를 걱정했다.

"미안해. 많이 아프고 놀랐지?"

"아니에요. 언니가 저를 진짜 쏠 리가 없잖아요. 가만히 있길 잘 했죠?"

"응. 잘했어."

아이를 쏜 건 계획에 없던 일이었다. 그저 살려야겠다는 생각이 들어서 몸이 곧바로 움직였을 뿐이었다. 그마저도 진짜 총이 아니었다. 소리만 요란할 뿐이지, 가짜 피를 터트려주는 물건에 불과했다. 그래도 총구를 들이대는 순간, 갑작스럽게 바뀌었던 공기는 두 번 다시 겪고 싶지 않았다. 충격에 빠져 자신을 쳐다보는 션의 시선도.

호수의 물은 벌써 삼분의 이 이상 빠졌다.

"으어어어! 안 돼⋯!"

선유는 호수를 바라보며 허망하게 부르짖었다. 호수의 물은 점점 더 빠르게 빠져갔다. 쿨럭거리는 소리와 함께 바닥이 보이기 시작했다.

무수한 뼈. 아마도 사람들이었을, 백골이 보였다. 모두가 발목에 묵직한 족쇄를 차고 그곳에 잠들어 있었다.

하늘에서 사이렌 소리가 들려왔다.

"안내합니다. 다들, 현재 그 자리에 머물러주시길 바랍니다. 움직이는 분은 현 상황에 책임이 있는 걸로 간주, 형사상 불리해질 수 있습니다. 다시 한번 반복합니다⋯⋯."

에필로그

*

히를 처음 봤을 때, 분명 반했던 게 틀림없다.

히의 까만 눈을 마주한 순간 신기하다는 생각이 들었다. 어렸던 션은 자신의 감정이 무엇인지 알지 못해, 그저 신기하다고 말할 수밖에 없었다.

약혼녀의 장례식 날, 션은 히를 보았다.

히는 간신히 서 있는 것 같았다. 부들부들 떨고 있었다. 그토록 격렬하게 우는 히는 처음 보았다. 션은 얼어붙고 말았다. 히가 눈물을 흘리고 있는데, 피 한 방울 통하지 않는 것처럼 새하얗게 질려 있는데…….

고요했다.

히는 너무나 조용히 울고 있었다.

호수의 물이 빠르게 빠지면서 물회오리가 생겨났다. 거센 물살 속에서 아이들을 놓치지 않기 위해 사력을 다했다.

아이들을 가까스로 호수 기슭으로 보내자, 온몸의 힘이 풀렸다. 어라? 싶은 순간 물살에 휩쓸렸다. 설상가상으로 뼛조각 하나가 이마를 강타했다. 본능적으로 입이 벌어졌고, 코와 입으로 물이 들 어왔다. 정신이 아득해졌다. 이렇게 죽는 건가. 몸에 힘이 들어가 지 않았다.

그때 무언가가 션을 잡아챘다.

션의 팔뚝을 꽉 붙잡는 것이 느껴졌다. 누군가의 손이, 머리가, 부글거리는 거품이, 눈앞에 어른거렸다. 션은 생각했다. 마지막으 로 재희가 보고 싶다고.

어느 순간, 숨통이 트였다.

머리카락. 물이 뚝뚝 떨어지는, 검은색 머리카락.

그리고 눈. 검은 눈동자. 누군가가 무어라 말하고 있는 것 같기 도 했지만, 소리가 잘 들리지 않았다. 눈이 감겼다.

"션…!"

다시 눈을 떴을 때는 하늘이 소원을 이뤄주었다.

션의 가슴팍을 재희가 내리치고 있었다.

재희의 얼굴은 엉망이었다. 너무 울어 부은 눈에서 왈칵왈칵 눈 물이 자꾸만 쏟아졌다. 어쩐지 아까운 마음이 들어 션은 무심코 손 을 뻗었다. 잔뜩 일그러진 얼굴이 한 번 더 사랑스럽게 구겨졌다. 재희가 이내 엉엉 소리를 내며 울기 시작했다.

울면서도 큰소리 한 번 안 내며 자신이 원하는 걸 요구하던 재희. 등을 돌리고 숨죽여 울던 재희. 그리고 지금 바로 앞에서 울고 있는 재희.

온몸이 천근만근 무거웠지만 마음만은 평온했다.

어느새 눈이 그쳤다.

호수의 물은 예고리로 흘러 들어갔다. 카메라에 담긴 영상은 실시간 스트리밍 방송으로 나갔다. 댓글에 달린 반응은 다양했다. 의심하는 사람이 가장 많았고, 진짜라고 믿는 사람, 신고해야 한다는 사람, 지인이 그곳에 있다는 사람, 가보고 싶다는 사람, 그저 욕을 하는 사람… 어찌 되었든 아주 많았다.

헬기는 예고리를 천천히 돌았다. 어느 곳이든 물이 찰랑거리는 마을은 이질적이었다.

사람들은 사전에 모두 대피해둔 상태였다. 추후 발표된 자료에 따르면, 예고리 주민들은 단체 선동에 매우 쉽게 동조하는 심리적 특징을 가진 이들이 대다수라고 했다. 그러니 광장의 폭파 사건을 계기로 그들을 대피시키는 일은 어렵지 않았을 것이다. 그 광장에서 사람들을 선동했던 연설자는 FAKE가 아니라 FAKE에 잠복해 있던 Take.B의 요원이었다. 대피한 사람들 중에는 주원도 포함되어 있었다. 레시가 Take.B에 부탁한 것이었다. 다행이었다. 하지만 애플망고를 우걱우걱 씹으며 배를 두드리는 주원의 모습을 보고, 션은 강한 데자뷰를 느꼈다. 그런 주원을 보며 레시가 울음을 터트린 건 모두의 예상 밖이었다. 덕분에 주원은 멍청한 표정으로 그녀를 달래야만 했다.

션은 제 옷소매를 붙들고 있는 재희를 내려다보았다. 시선을 느꼈는지 그녀가 션을 쳐다보았다. 그러고는 옷을 좀 더 세게 쥐었다.

"나갈까?"

"네."

겨울이어도 날이 제법 따뜻했다.

션과 재희는 커다란 나무 아래 벤치에 앉았다.

호수에 있었던 사람들은 모두 경찰 조사를 받았다. 이미 언론화, 이슈화가 된 이상 피할 수 없었다. 션은 Take.B 소속, 재희는 그와 연관된 인물로 확인되어 조사 시간이 조금 단축되긴 했다. 그러나 재희와 개인적인 대화를 나눌 시간은 없었다.

묻고 싶은 말이 많았다. 듣고 싶은 말도 있었다. 그렇지만 막상 시간이 생기자 어디서부터 이야기를 해야 할지 막막한 기분이 들었다.

"왜 울었어?"

"아……."

의외의 질문인 듯 재희가 눈을 피했다. 소매를 꽉 쥐고 있던 손에 힘이 풀렸다. 아, 이게 아닌데. 첫 단추부터 잘못 끼웠다.

"아니, 그게 아니라 내가 물어보려고 했던 건……."

"슬프니까요."

"……."

"상상만으로도."

재희가 션을 똑바로 바라보았다.

"발밑이 무너지는 느낌이 드니까요."

"……."

물어보려던 모든 말이 하얗게 번져 사라졌다. 나는 왜 재희의 반도 못 할까. 이런 말이 재희한테서 먼저 나오길 바랐나.

여기서 또 물러서면 평생 후회할 것이 뻔했다.

재희가 눈꺼풀을 내리깔았다. 소매를 쥐고 있었던 손이 아래로 내려가는 걸 보았다. 그러자 션의 손이 저절로 움직였다.

션은 어느새 재희의 손을 잡고 있었다. 놀란 듯 재희가 다시 눈꺼풀을 떴다. 션은 맞잡은 손을 잠시 느슨하게 풀었다. 그리고 상대방이 방심한 찰나 손깍지를 꼈다.

"네가 저택에 불을 지른 이유에 대해 계속 생각했어. 왜 그랬냐고, 무서워서 묻지 못했어. 그렇지만 이제 알 것 같아. 둥지를 없애야 하니까. 아주 오래전, 내가 보지 못한 걸 너는 본 거지?"

"……."

재희가 고개를 끄덕였다. 이제 전해야 할 말은 하나밖에 없었다.

"좋아해."

"……."

"너를 너무… 좋아하고 있어. 처음부터 그랬고 지금도 그래. 앞으로도 그럴 것… 같은데."

목소리가 떨렸다. 션의 얼굴에 열기가 훅훅 올라왔다. 이토록 적나라하게 마음을 내보인 적이 없었다. 날것 그대로의 감정이었다. 기왕이면 잘 보이고 싶었고, 멋있어 보이고 싶었다. 좀 더 나은 말이 있지 않았을까. 나이는 먹을 만큼 먹어놓고 마치 어린아이 같았다. 재희는 션보다 연상이었다. 지금은 다르지만 어릴 적엔 재희의 키가 션보다 컸다. 새삼 그녀보다 작았던 자신을 떠올렸다.

"네가 내 세상이야."

션은 마지막 한마디를 덧붙이자마자 후회했다. 이럴 줄 알았으면 주원이 알려주던 영화와 드라마를 섭렵해둘걸. 그가 말하는 연애 스킬을 조금이라도 귀담아둘걸.

지금 제 얼굴은 아마 새하얗게 질려 있을 터였다.

재희의 눈길이 무서워, 쳐다보지 못했다. 재희는 시선을 피하고 있는 션의 이름을 불렀다.

"션."

"으, 응?"

"저도요."

제가 하고 싶은 말을 당신이 먼저 했네요.

그렇게 말하곤 재희는 환하게, 정말 환하게 웃음 지었다.

션이 손을 잡아끌자 재희의 상체가 조금 기울어졌다. 기분 좋게 웃는 그녀의 얼굴이 코앞으로 다가왔을 때, 재희의 눈이 천천히 감기는 걸 보았다.

션은 재희의 입술에 조심스레 입을 맞췄다.

다시 마주한 내 세상의 얼굴은, 여전히 눈부시게 아름다웠다.

두 사람은 시선을 맞추고 미소 지었다.

나의 재희. 션은 세상 밖에서 드디어 재희를 찾았다.

*

션은 모니터를 보며 말했다.

"…주동자로 지목된 한선유는, 재판 진행 중입니다. 본인은 FAKE가 시킨 내용이라고 주장하는 모양입니다만, 축제 시기에 특정 인물을 '청소'한 것만큼은 독단적으로 행한 것이라고 진술했습니다. 아무래도 한선유는 FAKE에서 버려진 패로 보입니다."

"그러면 FAKE를 압박하는 것도 여기까지인 건가."

모니터 화면 너머로 제크가 입을 열었다. 아쉬워하는 건가, 싶었지만 양아버지는 그런 티를 잘 내지 않을 뿐더러 직접적으로 대면하고 있는 게 아니어서 파악하기가 어려웠다.

"네. 그렇게 봐야죠. 하지만 앞으로의 양상은, 지금까지와는 많이 달라질 거라고 봅니다. 인공 댐이었던 호수의 물이 빠졌고, 그 물이 인가로 흘러 들어가 댐의 기능을 상실했습니다. 허브가 되는 마을인 예고리가 대중에게 노출된 채로 소멸했으니 타격이 꽤 클 것 같습니다. 이 마을에 공을 정말 많이 들인 모양이더라고요. 해당 내용은 이 자료를 참고해주시면 됩니다."

션은 제크에게 자료가 담긴 링크를 보냈다. 제크가 있는 곳은 새벽일 텐데도, 그는 졸음기 없는 얼굴로 자료를 탐독했다.

사실 제크는 이 모든 걸 이미 알고 있었던 게 아닐까. 션은 두려운 마음이 들었다. 제크와 샘은 전혀 다른 사람이지만 '아버지'라는 역할을 부여받은 사람이라는 사실만은 같았다. 내가 괜한 의심을 하고 있는 거겠지? 하지만 진짜라면.

"저……."

제크가 읽던 자료에서 눈을 떼고 카메라를 보았다.

"호수에서 나온 시신 중에 실종된 Take.B 쪽 사람들이 있더군요. 그들은 예고리로 잠입하라는 임무를 받은 기록이 없는 사람들이었습니다."

제크는 말이 없었다. 션은 침을 꿀꺽 삼켰다. 움직이는 목울대가 제크에게 보이지 않기를 바랐다.

"저는 한선유가 사람을 '청소'하고 자금을 불리는 일을 자발적으로 했을 거라고 보지는 않습니다. 광장에 계약 서류와 자금을 숨긴 것도 이상합니다. 그녀는, Take.B 쪽 사람과의 계약 관계를 통해 좀 더 힘을 키웠을 거라고 생각해요. 이 말은……."

"Take.B에도 배신자가 있다는 말이지?"

제크가 션의 말을 마무리 지었다. 여전히 평온한 말투였다.

"…네."

그리고 당신이 그중 하나이진 않을까 의심하고 있습니다.

차마 그런 말은 나오지 않았다. 정식 보고 전에 제크에게 연락한 것도 그 때문이었다. 누군가를 의심하는 게 자신의 일이었지만, 션은 여태껏 키워준 제 양아버지를 의심하는 제 마음이 탐탁지 않았다. 결국 자신이 형편없는 인간이라고 스스로 말하는 것 같아서. 그렇게 자랐기에 이런 식으로 살 수밖에 없다고 못 박는 것 같아서.

"걱정 말거라. 나도 의심하고 있었어. FAKE가 성장하는데 Take.B가 없다는 건 말이 안 되거든. 서로의 목적은 다르지만 아이러니하게도 서로가 있기 때문에 존재할 수 있지. 공생관계나 다름없어. 이번 일을 계기로 한 명도 빠짐없이 그들을 수면 위로 올릴 거다."

제크의 목소리에는 힘이 있었다. 그가 실로 분노했다는 게, 그리고 애써 그런 마음을 삭이고 차분히 말하고 있다는 게 화면 너머로 느껴졌다. 신기했다. 양아버지는 일에 있어 언제나 냉정하고 이성적이었다.

"션, 나를 의심했지?"

숨이 턱 막혔다. 아니라고, 해야 하는데.

"나는 배신자가 아니란다. 모른 척 넘어갈 수 있는데 얘기한 건, 그런 의심을 하는 네가 정상이라는 사실을 알려주기 위해서야."

션이 놀라서 얼굴을 들자, 그새 편하게 풀어진 제크의 얼굴이 눈에 들어왔다.

"너의 과거가 어쨌든 너는 비정상적인 사람이 아니고, 여전히, 앞으로도 내 아들이란다."

제크가 눈웃음 지었다. 그의 눈가에 자잘한 주름이 보였다. 그 모습은 양어머니 멜리사와 무척이나 닮아 있었다.

"죄송해요."

"아니? 죄송하라고 한 말은 아닌데."

제크가 허허 웃었다.

"자, 일 얘기는 이 정도면 되었니?"

"아 네, 여기까지예요."

"그래. 고생했다. 언제 돌아올 거니?"

"당분간은 여기 있으려고요. 그리고… 이제 다른 일을 해보고 싶어요. 가서 자세히 말씀드리려고 했는데…….'"

"그래. 잘 되었다. 위태롭게 그곳에서 계속 버틴다면 내가 말릴 셈이었어. 멜리사도 걱정이 이만저만이 아니다. 하나밖에 없는 아들 녀석 다칠까봐 매일매일 잔소리를 듣는 것도 이젠 못 하겠다고 두 손 들 참이었다."

그때 화면 너머로 덜컥 소리가 나더니 멜리사의 모습이 쑥 나타났다.

"당신! 또 션한테 이상한 소리를!"

"어어? 아니야. 션, 해명 좀 해다오."

"어머니, 아니에요. 아버지랑 얘기를 좀 나눴어요."

저도 모르게 션의 목소리가 커졌다.

멜리사가 특유의 그렁그렁한 눈망울로 션을 쳐다보았다. 더 묻지 않아도 부모님이 그를 무척 그리워한다는 걸 알 수 있었다.

"션이 조금만 더 있다가 돌아온다고 하네." 제크가 덧붙였다.

"아니, 왜? 우린 네가 무척 보고 싶어."

"네, 저도요. 하지만…….'"

어디서부터 어떻게 설명해야 할지 아직 정리되지 않았다. 재희에 대한 마음도 그렇고 지금까지 무엇을 위해 살아왔는지. 그리고 앞으로 어떻게 할 것인지.

션은 재희와 함께 나아갈 생각이었다.

"두 분께 드리지 못한 얘기가 있어요. 이렇게 화면으로 말고, 직접 가서 말씀드리고 싶어요. 조금만 기다려주세요."

션이 말하자 제크와 멜리사는 고개를 끄덕였다.

"얼굴이 좋아 보이는구나, 션." 제크가 말했다.

"네, 더할 나위 없이요."

이 작은 나라에서 제 세상을 찾았거든요.

제크에게 말하지 않은, 아직은 자신만의 비밀로 남겨둘 말을 속으로 되뇌며 션은 미소 지었다.

*

"우리는 너희 같은 아이들을 위해 일한단다."

부드럽게 웃으며 말을 건네는 사람의 눈동자는 푸른색이었다. 려상이 대답하지 않자 그가 한국어로 다시 설명했다. 려상은 그 말도 끝까지 다 듣고 나서야 영어로 말했다.

"선택은 우리 몫인가요?"

"그렇지. 이번에는 말이야."

"이번?"

"잘 생각해보려무나. 내일 여기로 오면 내가 같은 질문을 할 텐데, 그때 대답해주면 된단다."

긴 복도를 걸어가며 려상은 남자가 한 말을 천천히 복기했다. 쓸데없이 긴 복도라고 생각했는데, 길기도 하거니와 걸어가는 내내 자신이 내는 발걸음 소리 말고는 아무 소리도 들리지 않았다. 세로로 길게 나있는 창문으로 햇빛이 환하게 들어오고 있었다.

나른한 오후였다.

크게 다치거나 혼란스러워하는 예고리의 아이들은 모두 이곳에 있었다. 이곳이 병원인지, 그냥 사무실인지, 아니면 그냥 집인지는 전혀 알 수 없었다. 예고리의 병원은 작고 허름했으며 그가 미래 일자 책에서 봤던 병원은 크고 웅장하나 건조하고 냉기가 도는 공간이었다. 그러나 이곳은 따스했다.

려상은 예고리에 그토록 많은 아이들이 있었다는 걸 이곳에 와서야 알았다. 옷차림새와 표정. 보기만 해도 그냥 예고리 출신이라는 걸 알 수 있었다. 충분히 설명해주었는데도 재차 '호수의 품으로 돌아가야 하냐'고 물어본 녀석도 있었다.

며칠간 좋은 음식, 편안한 잠자리가 제공되었다. 부모님은 볼 수 없었다. 부모를 심하게 찾는 어린아이들은 다른 방으로 옮겨졌다. 그곳에서 무슨 일이 벌어지는지는 모르겠지만, 아이들을 데려가는 사람들에게서 악의가 있는 것 같지는 않았으니 아마 괜찮을 것이다. 려상은 딱히 부모가 그립지 않았다.

너를 대체할 다른 려상이 있어.

그 말 때문일까? 려상 자신도 이해할 수 없었다.

제시와 민수는 려상과 같은 방에 있었다. 려상은 그게 누군가의 배려로 느껴졌다. 아니면 단지 호수에 셋이 같이 있었기 때문일지도 몰랐다. 더군다나 려상과 민수는 호수에 빠졌고, 제시는 총상을 입었다. 실제로는 타박상 정도였지만.

세 아이가 어른들 앞에서 침묵하자, 어른들이 말했다. 너희들에겐 안정이 필요해.

과연 그 말이 사실일까? 쏟아지는 정보 속에서 갈피를 잡기가 어려웠다. 이것도 거짓이면 어쩌나 싶은 마음도 있었다.

려상은 상념을 털어내고 다시 걸었다. 자신이 너무 늦게 돌아가면 다른 아이의 상담 시간도 늦어질 것이다. 상담 선생님은 총 다섯. 아이들은 못해도 백 명 가까이 되었으니까.

문을 벌컥 열고 들어온 건 려상이었다. 민수는 무심코 시선을 돌렸다가 려상과 눈이 마주쳤다. 그가 깜짝 놀라는 게 느껴졌다. 민수는 어색하게 웃었고 려상의 얼굴이 딱딱하게 굳어졌다.

아직도 화났나.

민수는 려상에게 하고 싶은 말이 많았다. 려상과 동등한 입장에서 이야기를 나누고 싶었다. 정말 걱정했다고, 우리가 아는 것과 세상이 달라서 혼란스럽지만 잘해보자고, 말하고 싶었다.

그를 구하지 못했다. 려상을 잡아둔 남자들은 숙련된 자들이었고, 민수가 끼어들 만한 틈 같은 건 주지 않았다. 요행은 외부인의 집, 딱 거기까지였다.

총에 맞은 제시가 쓰러졌을 때, 반사적으로 몸이 튀어나갈 뻔했다. 뒤이어 나온 재희를 보고, 그녀가 제시에게 작게 중얼거리는 입 모양을 본 뒤에야 요란한 심장 박동 소리는 잠잠해졌다. 고개를 돌리자 려상의 얼굴이 보였다.

순간, 온몸에서 힘이 빠졌다.

어차피 내가 할 수 있는 건 아무것도 없다. 분노가 치솟는 것과는 별개로 그렇게 생각했다. 려상을 뒤쫓는 내내 무섭고 떨렸다. 들키면 어떻게 될지. 몸은 착실하게 그를 따라가고 있으면서도 마음

한구석에는 이게 맞다는 확신이 없었다. 재희와 제시는 어떻게든 될 것 같았다. 그들에겐 자신감이 있어 보였다. 자신은 아니었다.

하지만 려상을 보고 나서야 한 가지가 확실해졌다. 그를 구해야만 한다는 것. 무섭고 두렵더라도, 나서야 한다는 것.

그래서였다. 호수에 뛰어든 이유는 단지 그것뿐이었다. 그러나 결국 그를 구하지 못하고, 오히려 위험해지고 말았다. 션의 큰 손이 자신을 휘어 감고 물 위로 힘껏 올리는 순간을 기억한다. 숨이 막혀 돌아가지 않던 뇌에 산소가 공급되는 순간, 살았다는 생각에 얼마나 안도했던가.

나는 그를 쫓아 호수에 뛰어든 걸 후회했나.

민수는 확신할 수 없어서 괜히 목덜미를 긁적였다. 자신이 후회하는 기색을 보였다면 려상은 분명 눈치챘을 것이다. 콜록거리며 숨을 토해내는 순간에는 려상보다 민수 자신이 우선이었다. 민수는 자신뿐 아니라 려상이 그때 어떤 얼굴을 했는지도 기억나지 않았다.

"너는 상담 끝났어?"

려상이 한마디 툭 던지더니 시선을 슬그머니 피했다. 민수가 답했다.

"아까 끝났어."

"그래…?"

상담은 오전에 이미 끝났다. 려상은 늦게 들어간 편이었다. 그는 뭔가 하고 싶은 말이 있는 사람처럼 우물쭈물하다 덧붙였다.

"내일 다시 한다던데. 마지막 상담."

"응."

"넌 뭐가 그렇게 태평하냐······."

려상의 얼굴에서 힘이 빠졌다. 잔뜩 긴장했던 눈썹이 풀어졌다. 그 위로 희미한 미소가 서렸다. 아, 화난 게 아니구나.

민수는 려상을 바라보다 말을 이었다.

"그냥··· 어떻게 보면 단순한 문제 같아서."

려상이 의아한 듯 고개를 기울였다.

"난 이미 정했거든. 그리고 네가 어떤 선택을 하든, 존중할게."

그 말을 들은 려상이 잠시 침묵했다. 그러더니 민수가 앉아 있는 침대 옆에 걸터앉았다. 낡은 침대 스프링이 삐거덕거렸다. 이내 그가 작은 목소리로 말했다.

"난··· 어떻게 해야 할지 모르겠어······."

"······."

"넌 참··· 대단하다."

이번에 말문이 막힌 건 민수였다. 갑작스러운 말에 민수가 우물 쭈물하는 사이 려상이 말했다.

"고마워."

"아······."

"네가 오지 않았다면 난 죽었을 거야. 정신을 잃기 전에 너를 봤어."

"하지만 구하지 못 했잖아. 우릴 구한 건 선이야."

"그는 어른이잖아."

"뭐?"

민수가 놀라 물었다. 려상이 어른을 대하는 태도가 예전과는 다른 것 같았다.

"내가 알던 세상이 현실과 정말 다른 거라면… 내가 잘 해낼 수 있을까?"

민수가 아는 려상은, 어른을 그렇게 생각하지 않았다. 그에게 어른이란 그저 해야 할 행동을 지시하는 자일 뿐이었다. 어른이 아이를 감싸주고 소중히 대하는 모습은 동화책 속의 이야기라고만 믿고 있었다.

려상은 이제 용기를 내려고 하는가 보다.

"물론이지."

이제야 민수는 려상과 자신이 동등한 위치에 있다고 느껴졌다.

두 아이는 눈을 마주쳤다. 그리고 웃었다. 아마 내일 있을 대답은 우리 둘 다 같을 거라고, 민수는 생각했다.

"저는 나갈게요."

단순한 말이었지만 제시에겐 큰 용기가 필요했다. 담당 직원은 예상하지 못한 듯, 약간 난감하게 웃으며 시설에 들어가면 받을 수 있는 혜택에 대해 다시 설명해주었다.

알고 있었다.

제시에겐 울타리가 될 만한 존재가 없었다. 오롯이 혼자였다. 알고 있는데도, 이대로 시설로 들어가는 건 예고리에서 살았던 것과 다를 바가 없는 것처럼 느껴졌다.

제시는 달라지고 싶었다. 누군가의 의도에 의해서가 아니라 스스로 다른 삶을 선택하고 싶었다. 제시가 의견을 굽히지 않자, 직원의 얼굴이 점점 굳어갔다. 그녀가 단호하게 말했다. 그렇게 말하면 제시가 마음을 바꾸기라도 할 것처럼.

"시설에 들어가지 않으면 최소한의 지원만 있을 뿐이야. 그것도 성인이 되기 전까지만."

몇 개 없는 짐을 챙겨 밖으로 나왔을 때는 오후 두 시를 지나고 있었다.

머리 위로 따스한 햇살이 내리쬐었다. 아침엔 간단히 토스트 하나만 먹은 터라 허기가 졌다. 제시가 갈 수 있는 곳은 아무 데도 없었다. 손에 든 짐이 유독 무겁게 느껴졌다.

"……."

제시는 그 자리에 가만히 서 있었다. 머릿속이 하얘질 때쯤이었다. 소란스러운 소리가 들려왔다.

"늦었다고 했잖아요!"

"아니, 나는……."

"빨리!"

제시에게 익숙한 두 남녀가, 허둥지둥 달려오고 있었다. 여자와 제시의 눈이 마주쳤다. 그녀의 눈이 반달 모양으로 휘었다. 제시는 어쩐지 눈물이 날 것 같아 앞으로 달려 나갔다.

"재희 언니!"

"제시!"

이제는 꽤 무거울 텐데도 재희는 제시를 번쩍 안아 들었다. 엄마가 있다면 이런 느낌일까. 재희 앞에선 아직도 자신은 어린아이 인 것 같았다.

"내가 언니처럼 잘 해낼 수 있을지 모르겠어요……."

"잘 할 수 있을 거야."

재희가 제시를 다독였다. 그 간단한 말이 위로가 되었다.

마침 등 뒤로 말소리가 들려와서 돌아보니, 민수와 려상이 배낭 을 매고 걸어 나오는 게 보였다.

"엇?!"

민수와 려상이 세 사람을 보고 놀란 표정이 되었다.

제시는 환하게 웃으며 소리쳤다.

"너희 너무 늦었어!"

세상엔 벽이 있다. 우리는 그 벽을 넘어서 나왔다. 잘 해낼 수 있을까?

그러지 못하더라도, 포기하지 않고 자신의 눈으로 세상을 똑똑 히 바라보리라. 이렇게 다짐하며 제시는 두 친구에게 달려 나갔다.

세벽

© 최세은, 2023

초판 1쇄 | 2023년 8월 24일
초판 2쇄 | 2023년 11월 15일

지 은 이 | 최세은
펴 낸 이 | 서장혁
책임편집 | 원예지
편   집 | 성유경
디 자 인 | 이새봄
펴 낸 곳 | 토마토출판사
주   소 | 서울시 마포구 양화로161 케이스퀘어 727호
T E L | 1544-5383
홈페이지 | www.tomato4u.com
E-mail | story@tomato4u.com
등   록 | 2012. 1. 11.
I S B N | 979-11-92603-39-1 (03810)